U0365953

中国京剧艺术基金会资助项目

马连良艺术研究会 编纂 马龙 主编

马连良文集

梨园春秋笔

庚子秋分古燕马舜溪书

生活·讀書·新知 三联书店

图书在版编目（CIP）数据

梨园春秋笔：马连良文集/马连良艺术研究会编纂；马龙主编. —
北京：生活·读书·新知三联书店，2020.12
ISBN 978 - 7 - 108 - 07016 - 6

Ⅰ. ①梨… Ⅱ.①马…②马… Ⅲ. ①中国文学－当代文学－作品
综合集 Ⅳ. ①I217.2

中国版本图书馆 CIP 数据核字（2020）第 219560 号

责任编辑　杨柳青
封面设计　刘　俊
责任印制　黄雪明
出版发行　**生活·讀書·新知 三联书店**
　　　　　（北京市东城区美术馆东街 22 号）
邮　　编　100010
印　　刷　江苏苏中印刷有限公司
版　　次　2020 年 12 月第 1 版
　　　　　2020 年 12 月第 1 次印刷
开　　本　889 毫米×1194 毫米　1/32　印张　14.125
字　　数　280 千字
定　　价　68.00 元

马连良（1901—1966）

《串龙珠》马连良饰徐达，刘连荣饰完颜龙 〰〰〰〰〰〰〰〰〰〰

玉泉三元

惠存

连良谨赠

癸卯菊月首演临潼山留念

《临潼山》马连良饰李渊

《群英会·借东风》马连良饰诸葛亮，谭富英饰鲁肃，叶盛兰饰周瑜（中）

《群英会·借东风》马连良饰诸葛亮

《群英会·借东风》马连良饰诸葛亮，孙毓堃饰赵云

《群英会·借东风》马连良饰诸葛亮

《汾河湾》马连良饰薛仁贵，梅兰芳饰柳迎春

《甘露寺》马连良饰乔玄

《淮河营》马连良饰蒯彻

《海瑞罢官》马连良饰海瑞

《秦香莲》马连良饰王延龄，张君秋饰秦香莲

《清风亭》马连良饰张元秀

《赵氏孤儿》马连良饰程婴，张洪祥饰屠岸贾

《赵氏孤儿》马连良饰程婴

1963 年马连良于香港

目录

思人忆事

传道授业

二 ～ 笔札诗词

启事文告

信札诗词

三 ～ 访谈自述

自报家门

管中窥豹

序言：马连良先生留给后人的启示

欧阳中石

马连良先生是我国京剧史上的一颗巨星，是一代的泰斗、大师。我之所以这样来认识，不只是从他本身的艺术造诣，也不只是从他兴创了一个老生的艺术流派，也不只是从他对京剧老生行当的影响，而是因为他的艺术思想已经构成了一个京剧表演的艺术体系。

我之所以说其形成了一个艺术的体系，是因为他的艺术表现涉及有关京剧艺术的一切方面，诸如剧目、剧本的整理、改编及创作，角色人物的塑造，舞台的设计，幔帐的改装及图案，文场、武场的伴奏，满台的服饰，唱、念、做及扮相、化妆、道具等等，都有他自己的设计，而且综合在一起，有一整套的艺术构思，形成了统一的一派艺术特色。我这只是一个提纲的说法，如果扩展开来，可以逐条缕陈。有许多内容是众所周知的，过去大家谈到，然而却没有理成系统。

马先生这一艺术体系的可贵，不只在于形成了一个不同一般的艺术流派，而是在于为其他流派、整个老生行当，以至于京剧艺术提供了可以汲取、可以借鉴、可以宗法的宝贵艺术基因。质言之，马派艺术的形成提高了整个京剧艺术的高度，甚至于使各个兄弟戏曲艺术也从中得到了促进。

要总结马派艺术，如果总结到了一个"新"字上，当然不错，但是远远不够。"新"并不难，只要不同以往就是"新"，但"新"而不好，那样的"新"并不可贵，可贵的是"新而好"。要"改"更不难，只要不同过去就是"改"，但越"改"越不好，那样的"改"有什么意义?可贵的是"改得好"。怎么样才是"好"呢?"好"就是时代的需要、观众的需要。观众非看不可了，不看就上瘾得慌了，这就"好"了。马先生的艺术怎么就让人上了瘾呢?这应当好好琢磨一下。

根据我自己肤浅的体会，我意识到了一点，即马派艺术的让人上瘾，在于他的艺术把观众拉近了，拉到了自己的跟前，让自己的艺术形象和观众们的思想感情交融在了一起；更了不起的是，在把观众完全拉到自己身边来之后，又和观众拉开了距离。这个拉近了又拉开了，便产生了极大的艺术魅力，就让观众上了瘾。

记得小时候第一次看马先生的《群英会》，马先生一上场的头两句唱"诸葛亮出帐去是哈哈地大笑，他笑那周都督用计不高"，就把我迷住了。虽然我是在楼上的鸽子楼上，距离他很远很远，但一听他的演唱，使我立刻被拉到了他的身边，好像剧场里只有我们两个人，他的话就像只对我一人说的；诸葛亮和周都督都成了第三者，只有我成了他的知音。这两句"唱"在我的心里竟是那样清晰，散戏后回家的

梨园春秋笔

路上，我模仿着唱，觉得亲切极了，自以为已经全学会了。以后只要一闲了便哼起这两句"唱"来，既是一种宽慰，又是一种享受。等到马先生再贴出《群英会》来，我非去不可，一定要再去重温一下对马先生艺术的享受。不想，再一听那两句，竟然不太一样，既似乎是，又不太是，我唱得实在没有他唱得那样好听，不过我似乎又和马先生接近一层。不过这次的感受使我大大地不安起来。一会儿觉得似乎很近，一会儿又觉得似乎很远，真有一种扑朔迷离的恍恍惚惚。这样，促我再去看第三遍、第四遍的吸引力越来越强了，如此，一遍又一遍的所得，但哪一遍也没有学好，可以说我一直也没把这两句学了来。真是学会不难，要学得好可真不容易！

我想，能够拴得住观众的演员并不少，而如马先生那样并不着力，并不玩儿命地铆上，便能取得那么强烈的艺术效果，就足以看得出马先生艺术的高度。然而他又远远地与观众拉开了距离，这种"可望而不可即"的擒纵的艺术能力是他最大的了不起处。

什么是"好唱儿"？一听就爱听，一听就想唱，一想唱就会；越唱越爱唱，但却总是唱不好，而越唱不好越想学，越学越上瘾。这就是"好唱儿"。有的"唱儿"，一听就觉得听不懂，再也不想听，当然不是"好唱儿"；当然也有的"唱儿"，乍一听来觉得不怎么样，但逐渐听来，倒也能入耳，甚至也能慢慢上瘾，但究竟不如那种一听就入耳的"唱儿"好。马先生的艺术，他的"唱儿"、他的表演，难度大吗？我觉得不大。没有多少高的调门，没有千转百弯的花腔，没有三百六十度的高难动作，没有飞剑入鞘的绝招。他的腔是谁都能学会的，他的表演是正常人都来得了的；就是他的艺术特色、他的韵味、他的劲头、他的丰采、他的艺术魅力，别人学不来，或者不能全部学过来。马先生有不少高足，也有不少虽未列入马派门墙而私淑者，都不同程度地承续了马先生的艺术，尽管有一些同志已经成为了有成就的艺术家，或者在某一点上已达到马先生的要求，但在观众心目中，却谁也代替不了马先生的艺术形象。这是个客观存在，尽管其中有着习惯性的偶像崇拜。但为什么马先生能被大家当作偶像来崇拜呢？这不是谁命令的，这不是谁封的，而是大家自觉自愿、五体投地、心甘情愿地花着钱而尊奉起来的。因为马先生的艺术创造给了观众足够的抵偿。

另外，我们虽然看到了马先生不同一般的"新"，但他的一出《群英会·借东风》，从他演出定型之后，是不是每次演出都有所不同呢？虽然也在不断地提高，但基本上是一出定型的老戏了。其实正是因为如此，所以我们才有可能反复地咀嚼，无限地享受。否则，一天一个样子，观众来不及咀嚼，来不及体味，只能是眼花缭乱、手忙脚乱。从马先生这里应当懂得：艺术的定型，有时不是停滞，而是一种成熟，艺术上是需要高度成熟的，当然这样的成熟不是僵化，而是潜蕴着无限生机的与观众气息相通的成熟。另外，有一些朋友，为了使自己的艺术新，能够吸引观众，不惜设计出高难的动作、奇特的唱腔，结果，把观众抛得太远，没有和他接近的条件，没有和他接近的可能，都是不理解艺术怎样才能有魅力，才能和观众融在一起，又使观众"可望而不可即"的真谛的。

我们知道，马先生没有埋怨过观众，没有埋怨过时代，他只是从自己身上下气力。观众从来不抛弃演员，只是演员没有着意去接近观众，没有用自己的艺术把观众拉近了，迷住他，让他倾慕。在这一点上，我们应当从马先生的艺术中得到开窍的契机。

一、 把不利的条件化为成功的动力

马连良先生卓越成就的取得，是由于他有什么得天独厚的禀赋，有什么得力后台老板的捧场吗？不，他都没有。相反，他具有的正是一些不利的条件。他的一生大多处在逆境之中，但他把不利的逆境变作鞭策、激励自己前进的动力，他正是以奋发图强的精神，克服不利，战胜逆境，从而走向成功的。

我们知道马先生初在"喜连成"科班时，曾学武生，并不专学老生。为什么？是为使他更全面地发展吗？不是，是唯恐他单老生一行不一定准成，所以来个"两门抱"。如在今天，就该说"组织不重点培养"了。而马先生自己却把这种

"等外""后备"的"处理品"待遇作为对自己的磨砺，成就了自己的发展，为他的武功打下了坚实的基础，为后来他能唱《珠帘寨》《定军山》《打登州》准备了条件。

马先生出科之后，并没有留在北京，而是先"跑帘外"，到了东南沿海的福州。"闽"这个地方的语音，距离湖广、中州、北京的语音差距较大。这种处境条件能说是好的吗？当然不是。而马先生却在那里待了一年之久。马先生在那里，不可能不考虑如何适应这个语言不通的"码头"，不可能不琢磨传达戏文的办法。他的表演不是借助高亢的嗓音，不是凭"洒狗血"的卖命。有时只是稍微皱一皱眉头，稍微转一转眼珠，稍微耸一耸鼻翼便把感情表露了出来。《甘露寺》中，乔玄正埋怨乔福不听吩咐便自行收礼，而乔福一番解释之后，乔玄便又回嗔作喜地微笑了几声，眼睛斜着一瞥，真是内心感情尽在眼上。有人说"马先生的眼睛会说话"，的确不差。语言不通的不利，倒成了使他着意表演的契机。

20世纪二三十年代对马先生是个严峻的考验，能否在北京舞台上站得住脚，内外行是否认可，都是问题。

就个人条件讲，马先生唱老生，"个头"似乎稍微高了；嗓子又刚刚倒仓过后，尚未完全复原巩固；坐科又不是专工，"挎刀"固然有便宜，而欲独挑大梁，就显得实力有些匮乏……凡此种种的不利条件，摆在马先生面前。如果他不能正视这些问题，处理不得体，就是绕不过去的。而成大事业者自有宏图之计，他从个头想到了行头。行头的改良，他从早年演戏时就做了实践。例如，死塍的鞑帽，上面敞口如盆，绒球四面散出，既难戴得稳当，又会显得人高马大。而马先生把它加以改装，使帽檐兜起来，减少绒球，于是显得英俊秀俏、干净明快，令人见而提神。马先生的"厚底"并不太厚，但下底消瘦加白，立在台毯之上，在蟒、靠、褶、衣的底襟之下，仍然能显示出服饰的高清文雅，舞台人物形象反而更加鲜明。

我们知道马先生的唱不追求高调门，他唱得从容自如，顺畅如流，使人听起来绝不费力使劲，反而觉得气舒心平，可以轻松地沉浸在剧情之中，享受那婉转起伏的演唱艺术。"好像不够调门"的责难，在不知不觉中便过去了，但是这种把不利条件变为长处，以己之短去应付当时的"时尚"，该有多难！如果不付出高出多少倍的努力，不能以高出多少倍的优势，怎么能够树起一大流派来呢？

"大舌头"之诮，从来是诋毁者的口实。然而马先生却用了极大的力量，使缺陷变成了自己的风格。在念白上，他形成了自己的一套艺术体系。所谓"湖广韵"本来是京剧音韵依据所本，依据"湖广韵"而形成的念白方法，早已是京剧音韵的圭臬，但马先生采纳了先贤吸收北京音韵的经验，把湖广、中州、京韵融为一体，形成了更易为观众听懂、更易接受的一套念白方式。口齿之间，变不利为特色，反倒更显示了一种顿挫有致、抑扬有法、铿铿锵锵、极有节奏的自然旋律。我们听他的《四进士》，宋士杰几次公堂的据理应辩；《审头刺汤》中陆炳讥诮汤勤的冷嘲热讽；《清官册》中寇準审问潘洪的数落罪行；《草船借箭》中鲁肃回报诸葛亮借箭的奇迹，都是多年来脍炙人口的杰作。尤其是于节奏之间，慢念则意态声情，沁人肺腑，快念则流利清晰，朗朗入耳，听者至此无不心扉爽亮，情与戏合，自然得到悦目赏心的艺术享受。

马先生的念白何以能够变不利为特点，从而达到成功呢？我从奚啸伯先生那里知道马先生的一段经历：他为了演《十道本》，一个暑天，每天在家都大声上口地念这出戏的白口。我们知道《十道本》这出戏，褚遂良为储君保本说服老王，讲古比今，叙述了历代君王之成败关键。马先生在一个酷热暑天用功，邻居一位老保姆，总抱着孩子到马先生门洞里乘凉。由于马先生一遍一遍地练，她竟完全明白了这出《十道本》的戏文，而且能给别人讲述褚遂良保本的故事，十道条陈，竟能讲得头头是道。马先生为了把自己的不利条件化成自己的特色，付出了多大的代价啊！

曾经有人说，马先生的字眼儿不够讲究，如《借东风》中"东吴的臣"的"臣"字、《甘露寺》"休出口"的"休"字等唱得不够妥帖。而马先生不知道便罢，一旦知道之后，立即改正。马先生对自己任何一点不足都不放过，绝不以"大家"欺人，绝不以已经定型为借口而不改正。自己力量不足，便求借外力，把别人优点融在自己身上。这正是

梨园春秋笔

"大度能容"，是大人物成大业的气度！

再从客观条件上看，二十至三十年代这二十年间，北京京剧舞台正是一个繁荣昌盛的时期。仅以生行而论，京剧第二代演员，所谓"谭、刘、汪、孙"，刚刚相继辞世，但音容犹在。第三代演员正喷薄出山，时慧宝、王凤卿、余叔岩、谭小培、言菊朋、王又宸、刘景然、小达子（李桂春）、高庆奎等人都在自树旗帜，挑起大梁，头牌组班，各占一台，还有旦角、武生、花脸等头牌老板，更占去若干台口，尤其四大名旦以所向披靡之势占有着绝对优势。在这群雄并起之时，再杀出一家诸侯，是何等不容易。没有后台支柱不行，内行不认可不行，前台没人缘也不行。这对马先生来说，构成了一种拥挤塞道的困境。

然而马先生就在这样群卉斗艳的"劲敌"群中，放出了自己独有的芳香，显露了自己别具一格的光华。他绕过余叔岩、谭小培、王又宸、言菊朋的谭派典型，余、言的别出机杼，回避王凤卿的汪派遗响，躲开时慧宝、刘景然的古朴儒雅，揖让小达子、高庆奎的高亢激昂；同时从他们身上汲取了他所需要的可贵之处，熔铸于自己一身，形成了与众不同的全新的马派艺术。从戏路子上看，他的《甘露寺》，不演刘备而演乔玄；他的《四进士》不来毛朋，而来宋士杰；他的《十道本》，不来李渊而来褚遂良，等等，都是避开了锋颖的冲突，而另辟了蹊径，取那个"末"的角色，然而他把"末"唱成了正生。他改编了多少戏，整理演出了多少戏，从一出一出的戏到一个一个的角色，从舞台的整个设计安排到任何一个"小零碎"，他都做了一番匠心独运的改良。在那种敬祖守业的年代里，要想改良，谈何容易。那要遭多少罪，有多少人提出过异议，有多少人给予讽刺。但他自己有自己的抱负，终于走上了成功的路。

四十年代初，余、言、王、高诸名家相继谢世，而后边诸名家却又羽翼渐丰，如谭富英、杨宝森、奚啸伯、孟小冬等从后边涌来。他们各有各的成就，各有各的专擅，犹如中原诸岳，俱来呈秀争美，然而从艺术的全面来看，从在京剧艺术上所取得成就来看，也正如五岳必须有尊者一样，须生的大纛当然地要落在马先生身上。

自四十年代中期，马先生便开始了新的逆境。当时，台上稍稍有一点不合适，台下观众就将报一倒好，并不以名演员的年事高而给予谅解。马先生在这种压力之下，只有更加严肃地对待自己的艺术事业。我听说有一年春节，马先生为了演一出《打严嵩》，竟把宾客们支开，自己坐在厕所里，背了若干遍戏词。有人说："偌大的马先生，为了这么一出小戏，何至于呢？"然而马先生却"举轻若重"，十二分地小心翼翼。固然这有马先生对艺术的忠诚所致，而细分析起来，莫不是也考虑到，如稍有不到之处，不堪设想的遭遇就会毫不留情地压过来。然而，这种逼人的压力是非常可贵的，只要把它当作前进的动力，便可取得艺术上更大的成功。

今天的京剧舞台上，从舞台设计、服装盔头，一直到念白，马派简直成了京朝派须生一行的代表。著名的戏曲研究家张伯驹先生，当初是绝不恭维马派艺术的，然而最后为马先生所撰的挽联，也珍重地道出了还是马先生为"最"的公道评价。

从马连良的艺术道路，我们能不能从反面得出这样一种认识：对于一些青年演员来说，今天的条件太好了、太优越了。对他们的成绩，报刊上还一味地表扬，批评两句对他们来说大概就是最大的逆境了。希望青年人能正确对待颂扬和批评，特别要注意身处逆境时，如何将不利的条件，化为成功的动力。马先生的经验是很值得青年人参考的。

二、 马连良先生的眼睛

外行人与内行人谈戏不同，内行人多从表现手法来谈，而外行人却多从有什么感受谈起。马先生的艺术给我的感受是多方面的，最突出的一点，是从他眼睛里放射出来的艺术魅力。

老生常谈"眼睛是心灵的窗户""眼睛会说话"等等，这些都表明了眼睛是沟通演员与观众的一个重要结合点。人们看戏的时候，当然要看整个的人，然而最多的时候，还是要看演员的眼睛。所以，眼睛对于一个演员来说太重要了。

马先生的眼睛并不大，而且常常是微微眯着，并不让它的光芒大放出来；然而，他表演得深深动人的时候，常常正在这含而不显、虽不盈寸却变化玄秘的两只眼睛上。仅就记忆所及，列举数则，做个说明：

注意马先生的眼睛，是从看马先生《甘露寺》后部饰演鲁肃之后开始的。那次我是坐在剧场的右侧前面第二排。鲁肃下场念对儿："如今不听我言语，损兵折将这后悔迟。"那时马先生的表演是边摆右袖"一、二、三"，抬头"八"翻手大绕袖，"大"转身，"仓"亮住，然后"冲头"下场。就在这"一、二、三"左右摆袖时，马先生是眼随手走，而我则眼随他眼而走，已经被他引得有些不暇应接，而他那一抬头时，两道目光则从袖子霎地一直射向了观众的最后一排，紧接着绕袖，眼神又返了回来。距离之远，是近在袖口，远在剧场后排；时间之促，只在"八、大"之间，眼光之神，竟引得我噌的一下子站了起来，随着他的眼光，也看向了最后一排。这眼光多么吸引人，多么有力量，真是其急如闪电，其光如明灯，其力如下合。我则完全成了他的俘虏，悉听尊命了。

由此我开始注意他的眼睛。像这种可以运用眼睛的地方，固然容易显示他的艺术神采，而一些不显眼的地方，他的眼睛也极能传神、示意表情而吸引观众。

三、《清官册》

《清官册》一剧是马连良先生从早年就喜欢演出的一出名剧，也是念、唱、表演同重的一出典型老生戏。虽然是一出传统老戏，许多名家都有，甚至于一般演员也都能演出。但马先生演得有自家特色，更得到众家称誉，竞相摹效，成为一种定型的艺术珍品。以马派特色树在艺林，立为宗法，的确凝铸着马先生实践及灵感的心血。现在崇仁先生把它整理出来，留给人寰，庶几可以使马先生的艺术光彩永葆焕发，可以使后学者学习有所遵循，使马先生艺术的追随者得慰良殷。故我愿说一点自己的感受，以奉诸公，敬请指教。

戏的情节本自宋仁宗时期潘、杨两家的恩怨事件，加以敷衍而成。固然有着艺术的渲染，但表明了人们的倾向与感情。马先生正是根据这些，而使活在人们心中、传续在人们口中的心意，以京剧的艺术手法给予充分恰切的表演。

对于这出戏的演出，马先生匠心独运，赋予了一些耐人咀嚼的意味。

引子诗，词有不同，各有各的特色，皆无大碍，但有讲究与否的问题。定场诗的第二句，一般是"中状元青史名标"。马先生则念"中进士青史名标"。事实上，寇準中的是进士，的确不是"状元"。这种用法，就看出了马先生在戏理上的严谨。

独坐馆驿的〔二黄三眼〕，马先生唱得满宫满调，字正腔圆，诸如"独伴孤灯"的"灯"字，行腔放音以"e"为主，最后稍一闭嘴，"n"字抵颚，"灯"字音清韵准，极见嘴里讲究。转入〔原板〕之后，字字交代清楚，不时夹上一点京音，也很得体，似乎更接近了"口语"。尤其在

"唱"中的说明语言，绝不拉长拖腔，以免耽误理解词意。诸如"哪怕潘仁美他是皇亲"的"亲"字、"七品官升御史感谢皇恩"的"恩"字，以及后边的"把贼问"的"问"字、"说分明"的"明"字、"发笑声"的"声"字，都是字出即止，既干净，人们听来又十分清楚。

第四场，公公来下礼单，公公翻脸、掷下礼单，"暂离西台地"下，马先生一声"这王法"，翻袖亮相，念"不徇情"，身上边实，语势严正，一脸正气，情理肃然，令观众心中淤积一抒。

必须特别说明一下的是，"站立在宫门发笑声"之后，寇准从心中不免放出一点得意的笑，难免自然地放出一点声来；不想被公公一声"啧"给吓住。在喜与惊交织起的情况下，马先生做出了一个身段，他在一个"八答仓"中，抬腿，亮相，合理合情，惊喜相凝，都表现在了脸上，一个怔神，一声"哦"，然后左手捂口，右转身，出马鞭，顺势而下。这是马先生特有的一个身段。时间很短，内心极为复杂，而都完好地表现出来，马先生的身上、手、腿、姿势特别是眼神，都明确无疑，层次清晰，完全取得所有观众的理解，诚然是艺术大家的"点睛"之笔。

第六场，马先生上唱一句"御史衙前离鞍镫"，下马，进门，归中场；接唱"两旁衙役呐喊声，吩咐忙打这升堂的鼓"，"鼓"字的处理真是神来之笔，无论情节、旋律、节奏、身段、锣鼓，都达到了天衣无缝的高度。"升堂的"三个字都是"2"，这平直的声调只在节奏上有两松一紧的跌宕；"鼓"字则落在"1"上，稍稍一拖一纵，加"哇"，"56 1"，仅顺势抒腔，稍稍一点，干净、明快，单摆浮搁，不拖不坠，下边紧紧接上"咚咚"堂鼓，真是妙到不容毫发地严谨、顺适、明朗与畅达。令人听来、看来，一时只觉处处合理合情，或许仓促之间想不到它的滋味，然而稍加品味，便会觉得马先生的艺术底蕴实在是深沉丰厚，但表现却是明洁爽利，真是达到了极高的艺术意境。

最动人的地方当然是审潘的白口。

第一段从"只因你子潘豹"开始，到"打来了连环战表"，马先生娓娓念来，虽是平铺直叙，但丝丝入扣，情理明白。

第二段从"你这老贼在金殿讨下了帅印"开始，直到"气呕身亡了"，在叙述呼延老将军的来龙去脉，清楚明捷。

第三段从"黄道日期你不发兵"起，到"两狼山下"，直接说到杨老将军的实际情况。马先生念到"只得杀一阵败一阵，杀一阵败一阵，败至在两狼山下"时，情急气狠，一声声加快，一阵阵加急，然而却字字清亮。"山下"的"下"字，最后一甩，情真意切，听者为之动容。

第四段从"那杨老将军……"起，到"李陵碑下"，马先生念到七郎被射死，一个"箭"字，念出了潘洪的歹毒残狠。"李陵"的"陵"字，声向下沉，一声叹息，极度地表明了寇準对杨老将军忠烈悲壮的钦敬与慨叹；"碑下"的"下"字，更完全地表示出自己的万分悲恸的深沉感情。

第五段说明一切之后，归到潘洪的罪行结语：不忠不孝、不仁不义卖国的奸贼。一个"贼"字，马先生念得气奋语实，声沉义正。是艺术的积聚升华，是生活的感情凝结。

念白是马先生艺术中的一个必须提到应有的高度来认识的亮点。前辈们说"千斤话白四两唱"，良有以也。而马先生正是在这一点上有卓越的成就，他的白口，可以说是"没有胡琴的唱"，为后辈们做出了榜样，是为一代的典型。

每看马先生的演出都有一番新的体会，受益良深，而百观不厌。这是马先生艺术感召力所致，非细细咀嚼不可。心中有此感受，愿意提出来，就教于各位专家。

四、《失空斩》

《失空斩》这出戏，当初，在戏班儿的组织上是一出很严整的戏。按老"戏规"说，正工老生演诸葛亮，二路老生演王平，铜锤演司马懿，架子花演马谡，大丑二丑演两个老军，其中有一个还要赶报子，青衣花旦扮两个琴童，老旦扮赵云，小生扮马岱，赶旗牌。一个戏班儿大家都有活儿。

《失空斩》的主要角色，当然是诸葛亮，正工老生应工，唱做并重，所以这是出老生重头戏。一个唱老生的，这出戏拿不下来，就够不上挂头牌的资格。所以这出戏也是考核一个老生演员艺术水平高低的标准。也正是因为如此，这出戏也就成了一直流传、经久不衰的保留剧目之一。

《失空斩》这出戏的剧本为演员的艺术创作提供了条件。观众经过了长时间多少次地听和看，对这出戏也吃透了。大家都很少着眼于它的故事情节，而是注重于艺术的欣赏。许多观众已经钻了进去，已经去咀嚼其中的字眼儿，去品评其中的滋味，去领略其中的神韵了。演员研究的心得，往往正是观众过瘾的地方；观众得到的享受，又恰恰正是演员用心良苦的所在。这样，《失空斩》这出戏逐渐成熟，日趋完美了。应该说这是演员和观众共同的心血结晶。

马连良先生在舞台上的艺术生命是相当长的，20世纪20年代他已是红遍南北的著名演员，30年代中他已可以和比他长八九岁的余叔岩、言菊朋、高庆奎等名家，各享一分秋色了。"马派"艺术的旗帜已鲜明地树在了广大观众面前。40年代初，余、言、高三位艺术大家相继而逝，马连良先生在须生行当里当然地就成了佼佼者。《失空斩》这出戏，相当长一段时间他不唱。1961年，马连良先生已是花甲之年了，他的艺术已经到了炉火纯青的境界，老到了，最后成熟了，他在一些知音友人的一再敦请下，竟又公开上演了这出多年不动的戏。

他的这出戏，处处是规矩，处处有所宗，又处处有创造，处处是马派风格。这个"两国交锋龙虎斗"的唱段，有几个地方要说明一下：

第三句原词是"管带三军"，他改为了"带领三军"。"管带"，固然也说得过去，但词近俚俗生硬，改为"带领"便好多了。

第四句"赏罚中公平莫要自由"，"公平"的腔改动较大，"公"字上他多唱了一个小腔，"平"字唱得接近于北京音的上声，和下边"莫要自由"连了起来，而"莫要自由"唱了个低腔。这样处理显得很近情理，很有感情。

第五句"领兵"的"兵"字，马连良先生把这个sour① 唱得特别平稳，甚至把 sour 都唱化了，的确老到了，同时也很能显示他的风格。

第六句"近水"的"水"字，他却拔了个高。这对一位老演员来说，是很不容易的，但马连良先生却极其自然地、毫不费力地拔了上去。最后"扎营守"的"守"字，收得很是干净，一点也没往后拖。这实际上已经给后边马谡的唱开出了尺寸，而没有为了"放份"突出自己而一直拖下去。这种地方充分显示了马连良对戏的全部要求都吃得很透的过人之处。他的这段"唱"，不温不火，交代清楚，恰到好处。

马连良先生是一位革新的艺术家。但他的创造，不是无源之水、无本之木，而是有着雄厚基础的，是在充分地继承了前人宝贵财富的基础上，审慎地根据自己的条件、习惯、

---

① 即"嗽儿"或"擞"之音，也说擞音，为京剧行话，指演唱中的一个技巧。——编者

风格而做了极细致的融会之后的创造。这段"我本是"就很清楚地表明了这一点。

他把谭鑫培偶然唱颠倒了的"评阴阳如反掌保定乾坤"和"东西战南北剿博古通今"两句改正了过来，恢复了"评阴阳如反掌博古通今"，"东西战南北剿保定乾坤"。而把"博古通今"的"通今"的旋律稍微变化了一点。把 <u>11</u> <u>16</u> ｜ 1 改成了 1 <u>3563</u> ｜ 5 ，这样有利于表现诸葛亮有意识地向司马懿显示自我得意的情致。

还有"执掌帅印"的"印"字，多么像言菊朋先生的唱法！其实这一点也不奇怪。当初，言、马两位是十分投契的，他们经常在一起研究唱法，言派马派之间是息息相通的。尤其名琴师李慕良早期傍言，而后傍马，言派马派之间的默契，李慕良是很有贡献的。

"周室大振"的"振"字，马连良先生是在长腔之后，先顿住，然后再来个短而硬的 sour，听来很是醒脾。

"前辈的先生"，马连良先生改用了低腔，感情显得更为深沉真挚。"闲无事在敌楼我亮一亮琴音"的"亮一亮"也是低的。这个改动应该说更为成功，演唱上省力了，但更含蓄了，表现力更强了。

在艺术上，花了力气而取得了好效果，是理所当然的；花了力气而效果不好，是笨拙的；省了力气而效果更好，那才是艺术的上乘。马连良先生把"亮一亮"三个字改为低唱，正是艺术上乘的范例。

五、 马连良先生影集

影集，许多照片集为一册，读者可以从中得到许多方面的满足。一位艺术家的影集，一定特别展示一位大家在艺术方面的闪光亮点。

马连良先生，是京剧艺术方面的一位泰斗。他不只是须生行当中的大家，在整个京剧艺术的多个方面，从各个行当，以及许多剧本（人物、情节）、演出的场景、设置、"文武场"，演员的唱腔板式、服饰身段等等，他都有所涉及，而且都有卓越的建树。所以，应当承认，马先生是一位艺术泰斗。他不只能"与时俱进"，而且是开辟了一个更新、更能反映历史、更为美好的艺术面貌的艺术大家，其璀璨之光明如北斗。之所以能如此，与他在一生进程中每一亮点的积聚有直接关系。

近几十年中，迭经变故，能把一些珍贵的留影保存下来，实属不易，许多有成就的老艺术家都有此"叹"，马先生当不例外。而今天还能找到这许多帧，我既为马先生称庆，更为广大的观众称庆。因为可以透过这些照片，得到更多的艺术遐想，可以得到更多的"艺术信息"，使我们可以机会更多地去领略艺术的神采，得到更多美好的享受。对后辈的学习者来说，更有了不可代替的范本。

照相是艺术，照相的成果——照片，更是艺术的结晶。

要想得到珍贵的结晶，当然首先是照相者的艺术能力。随后则是被照者会不会"被照"。其实，"首先"与"随后"之间，难分轻重，因为二者"缺一不可"。只会照相，没可照之相，或被照者不"上相"，"巧媳妇难为无米之炊"或"米是发霉之米"，都不能达到"理想"。马连良先生是艺术大家，在被照的角度来说，他的确是一位极会"被照"的大家。

大家都知道，马先生的"亮相"是戏剧界"内外行"一致公认的。"亮相"是被照相者的一个重要条件。马先生的亮相不只在一出台帘的那一刹那，而在"戏"中的任何一个"节骨眼儿"，都是亮给观众的"好机会"。他从不把这些"节骨眼儿"浪费掉，都会使观众在"不经意"的情况下，在那一刹那间，得到马先生给予他们的艺术享受。好多情况都是出于大家"意料之外"的收获。很明显的例子是《审头刺汤》中，马先生打开折扇，翻转出"刺"字的那一瞬间，当观众的目光都集中到"刺"字上时，大家差不多都没有注意到马先生侧目下视的眼睛，是他把大家的注意力引到扇面的"刺"字上的。否则，扇子会白白亮出，雪艳也会莫名其妙。这些活动中的亮相，我们很难设想有什么办法把它保留下来。

再举一例：《赵氏孤儿》，屠岸贾审卜凤的一台的亮相。卜凤转身斜坐地上；屠岸贾闪身出座，掏翎，眼盯卜凤。马先生一旁没戏，但他竟上前跨出半步，向外一让髯口，双手袖里一抄，满脸置若罔闻，神态安然自若，一下子把台上的气氛全凝固住了。这种活动亮相，真把满园的观众都带到了当时的现场，真是"身临其境"了。

我很难想象这些活动的亮相都能呈现在"照相"片上。恐怕那时"录像"还不像现在这么方便。这些妙到极处的情景就难再出现了。庆幸的是现在还保留了这么多"照片"，虽是静止的，但我们可以从这里想起，想象出……

我看到过马先生扮好戏照镜子的情景：正面左照右照，最重要的是背向镜子，抬起左腿，回身看镜子中的自己下身后"摆"的情况；然后再抬起右腿，回身看镜子中后"摆"的情况。由此我们想象马先生是如何注意他在观众心目中的各方面的情况，他多么注意自己在观众中的"两面观"，我们不能不敬服艺术大家是如何随时随地注意自己艺术形象的方方面面。

我还听奚啸伯先生说过马先生照相时的情况。他总是先请照相师把理想意图说清楚，然后问明自己的位置，告诉照相师：别让我摆好架势等你照。你一定要盯住我在"动"到你最好的镜头时，你照你的，时间只在那一刹那。然后马先生动作起来，一直走出要照的范围，在这一系列的活动中，准有那神采奕奕的那一会儿。

所以马先生每一次的照相都是活动中的一个凝神之点，而不是一个僵硬无神的画面。

为此，我好好地仔细地拜阅过我所能见到的马先生的照片，深深领会了马先生照相中的艺术神采。

马先生诚然是一位艺术大家，仔细翻读了这个集子的小样图片。我为广大群众庆幸，也为后来的学习者们庆幸。

六、 跟得上时代

马连良先生在京剧艺术上的革新，是口碑到处，不需赘述的，能够"跟得上时代"，已是众所公论。然而，我却以为据此论马先生的艺术，似乎未能兼赅，极有加以解析的必要。

什么是"跟得上时代"呢？比如说，三四十年代我想学老生，我总学些《渭水河》《百寿图》《挡幽》《五雷阵》一类的老戏，腔老且不谈，严重的是我学完了没处去演。在舞台上我从来没见过，穿什么，戴什么，我都"黑"着，别人也都不会，谁陪着我演呢？这样，应该说我没有跟上时代，我被时代抛落得太远了。如果我改学马先生的《苏武牧羊》《赵氏孤儿》，上面所谈的问题就都得到解决了，应该说这是跟上了时代。因为当时作为须生泰斗，代表时代的是马先生，于是我不再学那些已经被淘汰的戏，而改学马先生的戏，我便跟上了时代之"髦"。然而马先生是这样跟上了时代吗？不是。他去跟谁呢？

不错，马先生的艺术不是天上掉下来的，自有他的来路，自有他的师承，然而他所展示出来的舞台艺术和他所宗法的、他所吸取的，却有鲜明的区别。他把他所学来的东西、吸取来的东西，融合起来，融合在他的艺术思想之中，构成了一个新的体系，妙造自然，毫无痕迹地形成了一套崭新的具有独特风格的艺术。说时新，是因为前所未有。那么，马先生是跟的谁呢？应该说他没的可跟。如果说较马先生为早或较早树一派旗帜的，如谭派、高派、余派、言派等都是"红"极一时的大家，都是当时时代的代表，而马先生学了谁呢？固然，大家都是谭派，马先生从贾洪林先生那里学来了谭派，而他所发挥出来的、所表现出来的，从风格上讲却完全是另外一套，是另外一套与高、余、言诸家旗帜相埒、各有秋色的艺术体系。显然，马先生不是这样地"跟上了时代"。

马先生的艺术的确是以一个崭新的面貌出现在京剧花坛上的。以我 1940 年第一次看马先生戏的印象来说说我的感受：靠轴戏过后，马先生的戏要上了，剧场的气氛变了，上下场的台帘不见了，米黄底色上加汉画的大幕，首先给人换了一个场景的感觉；乐队、检场人员的白袖口给人一种干净的感觉；一切角色的服装，虽是官中行头，但也都整齐，水袖都洗得非常洁白；演员们都精神饱满，认认真真。马先生一上场，容光焕发，神采照人；行头新颖而合乎情理，靴底、袖口、护领，都白得醒目提神；锣经和马先生的举止协调和谐；吐字清晰易懂，念得自然顺适；唱得从容松弛，字字入耳，顺畅入流，虽不是"间关莺语"，却给人一种"花底滑"的感觉；表演自然合理，两只眼睛好像能说话，一耸眉攒，一眯缝眼，一转眼珠，都在"戏"中；只用左手拢住右手的水袖，只用右手食指向下绕一个小小的圈子，仿佛若干戏文都传达了出来……散戏归来，马先生的艺术形象久久萦系脑际，概括来说，就是"新颖、舒服"，得到了在别人那里所得不到的感受。

当然，之所以能有如此的艺术效果，不全是马先生一人之所为，但应该说都是在马先生的艺术思想之中形成的。比如马先生唱之前的胡琴，马先生还未张嘴，过门已经为"唱"创造了一个得体的情境，与唱构成了一个统一的乐章。当然胡琴不是马先生拉的，而是出于李慕良先生之手，肯定李慕良先生有卓越的贡献。然而，也可以肯定这里也都凝结着马先生的艺术思想。这胡琴也都具有马派的艺术特色。无论鼓、月琴，还是服装设计，包括"跟包"，都对马先生艺术的形成起到了重要的作用，都是形成马派艺术的重要因素。然而，这也都是马先生艺术思想的具体体现。这样看来，马先生的艺术是内容极广、涉及极宽的一个艺术体系。

对马先生的艺术成就，自有定评；对他的影响，更应做出充分的估计。

关于马先生的弟子，没有查阅他的门生录，好在都有案可稽。我觉得那些未经投门拜师而只是私淑者，不应忽视，恐怕远远超过了在录的门人。而并不以马派为标榜，但经常捋点子的，为数恐比私淑者尤多。对此，虽没做过调查研究，但可想象，后辈生行的演员们，间接汲取马派艺术因素的该有多少！别的不谈，仅就髯口来说，有多少人还坚持去挂那种又粗又厚之绺呢？差不多都改了又稀又薄的黑三了。透过髯口我们可以清晰地看到洁白的护领，甚至可以窥见演员的嘴巴，多潇洒，多漂亮！官衣加水崖，褶子选暗花等等，都是从马先生开始的！略略一数，在老生行里，不管是头路二路，以至三路"里子"，也都自然而然地接受了马派的影响。

其实，马先生艺术的影响何止老生一行，特别是表演方面，强调表情入戏，务期感染观众。在这一点上，凡是搭过马剧团的，不管是旦角、花脸，以至于丑角，都有较深的体会。

再进一步说，马先生的艺术的影响又何止是京剧一行而已呢！就从服饰方面来看，即使古老的，如昆曲，所穿的改良褶子、所戴的学士巾子、所挂的黑三髯口，莫不取鉴于马先生的艺术。可见其影响之广，早已渗进许多兄弟剧种之中。

综上所谈，在"新"字上，不是马先生去跟上谁，而是人家在跟上马先生了。所以说，在艺术面貌上马先生是一个时代的引领者。或者是否可以这样说：在京剧艺术面貌上，马先生是一时之髦，他引领时代前进。

如果从整个世界进程讲，20世纪的中国人民推翻了帝制，力图摆脱封建主义的残余，竭力整治祖国山河所遭受的各种创伤，而中国共产党领导着中国人民打倒了反动派，全国各族人民获得了解放；从 50 年代起，又开始了建设社会主义的新时代，随着整个世界的进程，进入一个现代化科学的时代。对于这样一个新的"时代"，马先生毅然自港归来，投身到了建设祖国的伟大事业之中，应该说马先生是紧紧地跟上了时代。

谈艺忆往

谈剧论艺

~

旧剧构造之要素

日前接到了编辑先生大函，披阅之余，知道是为征《实报半月刊》文字，在先生茅菲不遗，集思广益，下询到了不学无术的我。我接到这封征函，真是受宠若惊，既苦于我自己俚陋不文，又见这第一期《实报半月刊》上，尽是些闻人硕彦的杰作，琳琅当前，我既有一知半解，何敢班门弄斧，东施效颦呢？但既受了先生的青睐，想起我常演唱的《珠帘寨》上有两句话，对于此函正是"却之不恭，受之有愧"，无奈何只好硬着头皮，想点一得之悉，来供献给好读《实报半月刊》的观众。一来是勉强交卷塞责，二来我也借着这机会，在报纸文字上滥竽充数，与社会上作一席的谈话。主意拿定，于是搜索枯肠想了半天，总没有什么出人头地的见解，那么只好三句话不离本行，我是旧剧演员一分子，就以眼光所及、思想所到、阅历所经、操业所得的旧剧浅识，说说旧剧的构造元素吧！

旧剧的根本构造，大部分为艺术，分析言之，内中有音乐，有歌调，有化装，有武工，有表情，有做派，借用历史或社会事实，来将以上各种艺术融合在一起，蔚为旧剧大观，与话剧（新剧）专注重写真者不同。往往评剧的人，拿着事实眼光来评论旧剧，谓为某处不像真事，某幕不近人情，殊不知缩世界山川于方丈之台，述千载事实于刹那之间，迈步数万里，转眼几十年，片幕为城，一鞭当马，自与事实大相径庭。不过旧剧，音也，节也，腔也，调也，身手之天矫，歌唱之抑扬，斯则为旧剧的构造，偏重乎赏心悦耳、充分其美的表现而已。不然述而不作，朴实说理，则所谓音也，节也，腔也，调也，身手也，歌唱也，将可一扫而空，则根本上可以抹倒声剧，故吾一得之愚，旧剧乃艺术的构造，而非仅述事实已耳。顾戏剧有人谓之高台教育，此局外人之语，连良为旧剧演员之一，则不敢妄袭此语自重。然戏剧实具有潜在的感化力，故演者不可偏重艺术美的成分，而置风俗世道于不顾。必期于世道人心，不无裨益，则编新剧者，不可不三致意焉，兹为解剖言之如左：

甲　戏旨

旧剧为艺术构造既如上述，然而取材之意，务要顾虑世道人心。要而言之，不外奖善惩恶为宗旨，尤须兼顾开迪民智。关于有碍于蔽塞风气或带诱惑性的戏剧，务宜力为改革删除，不可流于淫靡，不可囿于神怪，即或寓言托迹，亦须警心惕俗，斯为戏旨上乘。

乙 戏史

旧剧必采取某一种事实以编成之，务须求有历史价值，对于事实总以翔实正确为妙。虽演剧不无烘托，要之不可数典忘祖，变本加厉。是非岂容颠倒，公道自在人心。至若社会事迹，虽不论其朝代，而当循理顺情，亦不可矫情逆众，出乎规矩以外，以求炫奇耳目。

丙 戏情

一戏有一戏之事实，一戏有一戏之情理，编戏如作文然，不可质白无味，不可直叙平铺。戏的结构，要有曲折翻转，要耐人寻味，要百读不厌，不可一望而知。情节新颖，构造缜密，场子紧凑，关节离奇，富有新的趣味，合乎人情之常，总期不悖父慈子孝、老安少怀为要。

丁 戏词

旧剧重念唱，于是乎不能无词，戏词之精粗，实足以表现全剧之优劣。然戏词固不同文章诗词，诗文重典雅，戏词重明白，一种要合乎剧中人的身份，一种要使观众雅俗共赏，人人明白。但是戏词也分在什么地方用，类之问答时，必须求其简捷明白;述说景致时,或坐场诗篇,如粗俗不堪,则未免太鄙俚矣。

-(原载:1935 年第 3 期《实报半月刊》)

重排《胭脂宝褶》起源

《胭脂褶》是出纯以说白做工见长特具异彩的戏，这戏是萧长华先生教给我的，我爱他神理变化，很费些揣摩之功，但是仍然踌躇满志。这戏在歌台上，给予观众一个最大缺憾的，就是没有首尾，叫人看了，不晓得是怎么回事，莫名其妙。

这戏出处本有明人传奇，但是与现在演的戏中人名，好些不相符，据前辈先生说，最初是由梆子脱化的，时间总在二百年以上，俗传原有两个本子，一个是从白槐父子失散起，一个是失散后白简赶考起。这次重排，为理清头绪，是根据后者的剪裁，至于为什么重排这戏呢，则一因为它的结构奇谲可喜，二为保留特色的剧艺。

这戏，因后部重说白做工，所以前半我加饰永乐的场子特别重唱工，大段的慢板、原板，大唱特唱。结尾专场来个全家福，唱念做全重地收煞。

服装方面，永乐则考自历代帝王像，用一种箭蟒；冠巾则为新制帝王纱帽，翅子是上边出头的，非敢创造，实取复古。

白槐本皂隶目，按古图帽上应簪雀羽，现下也添上了。我们排这戏的口号，是保留民间文学剧本，戏剧走向大众化。

−（原载：1936 年第 20 卷 18 期《天津商报》每日画刊）

演剧近感

我在梨园界，是一个胆大妄为者。常常地把戏装和唱腔，杜撰添些花头，太不顾人家诽笑了。

我听吴幻荪君说，戏剧艺术的表演，是重在个性的，我国古谓之性灵。不独戏剧是这样，绘画作诗都是这样。我颇引为同情。所以渐渐在个性见地上用功夫，不敢像人家墨守成范。创造，谈何容易。须把古人精华融为己有，然后另辟新机，才是真创造。不然兴出来的不如古人，说什么创造呢。我现在自忖天赋和工力，去古甚远。所以我抱定了主意，是戏剧要复古。因为古人研究的奥妙，我们还没有完全领会和表现。反过来，戏曲含义要取新，不要让它失去戏曲的原义，能辅社教，使它有存在的价值。

我近来偶阅《实报》，见凌霄[①]老先生随笔。他说戏剧大班已走向畸形化，只在主角一人有发展。这个病态，很妨碍戏剧的演进。所以要戏剧的进步，第一要从科班入手，要

---

① 即徐凌霄（1882—1961），著名记者、京剧评论家，著有《皮黄文学研究》《凌霄一士随笔》等。——编者

使它均等化等。

我看了此文，我深深憬悟过去，也有思想不到的失误。固然戏班近来畸形发展，原因极为复杂。（吴幻荪先生因与戏界极稔熟，前在《益世报》论之甚详。）然而要矫正这失点，也非不可能之事。同时，我阅此凌老之文，也深自惭愧。为什么大班不易改革，要从科班入手纠正呢？大班实在病已深沉，不易医治了吗？我羞耻这层，我首先响应了徐先生。同时，我还呼吁着所有同人，体会这层，而加改善。因为你们生命线前途，有因此斩断之虞啊！

我现下正与吴幻荪先生研究排一个有民族革命性的剧本。在这戏本里，要试验做改善的基础，但不知是否能成，只有努力了。

民国二十五年九月廿二日写

-（原载：1936年第2卷第3期《实报半月刊》艺人之话）

我为什么要演《串龙珠》

【编者按】"七七事变"以后北平沦陷，市面萧条，民不聊生，许多中小型戏班难以为继。马连良先生出于艺术家的责任感，与编剧家吴幻荪一道，共同将晋剧《五红图》移植改编为京剧《串龙珠》。该剧借古喻今，描写了侵略者的残暴统治，表现了国人反抗异族压迫的决心，是一出鼓舞民族斗志、号召共同抗击侵略者的好戏。原定 1938 年 4 月 23 日、24 日在北京新新大戏院连续上演两日，首演之后日伪当局认为有鼓动抗日意识之嫌，随即勒令禁演。为了让更多的观众看到这出爱国剧目，马连良历尽周折，费尽心机，与上海租界的巡捕房、戏院以及票房等多方协调，终于在 1938 年 9 月，再一次将《串龙珠》以及另一出抗战名剧《春秋笔》于上海租界内的黄金大戏院公演，并出版了演出特刊。

我素常演戏，是注重技术和唱功。关于布景、彩砌等项，认为不是戏中的主体。那么戏中的主体是什么呢？那就是歌和舞。以布景和彩砌来炫耀于人，不独不能持久，而且也违背戏曲组织。

我从前演戏，是主重《四进士》一类戏剧，因为写社会景状，有如燃犀照海；写人类的复（杂）形（态）心理，最为透彻。同时情节方面，重趣味化、重歌舞化，面面都好。可自从发现了《串龙珠》的旧戏，便把《四进士》等戏视同敝屣。

我觉得这出戏无论在情节方面、技术方面，都超过了以往各戏。这出戏写人类的善恶、残忍、忌妒和受冤受苦的呼吁，与夫慈善者的博爱、拯溺济危、两面心理的矛盾。若表演出来，一定予观者极大的冲动，而博得极大的同情。

所以尽力搜索了旧本，费了许多的功夫，才敢郑重地公演。这出戏的情节，不消说，自然好极了；而技术方面、锣鼓方面，也有许多考究和恢复。

我表演得好不好，是另一个问题。不过这等好的旧剧，应当让它永远流传。这里的戏意，也应当让它永远流传。

–（原载：1938 年 4 月 23 日《实事白话报》）

我之《串龙珠》

我是从事于旧剧的伶人。因为过去疏于文学修养，对于过分深刻的文艺戏剧，欠缺了解，所以新的知识，仅就我的本能去追求。实际的痛苦，当然不是我的观众所知道的。十几年来，我对于戏的技术方面，逐步研究。今日的成就，老实说，是源于观众百分之百的捧场与夫朋友们的督促。

在科班里的时候，性之所近，我偏重于做派戏。所以我对于《四进士》《清风亭》这一类戏的爱好，直到今日。我的做派戏，发展得已经可观了，我不能不追求新的剧本。然而，环顾海内，所谓新也者，早已离开戏的本质了。说新戏似乎应该有机关、有布景、有彩头、有砌末，否则不成其为新。但是排演一部新剧，要没有良好的剧本，当然不成功。我注意剧本的兴趣，便由此而生。

梆子班到北平上演，我看过不少次。尤其对于剧本做派方面，有一种深长的考察，直到这出《串龙珠》上演。我是决意予以排演。不过梆子班，对于一出戏的上演，向来不重视全部。所以在剧本的搜求上面，又费了不少时间，结果才如愿以偿。剧本改纂完备以毕，为了合乎事实的需要，对于行头身段的努力，又费掉半年以上的时间。这一个时间段里，我个人的愉快，实不易形容。因为我数年横于脑际的不用机关、不用布景、不用彩头、不用砌末的心愿，算是满足了。我欢喜《四进士》，尤其欢喜一般的做派戏。我很可自满地说，虽然《串龙珠》的表演，还不会到尽善尽美的地步，但比起《四进士》这一类的戏，要进步数倍以上。无论在唱工、做派、身手、剧本各方面，都很平衡地发展。这次在上海出演，为了集思广益，很希望先进的内外行，予我以最大的指导和匡正。最后，我向观众致深切的敬礼。同时谢谢为《串龙珠》特刊绞尽脑汁的诸位先生，我并致深切的敬意。

-（原载：1938 年 9 月上海《〈串龙珠〉特刊》）

《串龙珠》马连良饰徐达

谈《春秋笔》编排经过

自从《串龙珠》公演之后，所得的成绩，承诸大名家的指正，相当地圆满。这出《春秋笔》，便是在这出《串龙珠》公演后着手编排的。《春秋笔》的缘起，是李亦青君提出的。他看了梆子班的《灯棚换子》后，认为情节和戏路都很有价值，便贡献给我。

其实，我一向对于剧本方面非常注意，这出戏中的"灯棚换子""换官杀驿""檀帅困营"早就深刻地印在我的脑海，由来已久。这在四年之前，亦青总算有心人了。《羊角哀》《胭脂宝褶》公演之后，我唯一的愿望是要把这部《春秋笔》实现。后来亦青远游，费了很久的搜集工夫，才从晋剧花脸演员狮子黑手里得到这个剧本，又观摩了晋剧的演出，整个戏的关目和技巧都酝酿在我的脑子里。

剧本是演剧者的食粮。得到这部名剧，在北京曾经经过不少名家的品评，认为是最有骨子的佳剧。后来经过吴幻荪先生和翁偶虹先生的修正，穿插了不少场子。我自己又经过一番研究，还不十分放心公演。到上海以后，又和吴江枫探讨，更欣逢亦青至沪，这出戏总算是有始有终。由李君发起，而仍由李君参加。一饮一啄，莫非前定。

自问对于艺术的修养，是那么浅薄。可是我努力追求戏剧学识，是下过一番功夫的。北京的诸位评剧先生们，称我研究戏学，已经进入第三阶段。这是捧我，因为一个从事戏剧事业的演员，再不对自己的食粮加以充实，前途的危险是很大的。

《春秋笔》在同人共同努力之下，已经公演了。其中重要的身段、唱腔、锣鼓、配角，都经过我个人细心研究，在演出上自然难免陨越之处。这点希望海内名家予以指正，连良当率扶风①全体同人，深致敬意。

－（原载：1938 年 10 月上海《〈春秋笔〉 特刊》）

---

① 扶风社为马连良于 1930 年挑班成立，排演过《羊角哀》《胭脂宝褶》
　等不少新戏。——编者

《春秋笔》马连良饰张恩，马富禄饰驿卒

附一：

为马连良《春秋笔》特刊作（节选）

梅花馆主

近年来，名伶们时常排演新戏，倒确是艺坛上的好现象，因为梨园界太趋于保守的途径了。而连良更将老戏加以改良，用归纳分析的方法，存精去芜，来编成一出完整的戏曲，确是值得称赞的。《串龙珠》是为民除暴痛快人心的佳剧，剧情是相当激昂的。而《春秋笔》在中国历史上更具有很大的意义，檀王之能以唱筹量沙得胜回朝，当时在我南人是无上的光荣，而北夷不敢南侵者多年。际此国家饱受侵袭的时候，我们观此，自然期望国人效法檀王的离乡别妻，为国家效力，俾保全当年檀王征伐的功劳。同时对于一般徐羡之、傅亮辈，以历史上的事实和榜样，燃犀照耀。那么连良爨演此剧，不是更有深刻的意义吗？

－（原载：1938 年 10 月上海《〈春秋笔〉 特刊》）

附二：

评《春秋笔》剧本（节选）

陈禅翁

挽近剧本缺乏，不论电影圈、话剧界，更不论国内外，咸起普遍恐慌。独素号守旧之平剧，新著旧编，蓬勃怒苗。此不能不为平剧界庆，更不能不为平剧界得马君连良贺。

马君连良，献身艺术，即以阐扬平剧为职志。经其手编付公演者，前后奚啻数十出。者番南下，复携《串龙珠》《春秋笔》两剧本俱。《串龙珠》公演以来，既博好评，于是《春秋笔》亦将继起而与沪人相见。

《春秋笔》是南北朝史实，其表演名将主战、贪佞主和，可代今日国难之南针。其表演困战绝域、粮尽援绝，可作今日苦战之借镜。其表演量沙唱筹，可知将士同忾之攻无不克。其表演劝民献粮，可知军民一心之事必有济。至若"灯棚换子"之有关宗祧，"替主受戮"之旌扬忠义。则又以表演言，同为马君连良所主演，自不能谓《串龙珠》见逊于《春秋笔》。然就剧本言，则《春秋笔》确超出《串龙珠》之上。盖是剧为历史之奇迹，为现代所切需。其着眼处，远而且大。

－（原载：1938 年 10 月上海《〈春秋笔〉特刊》）

发起1939年京剧艺术化运动

不才如愚，小子狂痫，我这里作一字调的疾声高呼，郑重发起这1939年京剧应努力艺术化运动。为了什么呢？就是为了北京国剧策源地的现在戏曲，已离本背源，踏上歧途，被什么布景法宝、千变万化、妖术邪法所迷惑，失却本性了。在下是个以演戏为职业者，为了目击这戏道存亡、危如一发的当候，早作"鲁子敬在舟中浑身乱抖"的表情，只得学那诸葛孔明在《空城计》中的口吻，叫道一声"险哪"，跟着又来个叫头白："哎呀同道列公啊，这，教我们演戏者，怎的不急，是怎的不恼！"唱两句罢："我这里大声呼来高声喊，如何打破这难关？"我们研究艺术的，只期于真美善三个原则，是无分什么京海化，划什么界限的，是只要好，不要无理的胡闹。中国戏组织，是以声色表演为主体，歌以示声，舞以示色。常人多谓国剧是象征化，究竟应当怎样地象征呢？这就有好多人解答不出了。我听见有些人家说，怎样象征化，这答案简单得很，就是动作处要合于舞学唯美主义。真是一语中的。所以根据这原则去做，歌唱得好，表演舞得好，便会意味无穷，领略不尽，越看越有味，越嚼越回甘。戏剧真正艺术价值全在这里。

近来戏剧界不然了，每每离开歌舞原则，排了一出新戏，内容绝少技术艺术成分，所以有人给它起了个名堂，叫作"活做事"，斥其看过了解以后，再无重看意思也。至于以彩头布景，眩惑于人，叫人看西湖景耍子，那越发背离艺术原则了。因为它离开了戏剧艺术本身，我们当然不同情。现在这个风气，正如剧界一种恶性传染病，简直活要剧界的生命。

所以我才来不避责难，攘臂而起，向同道高呼，快扑灭色毒气罢，不然会一直要你们的命呢！

现在正值 1939 年的开始，古谚有句话，"一年之计在于春"，若言改革，此其发动时也。我知道这个问题很大，像我这不学无术的人，怎能担起这千斤担子？大家众志成城，才有力量。而且我还晓得像剧界程御霜①等先生、文学界及评剧家，都同情我这论调，所望于剧界、研究戏剧的文学界、爱看戏剧的鉴赏界，一齐担起这责任，共挽这厄运。我这里只有"躬身下拜礼恭敬"了！

－（原载：1938 年 12 月 31 日《立言画刊》第 14 期）

---

① 即程砚秋，御霜为其字。——编者

今后新编本戏之趋势

《三六九》新年征文，辱及不学无文的我。真犹如打鸭子上架一般。为其向不才询及今后新编本戏之趋势，这真使我不敢妄谈。我只好就我自己编新剧的见解，拉杂胡说几句，聊以塞责吧。

我知道旧剧都是千锤百炼，渐渐修改而成。留精汰粕，所以能够光华相映，耐人寻味。

编新戏就不然了，必须于千梳百剔以后表演一下就好，才有存在价值。所以我特别郑重，认为比唱旧剧更难。更鉴于过去编新剧之失败和旁人给我的镜子，令我害怕，不敢轻易，半点也不敢轻易。

从前听戏是听角，看见某角便好了，不必管什么剧情。现在不然了，编新戏总要向整个剧情上去发展，向整个戏剧途径去发挥。戏中结构、戏情、技术、艺术全好；唱、念、做、配角、行头、灯光、舞台、场面全考究，才能说是完备，不是某角简单的事。说到这里，只有增加我的害怕、审慎、顾虑和努力求知。

总而言之，今后新编本戏，是件大不容易的事。

-（原载：1941 年 1 月《三六九画报》）

编排《十老安刘》的自白

　　自民国 28 年春天，我便开始研究这出《十老安刘》，一直到今年五月初才得上演。

　　宣扬三年多了，我编演这出《十老安刘》今日才得上演，这其中自己不知费了多少周转，编一出新戏真不是一件容易的事。

　　编这出戏的动机，是我十年前每演《盗宗卷》这出戏，总感觉田子春为什么要向张苍盗卷呢？吕后为什么要烧卷呢？没头又没尾，使人不明白，可惜这出幽默好戏啊！我小时候就知道有出《淮河营》是《盗宗卷》的头子。当初贾洪林前辈有总讲，可惜故后被他夫人烧毁了。那时 30 年前，梆子、汉调都盛兴这一出，后来因技术繁难，失传绝声了。

　　搜寻《淮河营》本子一直十几年了，踏破铁鞋无觅处，谁知得来全不费功夫。承翁偶虹先生辗转向杜颖陶君的国剧图书馆借得汉调原本，如获至宝。事有恰巧，又在上海遇见了老伶工王德全详说《焚汉宫》这出戏的关目和场子，对于全剧的组织已然具备了十之八九的资料。

　　编剧的责任系由吴幻荪君，打开《前汉书》斟酌复斟酌。编戏虽不受历史限制，但也不能离题太远，费时数月，始告杀青。又承翁偶虹、景孤血二君赞助，枝叶都长成了。剪截的责任，是我自己和幻荪一直研究了三个月，常常夜以继日，天亮了还琢磨着，有时连吃饭也不知其味，真是寝馈于斯。

　　戏本谱定以后，还承徐兰沅君参加意见，帮助研究唱腔。其次，做行头，定扮相，安锣鼓，安身段，又历许多时间，这才功成圆满，与顾曲诸公相见。我这诚实的自白，所期望的是大雅高明予以确切的批评指教，让这出戏有可观的价值，则连良幸甚，此剧幸甚。

－（原载：1942 年《扶风社演出特刊》）

《十老安刘》马连良饰蒯彻 ∼∼∼∼∼∼∼∼∼∼∼∼∼∼

京剧的唱和做

京剧是一种综合艺术。它是歌唱、舞蹈和音乐的综合体。

歌唱的起码条件是要使人听了好听。怎样才能好听呢？首先要有节奏（板眼）。不论唱或念都应该把每个字的声母和韵母（反切）掌握准确，才能使别人听得清楚。此外在歌唱时不应使用猛力，发音要轻起轻落，用气要缓缓而出，每个字的音量好像是个"枣核"型——两头尖，中间宽大。这样让别人听起来，就好像一件雕刻艺术品的"毛坯"经过了打磨，显得圆润而没有棱角。在歌唱中间还应该注意换气（气口）。

在舞台上表演，则不但要歌唱，还要和动作结合起来（舞蹈）。京剧的动作是有一定程式的，有些动作如水袖、髯口、眼神、手势、甩发、翎子等技巧，则是需要经过一番苦学苦练的。但是京剧的动作并不是摆样子，它是由前辈优秀艺人们从生活中提炼出来而又不断地经过艺术加工的。它的表现方式是象征而又夸张，集中而又凝练的——骑马并没有马，乘船并没有船，正由于它是从生活中提炼而来，又经过艺术加工，所以从形象上能给人以既美而又真实的感觉。也正如炮兵舞、海军舞、农夫耕作舞等舞蹈并没有大炮、军舰、锄头、禾苗却依然能以艺术形象使人有所感受一样。前面已经谈过，京剧是歌唱、舞蹈和音乐相结合的综合性艺术，因此，在动作方面也必须适应音乐节奏。作为一个演员，必须懂得锣鼓（锣经），懂得哪种动作应该配合哪个"点子"。

可是歌唱和动作的轻重缓急怎样掌握呢？首先应该了解剧情，其次要了解剧中人物所处的社会和环境，然后设身处地揣摩所演的人物性格，更具体地体会在某一出戏里那个人物是什么感情；前后各场由于情节的发展，人物的感情起了哪些变化。然后牢牢地掌握住人物思想感情发展的这条线索去唱、去做。这样，同是一个腔调便因戏而有所不同；同是一种动作，也因人物不同而有所差异。同是"二黄三眼"的调子，《清官册》便与《胭脂宝褶》的韵味情调不同；同是舞台动作，宋士杰（《四进士》）、薛保（《三娘教子》）、张元秀（《清风亭》）、乔玄（《甘露寺》）在舞台上的表现也大有出入。很显然，这是由于他们的身份和剧情的要求不同。如《甘露寺》中的乔玄是执掌东吴军政大权的首相（太尉），在神态上便应给人以老成持重的印象。因此，无论在唱念和动作方面都不能太"火"。

总之，京剧的歌唱和动作在已经掌握了表演方法的基础上，完全应该运用感情加以控制。这样，不同年龄、不同身

《清官册》马连良饰寇準

份的人物，才能发出不同的音调，做出不同的动作——如抖袖的大小、台步的整碎，都应该因人物的不同而有所区别。运用感情控制歌唱和动作，才能使人物有血有肉，才能感染别人，给人以具体、鲜明、深刻的印象。

今后，我准备写一些个人演京剧的体会和经验，供给爱好京剧的朋友们参考。

–（原载：1956 年 12 月 1 日《工人日报》）

我演出《赤壁之战》的感想

当我兴奋地接到《赤壁之战》剧本，仔细阅读我常演的鲁肃、诸葛亮两个人物的台词时，我有一种说不出来的愉快情绪，仿佛是多年存在心里的话，现在在剧本上都替我说出来了。原因是我在富连成科班时期，就演过《赤壁鏖兵》的诸葛亮，后来自己组织剧团，又兼演鲁肃和诸葛亮两个角色。通过几十年舞台上的实践，逐渐感觉到老本里所赋予这两个人物的形象，多少还有不足或比较纤弱的地方。我也翻阅过《三国志》和《三国演义》，觉得《三国志》和《三国演义》里所描写的鲁肃和诸葛亮，并不和舞台上完全一样。我很想把这两个人物重新估计一下，终由于思想解放不够，不敢做革新的想法。解放以后，由于不断学习，对于剧本思想性的认识，逐渐提高，更感到这两个人物的表演，有加工的必要，虽然我在日常演出时，也加以小的改动，但都是不具体的。现在，我读了《赤壁之战》的剧本，并在舞台上表演了《赤壁之战》里的诸葛亮，对我来说，是把我多年想做而没有做到的实现了。我怎能不兴奋呢？

《赤壁之战》是根据传统节目《群英会》《借东风》加

以创造性地改编的。首先给我的感觉，是原有的精华部分，很细致地保留了。但是在精华的部分中，又加以整理补充，使它更完整，更精美。这就非常符合发扬精华的精神，达到了"推陈出新"的要求。

原有的《群英会》《借东风》是全部《赤壁鏖兵》的两本。《赤壁鏖兵》共分八本：头本，《舌战群儒》；二本，《激权激瑜》；三本，《临江会》；四本，《群英会》；五本，《横槊赋诗》；六本，《借东风》；七本，《火烧战船》；八本，《华容道》。几十年前，演这部大戏，每天演一本，需要八天演全。这八本戏，虽然把《三国演义》的四十三回到五十回全部故事，搬上舞台，应有尽有，而对于这样一个我国古代有名的战役的成败所在、战略思想，并没有鲜明地表现出来。它着意刻画了一些小的事件，使人忽略了这一次虎斗龙争的大战役。而且分日接演，逐渐地不适合于观众的需要，以致后来压缩再压缩，只保留了《群英会》《借东风》两本组成的一个节目。从《群英会》到《借东风》，虽然也体现了一些战略思想，而对当时的时代面貌，又有些忽略了。这样，就把这一个大战役的来龙去脉、成败所在，表现得不够鲜明，人物的思想活动，也比较模糊。我在历年演《群英会》《借东风》时，已然有所感觉，但说不出摸不着它的关键所在。

这一次的《赤壁之战》，在《群英会》以前，加了三场戏：一、《藐江南》；二、《决策过江》；三、《盟成》。表现了曹操以优势兵力，希图席卷江南，威胁孙权投降，反而促成了孙刘联盟的错误的战略思想；鲁肃过江会见刘备、孔明，进行联合战线的组织工作；以及孔明随鲁肃到了东吴，经过若干曲折斗争，才形成了联合战线。

《群英会》的原场子，也加以丰富，形象地表现了孙刘结盟、斩赵达、立军威，镇压了主降派的气焰。《群英会》以后，直到《打盖》，完全保留了原有的精华，而在情节和表演当中，又做了若干细致的加工。《打盖》以后，新增了《横槊赋诗》《龙虎风云》《壮别》《火烧赤壁》四个场子，《借东风》仍然保留了我若干年来演出的形式，而在词句中间，也有所润色修改。

《横槊赋诗》表现了曹操骄矜达到极点，埋伏下必致失败的契机；这场戏传统虽有，但已绝迹舞台多年，这次重新整理，内容更集中，色彩更鲜明了。《龙虎风云》是周瑜因无东风而得病，孙权、刘备、孔明、张昭都来探病，由孔明解决了东风的问题，同时作了决战前夕的部署，并涉及胜利后的果实——荆州——问题。《壮别》是黄盖准备火烧战船的前夕，周瑜微服简从，在夜静更深的时候，为这位忠勇无畏的老将军来壮行色，表现了黄盖的忘我精神、周瑜的豪迈气概。《火烧赤壁》虽然是战斗场面，而创造了许多新的形式，利用"台火"，把火烧赤壁的气氛烘托出来了。全剧只有十四场，一场大战表现得很清楚。

我扮演的诸葛亮，首先在服装上就有所改革，历来诸葛亮的扮相，是八卦衣八卦巾。诸葛亮本来不是一个道家，八卦的图案，硬贴在他的身上，真使人莫明其妙。原因还是有的：诸葛亮是一位精通天文气象的军事家，他在指挥战役的时候，常常利用气象而取胜敌人。在这戏里，就有借大雾而取箭、测东风以烧船的具体行动。但是过去忽略了他依靠科学的一方面，而把他玄秘化了，硬说他能呼风唤雨，于是就和阴阳八卦扭在一处，并把八卦的形象，商标式地贴在他的身上。这一次改为蓝色的鹤氅，用白鹤流云的图案，代替了八卦的图案，更显出诸葛亮的清逸潇洒，倜傥不群。《三国演义》就是描写他穿鹤氅的。

在表演上，由于导演的启发，着重地表现他的深谋远虑、机智聪明，而又掌握了他的性格，表现了"羽扇纶巾，谈笑间，樯橹灰飞烟灭"的风度。所以在过江决策以后，他用言语激动孙权，以及预知借刀计之杀蔡瑁、张允，和周瑜的对火字，造箭之自讨三天期限，借箭以前和鲁肃开个小玩笑等等，完全以"谈笑风生"作为表演的基础。

借风问题，减去了强调他能呼风唤雨的词句，在下场时，由于刘备的关心，唱一句"甲子日，起东风，我早测天文"来安慰刘备，就点明了他的借东风，不是法术，而是预测气象的结果。我表演这个人物，注意了青年的孔明形象和他晚年的区别。孔明这时初出茅庐，还不满三十岁，无论他怎样干练，但青年人的特点还是要有所表现。

鲁肃这个人物，过去我也常常扮演。在《赤壁之战》中，

《赤壁之战》马连良饰诸葛亮

由于剧本赋予的思想内容，使这个人物形象，有了新的表现，比起老本，提高多了。首先，鲁肃由"决策过江"起，就表现了他的政治远见，与孔明是"英雄所见略同"的。他们两个，在政治上有一致的见解，自然而然地建立了友谊的基础，所以发展到"借箭"的情节，鲁肃那样为诸葛亮担心，是很自然的。但鲁肃在机智方面终逊孔明一筹，在某些地方，还是孔明提醒了鲁肃，那也是很自然的。而鲁肃的忠厚、热情、诚挚，处处表现于生活的小节方面，使这个人物的性格，就很突出。同时也感觉到鲁肃的热诚，并非只表现于人与人之间，而是赋予这次大战役的必胜性以无限热力的。

我最高兴借箭那一场唱词的改动。历来是孔明先唱四句原板，鲁肃再接四句原板。现在是鲁肃先唱"鲁子敬在舟中思前想后，料定他有妙策未免担忧，这时候哪还有心肠饮酒，凭空里十万箭何处去求"四句原板。诸葛亮接唱一句原板："一霎时白茫茫满江雾骤。"鲁肃再接唱两句原板："顷刻间辨不出在岸在舟。似这等巧机关怎能解透。"诸葛亮再接唱一句原板："十万箭要向那曹营去收。"在唱词里，很自然地表现了鲁肃的担心情绪。而结合大雾已起，孔明暗暗地指出了他的妙计所在。鲁肃面对着现实，立刻明白了孔明的智谋。唱停以后，鲁肃就问起孔明如何知道当夜有这场大雾，孔明回答他："为谋士者，怎能不晓得天文地理。"只这寥寥几句，就把孔明的预料气象、鲁肃的情绪转变，勾画得很清楚了。不只这一点，全剧里表现鲁肃的性格，都是在忠厚、热诚上体现了他的政治见解，而不是傻呵呵的一个老实人了。

《借东风》的唱词，也略有改动，都很好，而且改词不伤于行腔，仍然保持了原有的腔调，听着似乎没动，而气魄上比原词大得多了。例如，导板改为"天堑上，风云会虎跃龙骧"；上祭坛以前的一句改为"从此后三分鼎宏图展望"；"叹只叹，东风起……"三句改为"谈笑间，东风起，百万雄师，烟火飞腾，红透长江"，"一阵风留下了千古绝唱"，"赤壁火为江水生色增光"。都比原来的词句气魄大得多了。

我兴奋地爱着《赤壁之战》的剧本，我兴奋地演出了《赤壁之战》里的诸葛亮；我在排演时以至踏上舞台，希望我能塑造一个年青多智的诸葛亮，至于我的艺术水平能否达到我的愿望，还有赖于同志们多多帮助和指正。我相信，唯有在我们这个伟大的新时代里，才能使我几十年来表演的诸葛亮，更年青，更有光彩；也唯有在党的领导和观众们的热心支持之下，才能使我们的优秀的传统剧目更丰富提高。

－（原载：1959 年 1 月 21 日上海《文汇报》）

《海瑞罢官》演出杂感

　　孩子们听戏、看电影，最爱把剧中人分类，分成"好人"和"坏人"两大阵营。他们喜欢"好人"，憎恶"坏人"，盼着坏人倒霉。这对我很有些启发。它说明一个道理：忠奸、是非、善恶、正义与非正义，是"公道自在人心"，就连小孩子们都有个自己衡量的标尺。由于这个道理，我们做演员的就必须把这种分类在表演上体现出来，不能简单粗糙地而要鲜明准确地把戏的教育意义发挥得更充分，让戏的鼓舞作用起得更大。尤其是新创作的剧目，要求得格外严。因为从形体动作表演上说，传统戏里没有学习模仿的对象，在人物塑造和内心活动方面，也没有可以完全借鉴的依据。更重要的，也是最困难的是，新的创作剧本内容都有一定的教育意义，而不只是单纯卖弄技巧。这就不得不要求演员付出更大的劳动，在这方面努力向人讨教，苦心钻研了。从对整个历史人物事迹的了解，到对剧情内容的熟悉，从每场戏的人物思想活动，到每句唱、念的思想活动，都要仔细琢磨研究，把它明确地固定下来，然后再想：哪一种感情该用哪个动作表演比较合适？哪一句唱词用什么腔才有感情？总之，要想办法把人物内心和外形表演得恰如其人。因此，我想谈谈在《海瑞罢官》剧中，我演海瑞这个人物的一些粗浅的体会。

首先，我考虑到的是在《海瑞罢官》里怎样塑造海瑞这个人物的形象轮廓。当然，不能按照《五彩舆》来照方抓药，得重新琢磨琢磨才是。《五彩舆》里的海瑞不过是个淳安县的县令，资望较浅，年龄也较轻，他在宦途上受到的磕碰还不那么多，有点"初生犊儿"的劲头儿，但凭正直和勇敢，一切在所不顾，只知道面向坏人坏事进行无情的斗争。人常常说笑话，《五彩舆》里的海端是个"疯子"。我基于如上的理解，塑造出来的海瑞形象倒的确是站起来了，而且相当高大，显得鄢懋卿和顾悭之流真是猥琐卑鄙，微不足道。因此我在《五彩舆》里可以"洒"，只要一"洒"就全都齐了。到了《海瑞罢官》，我一斟酌，可就不比《五彩舆》了，仅这一"洒"，不但解决不了问题，反而会破坏人物形象。海瑞在这个戏里的年龄是 54 岁，官职是应天巡抚，足足地管辖十府。他虽然强项未改，可是阅历已深。爱国爱民虽然不减往日，但他已经锻炼得能够深思熟虑地去观察事物和考虑、处理问题了。他住过天牢，脑袋差一点搬家；受过贬抑，尝过"十五只吊桶——七上八下"的滋味。"不经一堑，不长一智"，知道了机智胆略得使在刀刃上，对待敌人要考虑战术，才能够增强必胜的信心。

因此，我一变《五彩舆》里海瑞锋芒四射的作风，让他的满腔热血在内心里沸腾，表面上沉着冷静，泰山崩于前都好像没有事儿似的。脸上的神气安详，形体的动作稳重，话白的声音浑厚。为了在外形的化装上配合我对人物性格的构思，我把脸上的油彩有意地罩得轻些。另外还特地打了一口髯口。这口髯口是"黪三"，所不同的是，我用了六成黑色和四成白色。一般的"黪三"是黑白两色各五成，不用这样的比例，海瑞就显得少相，不容易起份儿了。再说服装，在头场我穿了一件藏蓝纯素帔，身长将过磕膝；头上戴一顶素绉子风帽，加上一个纱圈儿。这样可以显得海瑞的日常生活简单朴素，合乎他的身份和作风；另一方面也可以说，他这样做正是为了接近老百姓，从而更好地了解他们，为他们解决问题。在公堂审案一场，我是穿一件定制的绸缎红"蟒"，用的是反面不发光的一面，拿黑丝线绣八团龙，下摆海水也得比一般戏里穿的"蟒"简单。这样从台底下看上去，就不像普通的"蟒"那么"金光耀眼"，而带"富贵豪华"之气，格外透着"端庄肃穆"了。

再者，我考虑的是在《海瑞罢官》里怎样刻画海瑞这个人物的思想活动。当然也不能按照《五彩舆》的模子一样刻。在《五彩舆》里，海瑞憋足了劲头，要痛痛快快地整治鄢懋卿一下子，根本就没有什么顾虑，不怕官司打到金銮殿去。在《海瑞罢官》里可就不大相同了，因为典型环境有了改变。与鄢懋卿这过路官员的横征暴敛，以致官民共怨的情况相反，徐阶是个有强大封建地主势力支持的"江南第一乡官"，是个地头蛇，根深蒂固，不易撼动。鄢懋卿仗势欺人，海瑞一见就是"仇人相见，分外眼红"。徐阶的情况不同了，他对海瑞有过救命之恩，封建道德讲的是不管对方是好人、坏人，是与人民群众为敌的，还是维护人民利益的，都不许"恩将仇报"。这个节骨眼儿很麻烦。因此，我一变《五彩舆》里海瑞的横冲直撞的作风，让他的思想活动复杂化一些。有矛盾，有斗争，通过斗争，解决了矛盾。他的思想活动有了发展，发展过程又不是那么简单地直线上升。我的戏就做得比《五彩舆》细致，对王明友是一个样子，对徐阶是一个样子，后对徐阶又是一个样子；绕着弯子叫徐阶上圈套是一个样子，当着徐阶的面非杀徐瑛不可就变了样了。王明友在《海瑞罢官》里是华亭县该管的知县，为了巩固自己的前程，得找升官发财的阶梯，当然他要"趋炎附势"地去逢迎徐阶。为了讨好徐阶正愁没有门路，恰巧碰上民妇洪阿兰来控告徐瑛的事情，他怎么会站在人民的立场为百姓申冤昭雪，来一个公平的判断呢？海瑞最恨这种人，他蔑视这种人，在他知道这个案件的整个经过后，心里早就打好了算盘，一遇上就非严厉地惩治这个"徇私枉法，草菅民命"的坏蛋不可！所以海瑞见了王明友只简单地问了几句，就叫他"起过一旁"，末了当场说明他的罪状，立刻判了斩刑，而不用详查细推、究情问案的办法。这样，我的神气就做得比前场愤怒，说话的声音比较大，语气也非常严厉。

　　海瑞第一次见徐阶有两种心理活动：一个是徐阶对海瑞

早年曾有救命之恩，自己到任后既然知道徐阶住在这儿，在道理人情上是应该去拜望拜望；另一个是以了解乡土民风、请示为政机宜为名，顺便说出有人状告徐瑛抢女伤人的事，试探一下徐阶的为人究竟怎么样。在他听到徐阶的一番似乎完全是"国法无私，秉公办事"的话后，无形中又给海瑞增加几分胜利的信心，他暗笑这个被绕迷糊了、上了圈套的主儿的愚。因此我的面部表情先是和蔼沉静，到后来就情不自禁地从脸上浮出了得意的微笑。因为他已经意识到自己在处理洪阿兰一案中要立于不败之地了。

徐阶过府求情一场，海瑞见徐阶后的内心活动与头一次大不相同了。徐阶已打了下风官司，没办法，老着脸皮来求情，希望海瑞能念旧情来一个"宽大处理"，用退田来换儿子活命。海瑞不吃这一套，他已然完全掌握了主动权，真正是"依法论断"，没有丝毫"屈法徇情"。因此，徐阶先以"有恩无怨"来说海瑞，没有见效；随后又用"乌纱难保"来威吓海瑞，也不起作用。这主要是因为海瑞心里有一个"任你有千变万化，我总有一定之规"，而没有丝毫商量余地的想法。这样我在唱法上就一直不采用稍长的音调和比较复杂的唱腔，对话中也不用什么"啊""嗯""哦"等类的语助词。我觉得加上这些，语气里就显得不太坚决了。身段动作我也尽量减少，让观众看出海瑞对徐阶是不慌不忙地沉着应付。

最后"罢官"一场，在海瑞接到了罢官的圣旨，又见到

《海瑞罢官》马连良饰海瑞，裘盛戎饰徐阶

了接任巡抚戴凤祥时，神色上多少有一些惊异和颓丧，但是这种表现在我脸上只是一刹那的光景，我立刻恢复了镇静，而且比之前更稳、更沉着。因为就我的理解，海瑞在处理洪阿兰一案的过程当中，不可能相信徐阶会甘心看儿子杀头领罪的，这是场异常尖锐的生死斗争。后果如何他心中有数，尽管他没有把事情预料得这么具体，但至少罢职丢官是意想中事。所以此时他反倒能够更为镇静沉着起来了。他想到只要老百姓的冤枉昭雪了，这个官儿做不做又有什么了不起？至于在这节骨眼儿上，还有一个矛盾没有解决，就是罢了官，杀不成王明友了。于是我的内心独白在说："你们罢我的官职，就是为的救王明友的狗命。好！官不做可以，想叫你们达到目的是决不能够！咱们索性来一个痛快的，我也叫你们尝尝我的手段！"所以我把在前几场里海瑞单纯稳练沉着的神色和举动上又加了豪爽、痛快、从容不迫的神气。站在旁边的徐阶、戴凤祥满心得意而又十分解恨地用眼角瞟着海瑞，等海瑞交割印信。海瑞也用眼角轻轻一瞥他们，心里在调笑这两个蒙在鼓里的愚蠢可怜的家伙。在这一个节段的唱、念上我放大了声音，缩短了起落音，加重了语音、语气，动作上也特别注意从容敏捷，面部表情总是神色自如。当最后海瑞说"好，来来来，先斩囚犯，再行交代。中军！传令行刑"的两句话时，我提高了调门，一字一字地念出来，故意使声音生硬些，为了叫人听上去犹如斩钉截铁。海瑞杀了徐瑛、王明友，徐阶昏倒下去了，戴凤祥也木在那儿，这时海瑞没有说一句话，举着巡抚大印，纹丝不动地站在那儿，也没有任何面部表情（但是肌肉要绷紧），心里说："我海瑞还是胜利了！"

－（原载：1961 年 6 月 10 日《光明日报》）

从海瑞谈到"清官"戏

传统剧目中有两位能给老百姓申冤除害的著名人物，一个是宋朝的包拯，一个是明朝的海瑞。由于他们的刚正不阿、不畏权势，做了不少对老百姓有好处的事情，所以大家把他们叫作"清官"。他们在老百姓当中是有着相当深刻的印象的。然而，麻烦的事也就出在这里。有人说："清官"不也是官吗?只要是"官"就是为封建统治阶级服务的，就不会与人民利益没有矛盾。意思是说，既与人民利益有矛盾，官就不可能清。照着这种看法推下去，那么"清官"肯定不会存在了。我的理论水平很低，遇上这类问题可是喜欢捉摸，不捉摸不行，因为我在舞台上常常扮演"清官"，而且这还牵涉到许多剧目保留与否的问题。封建社会的官大都是出身于上层门第，即使也有出身于劳动人民家庭的，但是在封建社会里，读书人唯一向上爬的途径是中举做官。做了官，给皇帝办事情就难为百姓分忧，这个道理是明显的。不过，我觉得这只是一方面，还得看另外一方面：读书人做了官，离开了老百姓，以至于直接参加剥削，但在某种特殊情况下，他们和最高的封建统治者、专制帝王或其他的封建官僚之间也会产生一定的矛盾与冲突，而对老百姓又不是绝对不能理解或同情的。因此，有的官也可能办出一些符合人民利益的事情来。另外还有一种情况，即人们在戏剧里表扬"清官"，很可能有微言大义存焉，是在教育当时的做官的，起着"大字报"的作用。像包拯之流不必说了，就连陆炳那样的坏家伙都给他戴上"忠纱"，恐怕也寓有希望他这样的官儿能够从"鬼"变成"人"的意思吧。我们可以从这种复杂的情况里看得出来，封建统治阶级的内部矛盾是多么尖锐，所以，对"清官"问题不能简单对待，不应该由于"清官"也是官就一概否定。评价文艺作品要看它对人民的态度和有没有进步作用，我觉得也可以用这个尺度来对待传统戏里做官的。历代流传下来的剧目，写"清官"的是挺多的，例如元代杂剧就很表扬王翛然、张鼎和钱可，当然还有包拯。明清以来，包公的名声越来越大，可是又出来个海瑞，以"南包公"的牌号和他分庭抗礼。一般说来，大家都认为海瑞不像包公那么有群众基础。其实不然，据我所知，海瑞也很有些群众拥戴。明代有位木石山人编了一部传奇，叫《忠孝节义海忠介公金环记》，就写的是海瑞，这部曲子我没见过。明末清初朱素臣的《朝阳凤》和朱佐朝的《吉庆图》也写的是海瑞，这两部曲子我都见过。明代李春芳编了一部《海刚峰先生居官公案传》，把许多聪明智慧的传说故事都算到海瑞的账上，正像写包公断案的《龙图公案》一样。后来的《海公大红袍全传》和《海公小红袍全传》也多少有和《包公案》竞赛的意思。也许由于我是演老生而不是演花脸的缘故，在这两个"清官"当中，我是特别喜爱海瑞的，因此也就特别注意海瑞的戏。单拿京剧来说，就我所知道的，有关海瑞的传说戏就很多。这几年来，还从其他地方剧种移植过来的《生死牌》和《海瑞背纤》等剧目；新创作的有《海瑞上疏》和《海瑞罢官》。当然，从剧目数量上看，海瑞比不过包公。这也很容易理解，包公是北宋的人，海瑞是明代中叶以后的人。因此，海瑞在民间传诵的时间较包公短好几百年，故事的积累和发展还很不够。但是，这也不是没有好处，在海瑞身上就没有沾上包公的"日断阳来夜断阴"的阴阳怪气和神话人物的色彩，这也是我特别喜爱海瑞的另一个原因，所以我才把《五彩舆》改编成《大红袍》，来表现初出茅庐的淳安县令海瑞；也才欣然接受了吴晗同志的《海瑞罢官》。至于怎么能够更好地把典型人物在典型环境中塑造出来，我还得用功，还得要求观众多多帮助。

–（原载：1961 年 6 月 23 日《北京晚报》）

跑龙套

——谈艺余录之一

如果是一个从小就开始学京戏的演员，那可以说很少有没跑过龙套的。因为在京戏里除去一小部分的文戏、武戏，或是玩笑戏里没有龙套以外，其他的戏里可以说是出出离不开"龙套"。

"龙套"的名字不知始于何时，据我想可能由于他们总是穿件绣有团龙或条龙的行头，在临上场以前，不管里面穿的是棉，是单，只要把这件行头向身上一套，不换鞋，也不抹彩（化装），扣上一顶"小板巾"，拿起在这出戏里所应用的标旗（京戏术语叫标子）或是开门刀、马鞭等等就能上台，因此把他叫"龙套"。属于龙套的活儿有车夫、轿夫、船夫、衙役（青袍）、太监、御林军、家丁等。有时候人不够用，也要扮演百姓和伞夫。龙套在南方叫"文堂"，在东北叫"跑大兵"，在西北叫"小板儿"，还有的叫"打旗儿的"。这些称呼都是根据他们的服装、用具和台上常扮演的角色行动所起的。

一般人认为龙套在戏里没有唱，没有念，又没有动作表演，是最省事、最简单的角色，因此不大重视。其实龙套并不像大家想象的那么容易，十出戏里起码有七八出离不开他们。乍看上去龙套也不过是出来，进去；有时候站一排，有时候站两边，哪知道正是在这些地方才包含着很大的分别变化。而且龙套在必要的时候也有唱，也有念，也有动作表情。龙套要以先上场的两个人为最重要（京剧术语管他们叫"头二家儿"），所有舞台龙套走的式子都要看头二家怎么走，后面的才跟着怎么变。不管是代表千军万马或家丁随从，都必须记住什么戏在哪一场该怎么上，怎么下；什么时候带马，抬轿。带马就不能忘了拿马鞭和拿什么颜色的马鞭。如果给花脸带马，拿一根粉的或绿的就不对。反过来说，要是给旦角拿一根黑马鞭那也不行。抬轿就不能忘了给坐轿的掀轿帘，放轿帘。现在台上不用检场的，龙套还得记住什么时候搬椅子，应该放在什么地方。哪一场该抬枪，哪一场要扛刀，什么锣鼓应该走什么速度的步伐等等，都是有一定规矩的。在台上所走的式子都叫什么名字也需要知道，像"站门"、"一条边"、"扎犄角"（又叫"斜一字"）、"骨牌对"、"二龙出水"、"倒脱靴"、"鹞儿头"、"龙摆尾"、"十字靠"、"斜胡同"、"一翻两翻"、"钻烟筒"、"正领"、"反领"、"挖门"等。观众在台下只看着走得整齐，认为没什么了不起，其实这些也都得仔细排练才行。就连这样排练，碰上场子乱、人头儿多的戏，一不留神还会出错呢！

再说到发兵行军和皇帝起驾的时候，要唱各种曲牌。常

用的有 ［泣颜回］、［醉太平］、［五马江儿水］、［朝天子］、［普天乐］、［朱奴儿］、［一江风］、［六么令］、［粉孩儿］、［出队子］ 等。龙套虽然念白不多，可是不答话则已，一答话多半是起着节骨眼儿作用的。例如，《碰碑》里老生唱完"眼见得我这老残生就难以还朝，我的儿啊"后，如果老军（龙套扮）不答"饿啊""冷啊""雁来了"这几句话，老生就不好唱下面的"饥饿了……""身寒冷……""宝雕弓……"几句词了。还有喊堂威与喝道，要合调门儿，例如《南阳关》里老生在没上场之前，龙套先在幕里搭架子喝道（在幕后说话），老生上来打 ［引子］ "威风飘荡"，龙套要喊，喊完老生接唱"统雄师，镇守南阳"。 ［引子］ 打完由乐队起吹打，这时候龙套还要喊。这几次喊的调门儿都要配合 ［引子］ 的声调。老生转身入座之前两边微微一看，这时龙套也稍微躬身低头，表示不敢正视而又很有礼貌、很尊敬的样子。这样，听着、看着才有"虎帐森严，军容壮大"的感觉。再有《朱痕记》里旦角低头战抖着进席棚答话的时候，龙套也喊，可是这个喊的调门儿就要配合得非常低沉。如果把这两出戏里喊堂威的声调换一下，听起来一定感觉与当时剧情非常不协调、不舒服。喝道是文官武将出门行军时用来显示军威和哄赶闲人让路的。因此也很重要，并且也要根据不同情况来喊出不同高低的调门儿来。例如"一锤锣"上的龙套，在幕里面喝道的调门儿就低。"长锤"上的就稍微高一点儿，"急急风"上的就又高一点儿。另外在这里头还要分文官和武官。一般地说，同是"一锤锣"打上，可是给武官喝道的调门儿总要比文官高。再有就是武戏里两军对阵的时候，两边主将各传"众将官！压住阵角"的命令以后，龙套要高举标旗，或是拿起应用器喊喝"杀呀"来助长军威，等主将得了胜要高举标旗做勇猛追赶的样子跑下去。遇到败阵收兵逃走的时候可就不同了，龙套必须弯着腰，低着头，垂手拿住标旗的中间，做弃甲曳戈仓皇逃走的样子跑着下去。以上我所说的这些：有唱，有念，也有非常生动的动作表现，怎么能说龙套是最省事的角色呢？现在有一些演员扮龙套的时候不大注意这些地方的动作和表演，并且有的在应该唱牌子的地方也不唱了。我觉得这样不大好，这些好的表演手法还是有保留的必要，因为，我感觉这些都是有助剧情，帮助创造戏剧气氛的。

学生们一开始学戏总是先跑龙套，青年演员遇上人头儿派不过来的时候也常扮龙套。这是很有好处的，既能熟悉戏，又能增长舞台阅历。这个特别优待的观摩位子，是花钱打票都找不着的；站在比台下第一排还近的地方拿蹭儿，得听、得瞧，是多么好的学习机会！在我幼年学戏的时候，要想看几位老先生的拿手好戏，唯一的办法就是请求老师和先生在有我们参加演出堂会的日子，派我来一个龙套跑跑。每一次跑龙套我都能学到不少东西，所以那时候我是很喜欢扮龙套，或是属于龙套应扮的一些零碎活儿。说实话我还真没少跑了龙套，因此也就多学了一些先生们在教戏时说不到的最宝贵的表演动作。

从前有位专门跑龙套的老先生，他扮龙套在台上站着的时候，不管是什么戏，他总是随时注意台上所有角色的唱、念和动作表演。一到后台就用笔记在小本子上，回家自己再慢慢整理。如果没有他跑龙套，他也是站在上、下场门地方看着随时往小本儿上记。渐渐地他竟能背诵很多戏的总讲（老戏班管整出剧本叫总讲），甚至于后来有很多演员遇上有不会的戏和没有的剧本，都找他去要，请他给说了。由于他看的多，见的广，自己又肯用心，抄录了很多少见的剧本，他姓连，因此大家都叫他"百本连老先生"。别看他是跑龙套的，提起来可没有人不尊敬他哩！

今天跑龙套可与过去跑龙套大不相同了，他们跟其他角色一样穿彩裤，穿靴子，化装，勒头，戴包头网子，受到同样的重视，再没人轻视这个角色了。因此扮龙套的演员也应该认真地让龙套在每出戏里起到应有的作用，配合完成戏里每个阶段的创造任务。同时还大可以利用这个观摩机会，充分丰富自己的表演艺术，为演戏打好基础。不必为自己学非所用、无从发挥增加忧虑，因为今天已然没有专业龙套了。只要你肯钻研，肯用心，新社会决不会埋没好人才。

－（原载：1961 年 7 月 22 日上海《文汇报》）

舞台上的美与丑

　　我是个演员，演的是戏，戏要反映生活，要反映生活中的美与丑的事物，这样，首先就要求必须深入生活，熟悉生活中的一切事物。但是生活中的美丑事物，必须通过演员的艺术加工才能成为既美妙又真实的舞台艺术。艺术来源于生活，但又不同于生活这个道理，几十年的演戏生活使我有了较为深刻的理解。在舞台实践当中，不管是形体动作也好，唱念声腔也好，服装、道具、布景也好，我都想尽一切办法叫它美，以便产生好的艺术效果。

　　属于舞台美的事很多，而且每个人的处理也不一样，我在这里只举几个戏里常见的表演动作，简单地谈谈我自己的体会。首先就打人和挨打来说，在舞台上和舞台下就很不同。生活中的打人和挨打都不好看，但是舞台上应该把这种不好看表现得好看。我在《赵氏孤儿》里演程婴打公孙杵臼一场，唱完"二黄原板"的倒数第二句"手执皮鞭将你打"后，我的打法是先向左甩髯口，手拿鞭子从左向右抡，打在右面；然后再向右甩髯口，手拿鞭子再从右向左抡，打在左面。这个姿势动作，配合脸上的表情，加上"巴搭……仓，巴搭……仓"的锣鼓点，据看过的人反映，看来不但很美，而且也很真实。事实上，真打起来是劈头盖脸，不管哪儿都打，怎么能这样对称而又谐调呢？但在舞台上就得这样处理。在《四进士》里，我演宋士杰，当我趴在台上做要挨打的样子时，总是先把两条腿搭拢在一起。为什么要这么做？我这里有一点感受：我在幼年学戏时，常挨老师的打，一趴在板凳上，老师总是先嚷："搭起腿儿来！"当时我也不懂这是什么缘故，只知道一挨打就得先搭上两条腿，后来才打听明白，这是过去衙门里打人的规矩。搭起腿来挨打可以保护下身，不致受伤出危险。我有了这个挨打的经验，才联想到宋士杰是在衙门里当过差的人，他虽然没有挨过打，但是他总看见过怎么打人，那么他就一定懂得这个搭腿挨打的道理，同时我也觉得爬在舞台上，伸直两条腿也不好看。因此，我就在每次演《四进士》中宋士杰挨打的时候，先搭上两条腿，既好看，又真实。不过话又说回来，如果宋士杰不是曾经在衙门里做过多年事的人，也不能单单为了好看而这么表演。其次，舞台上的喝酒，不管是哪一类角色，什么服装，有没有音乐伴奏（京剧术语叫"吹打牌子"），总是一只手拿酒杯，一只手遮杯掩嘴，决不能像日常喝酒一样，随便拿起酒杯一喝，辣得龇牙咧嘴。等到需要表现饮酒过量微有醉意，或是酩酊大醉的时候，那"醉步"、呕吐等各种各样的动作，也都是非常好看的，并不是真喝醉的那么丑态百出，让人看着讨厌。另外，关于一些象征性的表演动作，比如开门、关门、上楼、下楼、上山、骑马等，这些在我们日常生活里都是常见的，可是表现在舞台上就不同了。舞台上没有门，也没有楼，什么都没有（除去个别的剧种或个别的戏），但是必须把它表现出来。如《坐楼杀惜》中的宋江，被阎婆子强关在阎惜娇房里，勉强度过了一夜。刚听见打过五更，知道天将发晓，他就急急忙忙用力拉开被阎婆子倒扣上的房门，下楼，开开大门走出去。直到他发现不见了装有梁山密信的招文袋后，又在"乱锤"的锣鼓声里焦急惊慌地走上，一路寻找，又是原样地推开大门，往左转多半个小圈上楼。 这一些过场完全凭演员一人的虚拟动作，而要使台下观众清清楚楚地看出哪儿是大门，哪儿是楼梯、房门，什么地方都不能错。开门、关门时身子必须往后仰，表示不要被门碰着；上下楼梯的层数，必须一样，多一蹬少一蹬都不行。演员内心也一定预计好这些地方，不能演错，这样才能使观众产生对舞台艺术的真实感和美感。因为戏曲中许多动作都是象征性的，是从生活中取其一点，虽然点到为止，可是必须准确，使观众易于领会。因此说，我们舞台上的动作虽然来自生活，但是取其神理，不是取其形似。

再说戏剧的服装和色彩。有很多人说我的服装式样和色彩配合得都好看，这一点倒是事实。我觉得这也是舞台美的一部分，不应该马虎。式样的好或坏、色彩的调和或不调和，与整个戏剧的演出效果有很大的关系。记得有一次有几位演员演戏，穿着都非常鲜艳美丽，他们的表演也非常出色，可是在台下看上去并不怎么醒目。我感觉非常诧异，经过仔细观察，才看出原来是受到身后挂的那个绣满各种花朵彩凤的"门帘台帐"（过去舞台都是用各色绸缎绣上各种花，在两边各有一个门口，上面挂着同样的门帘，演员上下场都从这两个门口出入，由专人负责掀帘子，叫作"门帘台帐"，也有叫"守旧"的）的影响。于是我就建议把这种台帐改成素净的。结果，效果很好，不只突出了服装的色彩，也衬托了演员的表演。另外还有"场面围子"，这是我在从前看金少山先生演戏时才想到改进的。那时我发现乐队伴奏的地方，地下放着茶壶、茶碗、痰盂等一些杂乱东西，和场上气氛不谐调，就想用和台帐同样的东西做一条围子，把面向前台的多半部音乐伴奏地方围起来，遮掩了那些妨碍舞台美的杂乱东西。从此各剧团就都开始仿效着用"场面围子"，净化了舞台。另外有人批评说《女起解》中的苏三穿着一身红绸缎，擦一脸粉，不真实，因为打扮得不像一个死囚牢里的囚犯。我们可以设想一下，如果她打扮得跟真囚犯一样，蓬头垢面，观众恐怕都要走开不看了。苏三的服装尽管不是囚犯服装，单一副枷锁却足以说明她的身份。齐白石画的石榴和真的石榴并不一样，但是富有神韵和生机，挂在墙上，使人看了会产生一种幽静宜人的舒服感觉。根据以上的几点道理，我以为演员应该以生活为基础，熟悉生活，从生活中吸取营养，再通过细致的艺术加工和提炼，使它成为

马连良与李慕良、刘雪涛（左）一起研究服装面料 〜〜〜〜〜〜

既真又美而富有艺术感染力的东西。在舞台上决不能像照相一样地照搬生活的原来样子，要是那样的话，可就美丑不分了。

－（原载：1961 年 10 期《新建设》杂志）

撒火彩

撒火彩是戏曲舞台上一种传统特技,在有些戏里根据剧情和人物的需要加以运用,能起到制造戏剧气氛、增强演出效果的作用。

撒火彩在舞台上有着各种不同的用法,主要是被用来表现烈焰飞腾的火烧场面。像晋文公为寻找介之推而定计焚山的《焚绵山》,项羽采取恐怖手段泄愤、火烧纪信的《取荥阳》,诸葛亮初出茅庐第一功、火烧夏侯惇的《博望坡》,都要大撒火彩。最有代表性的是蜀吴联军协力破曹的《赤壁之战》。在孔明用计火烧战船那场戏里,满台一派通红的火彩,撒得映天彻地,表现火趁风威,风助火势,造出了"羽扇纶巾"的诸葛孔明在谈笑间使"樯橹灰飞烟灭"的战斗气氛。除了表现大规模的火烧场面外,火彩有时也象征其他火焰,像《盗宗卷》里,吕后把刘家的宗谱用火焚化的时候,就有一把火彩。最近看到中国舞剧院演出的《钟离剑》,当钟离老人从悬崖上纵身跳入铸剑炉中壮烈牺牲的时候,那把火是在演员走"台漫"落下的当儿,从炉中撒出来的,非常激动人心。

撒火彩在舞台上也用在神仙或妖魔出现和变化的场面，以它表现神采、金光、鬼火、邪气。例如，《泗州城》里观音变老妪、《锯大缸》里土地变小炉匠、《问樵闹府》里土地变樵夫和煞神出现等时候使的火彩就是象征神采和金光。又如《五花洞》里的蜈蚣大仙和蛤蟆大仙变武大和潘金莲、《金钱豹》里的豹子变书生、《青石山》里九尾狐出现和《狮子楼》里武大鬼魂出现等时候，使的火彩就是象征鬼火和妖气。至于像"跳判"和"堆鬼"等场面那更离不开火彩了。

撒火彩在舞台上还有用来表现人物的心理活动的。川剧《华容道》的曹操在赤壁鏖兵失败上岸北逃之际，有一场戏演阿瞒刚往正场椅子上一坐，从椅子背后撒出一把火彩来，掠过他的面前。这把火彩表示一种幻象，描写曹操被烧以后惊魂未定的心理状态。这样高明的处理手法在京剧里还是未曾见过的。

撒火彩在舞台上也用来表现所谓"福大命大"的人，"红光罩体"或"真形出现"。例如《龙虎斗》里赵匡胤和呼延赞会阵，到末一场，赵匡胤面冲里，一条腿登在椅子上，呼延赞举鞭唱"手持钢鞭朝下打"，对准赵匡胤头顶正要打下，这时突然从赵匡胤身后撒起一把火彩，接着出现一个张牙舞爪的龙形一闪而没。呼延赞这才知道赵匡胤是"真命天子"，于是就乖乖地下马降顺，情愿称臣效忠。又如《花园赠金》(《彩楼配》)里王宝钏看见后花园门外红光一闪（撒了一把火彩），仔细一瞧原来是花郎平贵倒在地上，于是她就知道薛郎将来一定大有出息，所以主动和他私订终身，约好抛球选婿。

撒火彩的工具很简单，只用一种黄色火纸叠成折扇的式样，在临撒火彩之前，点着后再吹灭了火苗，留下未尽的印火。用右手抓一把预先合好、拌匀的松香粉，然后再用同一只手拿着打开的火纸折子（像拿着打开的折扇似的），用的时候，手稍微一松，松香粉就从手里顺着火纸折子跑到火纸的沟里去。撒的时候用腕子上的劲儿向外一抖，火纸上的余火趁势增加了助燃力，又加上火纸沟里的松香粉向外一飞，就一起燃烧起来。不过要撒出各式各样的火焰，必须知道腕子上用多么大的劲儿，用多少松香粉，站多远的距离。在点着火纸折子、用了松香粉和撒火焰中间的时间也不能相隔太长或太短，否则定不会撒出得心应手的火彩来。

火彩的花样很多，什么戏里、什么情节撒哪一种火彩也有一定之规，不能随便乱来，技巧当然也不是一种劲儿。一般常使的火彩就有"托塔"、"月亮门儿"、"过桥"、"一盆花"（又名"满天星"）、"掉鱼儿"、"连珠炮"、"龙绞柱"等。在同一出戏里用"托塔""月亮门儿""龙绞柱"的，如《青石山》第三场，关羽、关平、周仓、八马童在幕内，预先摆好"神仙座"，关羽唱一句〔唢呐二黄导板〕后，撒火彩的检场人预先走到台当中，等场面起〔急急风〕，大幕拉开，在〔四击头〕锣鼓中随着撒将出去。开始是一个盘旋着向上起的接连起来的火圈"龙绞柱"；紧接着缓下手来，抡起胳膊一转，就是一个大光圈——"月亮门儿"；紧跟着再使足了劲儿直着向上一扔，一个塔形的大火柱直冲上去，这个就叫"托塔"。"过桥""连珠炮""掉鱼儿"在同一出戏里用的很多，例如《焚绵山》《取荥阳》《战濮阳》《博望坡》《穆柯寨》等都有。举一个常见的戏像《连营寨》来说吧，一般的是刘备扑火、被烧、晕倒一共是三场（当然有时因时间关系或其他原因缩减成两场或一场的）。第一番刘备扑火，检场人是先在上下场门撒两把普通的火彩；等刘备见火光又一起，一低头，这时检场人又站在下场门靠乐队地方，或是站在上场门整冠、理髯处，紧连着一条弧形的火光像雨后彩虹一般横跨过刘备的身子落地而灭，这就是"过桥"。如果撒下来的是一个较长的椭圆形的一团火光就是"掉鱼儿"。等到刘备逃下，场面起〔三通鼓〕、〔乱锤〕，刘备又上场做了第二番的扑火动作，最后刘备双手提着白箭衣下襟，抖髯口站在撒火彩的上首，在"巴搭仓、巴搭仓……"的锣鼓里"挫步"斜着向下场门退下（也有抬右腿向左伸，留左腿站着，双手轮流转着，哆嗦着，指着火退下），就在这几个"巴搭仓"的"仓"的锣鼓点上紧追着刘备撒出一个个火球来，直到刘备逃下为止，这就是"连珠炮"。接下来又是〔三通鼓〕、〔乱锤〕，刘备三番扑火上场，动作比前两场较为简单（因为这时刘备已经被火烧得够劲儿了），最后刘备站在台当中，在〔软四击头〕锣鼓里先后向两边走"倒走"，这时检场人早又上好松香粉站在一边，等到刘备双手一甩下箭衣上的马蹄袖，一抖髯口，斗眼，场面一起〔丝鞭〕，他就向上噗的一下，一个冲天火球上去后，从上面又朝四外翻开，形成无数大小火星纷纷下落，刘备一个"僵尸"倒下去时，这一盆花也都全部落完，这就是"一盆花"，也叫"满天星"。还有一种"反托塔"，是检场人背着身子，拿着上好松香粉的火纸折子，从左肩膀上向身后撒出去的托塔，叫"反托塔"。以上所说在这些戏里撒的火彩花样是要技术好的工作人员才能做到，不过有的时候花样也是有变化的。

撒火彩一直是由检场人员担当的，虽然不见得常常使用，但学习这一门特技也得三冬两夏之功，摆弄不好，京剧行内的刻薄话便是"撒杂合面"了。就我记忆所及，火彩撒得好的从前有李忠明老先生和他的徒弟何文奎、杨开泰两位先生。我在"喜连成"坐科的时候，日常"馆子"（剧场）的戏遇上有撒火彩的活儿，总是由李老先生的两个徒弟来做，可是每天也照样开给李老先生一份钱。如是一年，直到正月初一的《跳灵官》里的那一把火彩才归他撒。老年间，戏班逢到大年初一，照例都要唱几出所谓吉祥戏，不可少的有《天官赐福》《财源辐辏》《富贵长春》《八百八年》《跳加官》《跳财神》《跳灵官》《青石山》等。《跳灵官》里面要放鞭炮，烧黄钱，当然也不外乎是驱赶邪魔鬼祟、祝福一年吉利的意思。这出戏在未上之前，先在戏台的上场门犄角（老式舞台都是四方的，两个犄角各有一根台柱），放一个火盆，里面有黄钱纸。靠台里放一张桌子,上面有五挂鞭炮。由武花脸扮四个勾红脸、扎软靠、拿灵官鞭的灵官上场,走"四门斗",亮各式高矮相;再由上场门引上一个扎红软靠、戴紫金冠、挂白"灯笼扎"、拿灵官鞭的老灵官上场,再同走各种式子。走完式子,到台里桌子前,各自把一挂鞭炮挂在自己的灵官鞭上,点着,再走到台口,五挂鞭炮噼里啪啦乱响一阵,最后一齐举着鞭炮在〔四击头〕中同归到下场门"斜一字"亮住。这时李忠明老先生穿着袍子马褂,拿着上好松香粉的火纸折子,从下场门上场,在五个灵官同时亮相的〔四击头〕锣鼓里,他一抖腕子,撒出一个越过五个灵官身子的"掉鱼儿",唰的一下,真像一座火山似地不偏不斜正落在上场门犄角的火盆里,噗的一声引着火盆里的黄钱纸,满盆火势熊熊。台下观众看了这一手精彩的绝活,那炸窝子的"好"就上来了,经久不息。这是个求吉利的事儿,灵官手里的鞭炮一定要放响,这一个"掉鱼儿"也一定要比日常戏里撒得大、火爆、好看,还一定要准准地落在火盆里引着所有的黄钱纸。如果灵官的鞭炮放到半截不响了,或是这个火彩撒得不好,没有完全落在火盆里,也有的没等落在火盆里已然没有多大火儿了,盆里的黄钱纸不是没着,就是着了半边,那么,不只是这个戏班子里的人认为这一年不吉利,就连观众在正月初一遇上了这个不精彩的表演也都得怨天尤人。李老先生的火彩撒得好,这一招儿最有把握,初一这天《跳灵官》非他不可。所以当时有这么说的:"李忠明大年初一放一把火,就吃一年。"虽然这种思想令人觉得可笑,但李老先生的这一手绝技,是给我留下深刻的印象的。后来我出科唱戏,就是他的徒弟何文奎先生检场,每当我唱《问樵闹府》,在书房上煞神一场,他撒的几个火彩像"掉鱼儿""反托塔""连珠炮",都不能"票"了。

解放后,由于各种原因,特别是"检场人"上场的问题不好解决,火彩的运用就比较少了,甚至连用来表现火烧场面的火彩也看不见了,因而使得一些戏在演出效果上,减少了光彩。有人曾动过脑筋,研究只在这类的戏里才上检场人,目的就专为撒火彩。可是一出戏正演到震动人心的紧张时候,忽然上来一位穿着便服的人跟在剧中人的前后,大撒一阵火彩,这在过去固然司空见惯,但出现在今天观众的眼前,恐怕对制造舞台气氛不仅没有帮助,相反地倒许觉得特别碍眼。不过为了不上检场人便取消了撒火彩,逐渐使这种特技失传,又实在可惜。这的确是个矛盾。

几年来我一直在想,怎样把这种特技保持下来,并继续发展它。有一些戏需要撒火彩时,检场人可以根本不上场,只要站在上、下场门内就解决了,但有些戏就非站在台上才能撒,那该怎么办呢?我想来想去只有由检场人扮上剧中人来放火,这样才比较妥善,就决定在《博望坡》里尝试一下。我和北京京剧团的检场人员凯玉贵(何文奎的徒弟)、李德贵两位同志一谈,他们很高兴地答应下来,愿意扮演放火的马童。所担心的是, 他们虽然每天看着台上演员表演,印象也很深,可是究竟不是经过训练而富有舞台经验的演员,困难依然存在。于是,我一方面给他俩打气,一方面帮他俩仔细排练,教给他俩怎么上,怎么走。他俩的胆子也大了,都表示有信心把这个活儿搞好。《博望坡》算是演出了。凯玉贵和李德贵两位同志扮了两个跟着关平和刘封放火的马童,混在16个马童中,在曹兵败阵逃下,场上只留夏侯惇时,由关平和刘封各带八马童,两边上"抄过",他俩跟在一边八个马童的第五个后面,边走边撒火彩,"抄过"下。夏侯惇做被火烧的动作时,凯玉贵和李德贵又分站上、下场门,由凯玉贵撒"连珠炮",李德贵作配搭。夏侯惇因被火烧得站立不住,用摔叉表现险些落马,凯玉贵在台上又唰的一下撒了一个大"月亮门",像一个半圆形的大火圈,非常好看。他撒完立刻又回身再上好松香粉,正好这时夏侯惇摔完又刚站起身,他紧接着在"巴搭仓"的锣鼓里用回头望月的姿势嗖的一声,撒了个越过夏侯惇身子的大"掉鱼儿"。不用说台下看起来精彩,连在台上,上、下场门内看着都特别漂亮。不管怎么说,第一次的试验是成功了。可是如果每出有火烧的戏都照这样让他俩去扮,在排戏、人力、时间等方面都是个问题,于是我建议由演员学着练习撒火彩,改用一种特制的三岔竹筒来撒,比火折子容易得多,可是只能撒一般的火彩,像那些叫出名堂来的火彩就不能撒了。这个办法经过试验也很顺利,于是在演《赤壁之战》里,就正式由扮吴兵的演员在"火烧战船"一场戏里代替了检场人来操作,收到相当满意的效果。第二个试验又成功了。现在还剩下的问题是，在上鬼、神、妖怪的戏里必须在明场上撒火彩的场子该怎么办？新式舞台太大，在边幕里向外撒火彩总是显得太小，效果不够强烈。这些问题，还没有想好怎样解决。我想靠大家的智慧发挥创造性，集思广益，总会想出解决的办法来的。

由于撒火彩，使我联想到在我们传统戏曲艺术中类似撒火彩这样值得保留而在舞台上还没有得到适当处理办法的东西是不少的，希望能够引起大家的重视，根据取其精华、弃其糟粕的原则，在批判地继承传统的基础上加以发展，以丰富舞台艺术，丰富人民的文娱生活，是相当有意义的。

－（原载：1962 年 3 期《戏剧报》）

《郝寿臣铜锤唱腔集》序

　　编制郝寿臣先生在生前教授的铜锤唱腔谱是一件非常有意义的工作，它不单纯在于纪念一位杰出的京剧表演艺术家和戏剧教育家，更重要的是保存祖国传统的戏曲艺术结晶，为京剧青年演员树立模范的正净唱腔。

　　我国京剧的主要特征就是以"唱、念、做、舞"的综合表演刻画剧中的人物性格。在一般的剧目里，正净的台词，"念"少"唱"多，而正净在舞台上的"做"和"舞"都比较朴素平易，所以正净主要是以"唱"来表达剧中的人物特征。正净所扮演的人物，从身份、性格、年龄来看，十之八九为位高爵显（如世袭国公的徐彦昭）、忠贞刚毅（如铁面无私的包拯）、老成持重（如皓首苍颜的姚期）的公侯将相，因而又有"铜锤""黑头"或"老脸"的别称。刻画这一流正派人物的性格特征，在唱腔上必须表现出一种凝重浑厚的特殊风格，一方面既须抑扬顿挫以照顾到艺术境界上的饱满酣畅，另一方面也须高低平均以兼顾到戏剧情节的具体需要。为了保留这样传统戏曲艺术的真实本色，作为青年演员学习和钻研的楷模，以科学的写谱方式，记录前辈艺术家的正确唱腔，的确是当前一项迫切需要的工作。

在京剧花脸演员里，郝先生是我素所尊重的一位学识渊博、严肃认真的艺术家和教育家。郝派艺术之所以动听感人，归很结蒂还是在郝先生雄厚的铜锤基础上形成而发展起来的。

郝先生幼年在京习铜锤，举凡当时在京演出的铜锤大师，如何桂山、金秀山、刘永春、刘鸿声等几位老先生的表演，无不细心观摩学习，从而掌握了各派铜锤的唱腔与唱法。及至青年时代，在外地演出，又得名净如朱子久、唐永常、张凤台等前辈先生的指教，从而增广见闻，又提高了原有的艺术水平，为壮年改唱架子花脸以及晚年的教学工作打下了巩固的基础。

郝先生不只继承了前辈各派铜锤大师的传统艺术，并且在他们的根基上，经过去芜存菁的雕琢功夫，推陈出新，又创造性地制出许多优美的唱腔（见《沙陀国》选段）。他不单忠实地保留了何派传统的唱腔（见《双包案》选段），大胆地发扬了金派的膛音唱法与凝重雄厚的唱腔（见《断后·龙袍》与《牧虎关》选段），还融合了刘派（鸿声）的遏音唱法与抑扬奔放的长腔（见《探阴山》选段）；此外还善于结合剧情，采用了刘永春老先生的立音唱腔（见《断密涧》选段）。因此，我认为郝先生在生前所教的铜锤唱腔，来源极其渊博，是前辈艺术家们经过千锤百炼的实践而后肯定下来的艺术结晶。这本选集虽然名为"郝寿臣铜锤唱腔"，实

马连良与郝寿臣

际上却是一本集诸家铜锤演唱艺术之大成的文献记录。

青年花脸教师和青年学员们可以这本唱腔集为正净唱腔的参考教本，除了刻苦地钻研郝先生保留与创造的唱腔和唱法，更须认真地仿效郝先生的"一字不苟"与"严肃认真"的精神。郝先生的铜锤唱腔与唱法，和他平素行事为人很讲求"实事求是"的态度是一致的。细心的读者，只从《大保国》出场的几句"二黄摇板"以及收场的"西皮原板"与"快板"的唱腔来体会，即不难看出郝先生"守正不阿"的精神。因此，郝先生的这种"直呼直令"与"真砍实凿"的唱法，是值得大家学习的。

我们感谢郝先生认真教学的精神，给国家和人民留传了祖国戏曲艺术的精华。更感谢党和政府给我们的鼓励和支持，才使这本集子的出版成为可能。我们深信只有在共产党的领导下，祖国的戏曲艺术才能得到史无前例的发展，广大的劳动人民才能得到真正的艺术享受。

－（原载：1962 年 9 月 22 日《北京日报》）

改词

——谈艺余录之一

　　我想在这儿谈叙有关京剧用词和改词的一些浅薄的体会。首先，应该肯定地说，自从开国以来，我们的传统戏曲在语言的运用上是有了较前大不相同的变化。不过，也应当指出，在这些方面也还存在着不少有待解决的问题。所谓使用语言有着较前大不相同的变化，最主要的也是最明显的现象是演员们在思想上重视了舞台语言，而且一反过去的保守观点，认识到舞台语言不是一成不变、不能修改的。

　　事实上，我们的任何一个传统剧目恐怕在编写和演出的过程中，没有不是经过许许多多的大的修改和长时期的不断的加工的。不过改变的速度绝对没有我们今天这么快，这当然是由于社会条件的不同。因此，我们在这样优越的社会制度和毛主席指出的文艺方向的光辉指导之下，发觉某一个戏里的词句有不妥的地方，对它进行改动就成为当然而合理的行动，不会有人怀疑顾虑的了。

　　以我个人来说，尽管我不是语言学家，文化程度又不够，可是我仍旧把一些戏里的唱词和念白，根据自己的理解，认为只要不够恰当，便做了一些或多或少的改动。这些改动，大致可以分作如下的几方面来谈。

在开国以前，我们在舞台上时常可以听到一些很低级庸俗的词儿，既谈不到艺术趣味，听上去又非常刺耳，甚至有人还认为这样才能刻画人物性格，才能取得观众的欣赏，并且直到现在还有个别的演员偶尔使用这种不纯洁、不健康的语言来讨台下的掌声。但是，我们绝大多数戏剧工作者已经认识到那是必须加以澄清的。例如《借赵云》里张飞被典韦战败回营时，对军士们说："我把你们这些王八×的。"听着十分不堪，而且损伤了张飞的完美形象。因此在一次演出中，我告诉袁世海同志把它改成"我把你们这些无用的东西"，舞台效果也没有降低。以上一种是属于戏词"纯洁化"的部分。这个工作比较简单易举，因为毒素不难辨识，清除出去就完成了任务。

跟着来的是"正确化"的工作，这就比较困难了，因为这项工作需要具备有关语言、文学、历史、地理等方面的专业知识。在以前我们的戏词里除了一些低级庸俗的词句用语之外，还大量使用生造的词儿，不适当地简化词儿，或者是误用词儿。有些是一直沿用成为习惯，竟至达到"见怪不怪"的程度。

例如，《苏武牧羊》里卫律有一句唱词，原来是"人来与爷带虎豹"，便很费解。到底他骑的是虎，还是豹呢？当然全不是。这就属于用词不当的范围，干脆改为"人来与爷前引道"。又如在《审头刺汤》里陆炳唱的两句［散板］："大炮一响人头落，为人休犯律萧何。""律萧何"这种倒装用法也很别扭，为了把它改得通顺，索性换一换辙口，改成"大炮一响人头掉，为人休犯法律条"。

与这个戏犯有同样毛病，可是因为关系到整段唱词的"辙口"，改一句就要牵动全局的例子，是《定军山》里黄忠接令后那一大段 ［二六］，"在黄罗宝帐领将令……"到最后一句"来来来带过爷的马能行"。这个"马能行"也非常可笑。这类的倒装构词方法，正如前面所说"相沿成为习惯"，谁都知道不通，可是谁也不愿意为一句唱词儿不通去动脑筋整段改动，也就是达到了"见怪不怪"的程度。唱词存在这类问题的戏还是不在少数，我个人也准备尽可能地开动脑筋加以修改。

过去演员由于没有受过正规的教育，学戏主要是采取口传心授的方法，因此常有讹读字音而发生的错误。例如《清官册》里，寇準审潘洪的话白里有一句"……绑至在芭蕉树上……"《碰碑》里杨令公唱的 ［反二黄］ 里有一句"杨七郎被潘洪箭射芭蕉"。很久以来我就思索这档子事儿，北宋建都在开封汴梁，当地恐怕不会有芭蕉，假如有，这种热带和亚热带的植物在北方生长也不会高大茂盛，以七郎的勇武，被绑在芭蕉上，恐怕他略一挣扎就要连根拔起。我可以肯定这两个字不是"芭蕉"，而是"法标"。这是口耳相传发生的错误，于是把"芭蕉"改作"法标"。

另外还有一种情况是唱词或话白里有违反历史事实的地方，我也尽所能地把它做了一些改正。例如，在《打严嵩》

里，演员一直都把常宝童的府第叫作"开山府"，从来没有想到这里会发生问题。去年得到一位朋友的指教，才知道常遇春封的是开平王，《明史》上有记载，常宝童世袭王爵应当是"开平王"，不是"开山王"，因此我就在最近几次演出《打严嵩》时把"开山府"一律改成"开平府"，并且知会梅葆玥等一律照改。还有在《清官册》里，寇準上，念引子，念诗后自报家门，说的是"山西柴华县人氏"。根据《宋史》卷二百八十一《寇準传》的记载，他是"华州下邽人"，于是我也就改念"华州下邽人氏"了。当然，在这方面也得斟酌情况，量力而为，"华州下邽"可改，而给潘仁美在这个戏里翻案就不容易。

另外还有一种改动的情形是由于语言所表现的思想感情对于人物形象有着或多或少的损害。这种改动就超出前面所说的语言规范和历史知识的范围了。例如，《三娘教子》里的薛保，以老家人的身份向三主母说出下面的话就很不适当："恨只恨张刘二氏把心肠改变，一个个反穿裙另嫁夫男；喜的是三主母发下誓愿，一心要教子男把名传。莫不是三主母也把心肠变，要学那张刘二氏另嫁夫男？"我就把后面二句改为"莫不是三主母把世厌，要追随老东人同赴黄泉？倘若是你真个行此短见，撇下我老的老，小的小，挨门乞讨，我也要抚养我家小东人啊"。这样一改就更增加了悲剧气氛，思想感情也符合人物性格的要求了。

还有两个戏里的词儿与此情况相类，而思想内容却又比

《三娘教子》马连良饰薛保

《三娘教子》问题大些，必须整段都改，一个是《大红袍》里的海瑞，在公堂教训冯莲芳的那一大段 ［二黄］，原词是："女儿家守规教拙即是巧，纵有那运筹才能也不高。古今的奇女子传名不少，有几个骂街巷掀裙扎腰。可叹你令椿萱去世又早，把一个千金体任意酲醄。既难学花木兰智勇节孝，从今后守窗下凤绣鸾描。"根据剧情，海瑞是通过讲道理直接教育冯莲芳收敛女光棍的气质，但是像唱词里的"拙即是巧""能也不高"等鄙视妇女人格、宣扬封建礼教的话，即使海瑞当时很可能说得出，我想今天我们原样不动地照搬，对这个爱民的清官海瑞的人物形象，总是有些损害。末后"既难学花木兰智勇节孝，从今后守窗下凤绣鸾描"两句，似乎表现海瑞肯定冯莲芳学不了花木兰，因而劝她在家老老实实地勤习针绣，也不太合适。当然，木兰的忠勇事迹不是一般人所能做到的，可是，我想海瑞对一个失怙少教、泼辣成性的姑娘，不说几句打中肺腑的话来刺激她，鼓励她，而只是讲几句"拙即是巧""能也不高"和"既难学……"等通常的话，非但不能使她改过自新，弄不巧恐怕倒许把这位蛮不讲理的姑娘惹翻了。在戏上虽然冯莲芳听到海瑞那段"训话"承认了错误，可是看上去实在勉强，唱词的说服力不够。我把这段唱词的内容做了整个的改动，并且为了唱腔的运用方便起见，仍照旧按原来的"萧豪"韵，给它来一个换义不换辙。这里把它抄出，以求证于关心戏剧改革的朋友们。"女孩儿学贞静恪遵圣道，言中矩行循礼风骨自高。既然是缙绅家诗书畅晓，却为何骂街巷掀裙扎腰；似这般泼辣性市井喧嚣，哪还见半点儿庄严窈窕。可惜你椿萱丧失怙少教，千金体任性性面露头抛。只惹得声狼藉邻里嘲笑，君子辈哪个敢钟鼓相邀。纵不学花木兰弓马踊跃，也应效黄崇嘏金榜名标。"倒数第二句把"既难学"改成"纵不学"，末句里的"黄崇嘏"是指后蜀时代的女状元，明徐文长在《四声猿》杂剧里曾对她进行过表扬。这样是说，纵不习武也应习文；文辞用对仗的方式。这一段从字义上说起来，教育意义就比老词儿确切真实，并且带有鼓励启发的作用，这样接下去冯莲芳的思想转变过程也就不显得那么生硬、突然了。

再有一种戏词需加以改动的是，过去在封建社会被歌颂的历史人物而今天却要重新进行估价的，处理起来就更加困难，因为这关系到运用历史唯物主义评价古人的问题。在这方面我是个小学生，不敢贸然从事，然而迫切要求学习。《宝莲灯》里的刘彦昌，因为两个孩子都承认是打死人的凶手，而无法断定到底谁是真假时，唱的一段 ［二黄三眼］（有时也唱 ［原板］ ）里，用伯夷和叔齐弟兄推王位的故事来启发沉香和秋儿。去年，我读了《毛泽东选集》第四卷里的《别了，司徒雷登》才认清了这两位"高人"的真正面目。联想到这出戏的唱词，就下定决心改掉不用。本来原词也不怎么样，它没有很好地讲出使沉香和秋儿能自动说出实话的道理来。及至采取具体行动，就又产生了实际困难，要改动还一定要引用类似弟兄推让的故事，还必须在群众中不太生疏的故事人物才行，因而一时之间想不出合适的题材。

经过反复地思考，忽然想起来元代的大戏剧家关汉卿有一本大家熟悉的《包待制三勘蝴蝶梦》杂剧里面的王氏弟兄与沉香和秋儿的故事相似，用来代替伯夷和叔齐还算合适。不过又想到这个放在宋代的传说故事是否在《宝莲灯》的时代之后呢？经过仔细查阅各种有关同一题材文艺形式的资料，才知道关于《宝莲灯》故事年代的安排都不一样。《沉香宝卷》里是汉代刘向（刘彦昌）；弹词《华山救母全传》是唐代刘锡（刘彦昌）；南音《沉香太子》又是宋代刘锡。既然刘彦昌的时代是"虚无缥缈"的，那么把《三勘蝴蝶梦》的故事写在《宝莲灯》的唱词里，用王氏弟兄去启发沉香和秋儿，我想还是可以的。因此就加以全部修改，我把新的唱词也写在下面求教，等待搜集反应，征求意见之后，再决定去取，付诸舞台实践。"昔日里葛皇亲素行骄横，纵坐骑踏王老御街命倾。报冤仇除葛彪王氏昆仲，公堂上各争先取义舍生。多亏了待制包文正，蝴蝶梦三勘研剖断分明。为父的怎比得阎罗包老，二娇儿可比那王氏弟兄。效古人虽然有手足情分，难道说偿一命丧生二人。"

从以上戏词儿改动的情况看来，我虽不是尽了最大的努力，但是也确实费劲不小。不过由于我们的戏剧遗产异常丰富，类似以上提出的几种情形的戏和戏词儿是很多的，短时间不易把它全部改观，就以我个人常演的剧目来说，也还是存在着不少问题。有人说我在改词儿方面胆子很大，这点我并不否认，可是必须说明，我胆子虽大，却还相当慎重，绝不是随随便便地改。我的办法是，有把握的就改，不易改的就暂时不动。

例如，《定军山》里黄忠在旗牌下书一场唱几句 ［流水］，第三句"将身且坐莲花宝"（有唱"将身且坐宝帐道"的），本来是"莲花宝帐"的意思，为了合辙就不管三七二十一把"帐"字不合理地"节约"了。以前我以为不只是"莲花宝"不合修辞规律，连"莲花宝帐"可能都与实际不符。哪有武将的宝帐用"莲花"命名的呢？后来有人告诉我在元代孔文卿的《秦太师东窗事犯》杂剧第一折里，岳飞唱 ［仙吕·点绛唇］ 套曲里有"下我在十恶死囚牢，再不坐九鼎莲花帐"的话，才知道"莲花宝"虽然省略得不对，而"莲花宝帐"则有根据。要改的话，也别动"莲花"二字。

再有，明代李开先的《宝剑记》传奇里，也就是《夜奔》第三场林冲上唱 ［折桂令］，第二、三两句原词"原指望封侯万里班超，生逼作叛国红巾，做了背主黄巢"，不能不说是对于农民起义领袖的歪曲，但是有人把它改为"为逼作叛国红巾，要学那好汉黄巢"，就不符合当时林冲的思想意识。咱们不能使古人说现代的话，不能忘掉当时的社会局限性、历史局限性和人物性格的局限性。我想反对这种改法并不是保守，换句话说，改得比原来的提高了思想性和艺术性，对观众起到了正确的教育作用，也不是粗暴。这个尺寸要拿准了。

–（原载：1962 年 11 月 11 日上海《文汇报》）

谈"总讲"

　　我们习惯地把剧本的全部内容称为"总讲"，这个词很好，它简括通俗，恰当贴切，完整地表明了唱词、念白、提示和锣经在内的全部含义。戏曲团体一直沿用，久而不舍。我们又把剧本给每个角色所规定的台词称为"单头"，以与"总讲"有所区别。

　　戏曲演员每排一个新戏，首先要接触剧本。学员学戏，从过去的科班到现在的学校，也都要先熟记台词，然后顺序学习唱腔、念白和身段。熟习剧本记住台词是进行表演最基本的步骤，是塑造人物走向演出的开端；同时又是每个角色全部演出过程的依据和规范。尽管一个演员在舞台上只能扮演一个角色，表现一个形象，但是仅仅抱住"单头"就算尽了自己的职责，那还是不足的。要想把戏演得更好，哪怕在一出戏里只有三言五语，最好知道"总讲"，若是较繁重的角色就更有必要会"总讲"了。

　　我得到"总讲"不少的便利，深深受到"总讲"的好处。过去科班教戏，都是口传心授，无所谓"总讲""单头"。较大的班社也不过只发给演员一份"单头"，要想会全的就得自己用心，暗地背诵"总讲"。我幼年学戏时，受业于萧长华老先生，他教戏时把"总讲"背得烂熟，我受到他的教益和启发，就留意于此，设法背记"总讲"。科班里其他同学有病不能演出，我就能代替上场。经过多年来舞台实践的摸索，越发感到会"总讲"的必要，直到今天，我演戏都牢牢地记住"总讲"。

会"总讲"的最高目的，是要求对剧本中所有的人物做到全面了解，通盘掌握，使本身角色在舞台的艺术表现达到更完善的境界。古语说"偏听则暗，兼听则明"，待人做事尚且如此，作为演员对待反映生活表现人物的戏，又怎能不如此？所谓"知己知彼，百战不殆"，演员既应熟悉本身的角色，还要了解同台的角色，才能准确、深入地体现人物的精神面貌，不至于"黑场子"；才能心里有谱，装谁像谁。

每排演一个新戏，当我会了"总讲"之后，这出戏的来龙去脉就已经在胸中产生了明晰的图样，人物也有了清楚的行动根据，唱、念、做以及服装、扮相也都顺理成章有了大体的轮廓。阖眼一想，戏中人物形象，历历如在目前。

多年来，我把会"总讲"作为起码的要求，又把它作为最高的标准。为什么？你想，演一出戏，弄清人物之间的关系是最要紧了。是"朋友"还是"敌人"，是"心腹"还是"冤家"，应该尊敬他还是藐视他，表示欢迎还是感到憎恨。所有这些，都是以对方为条件来决定自己的行动，表现内心活动。人物性格往往是在行动中迂回曲折地突现出来，

一 一 谈艺忆往

有时又以语义双关的含蓄的台词传达思想感情。人物间这种微妙、复杂的关系，只有对"总讲"透彻理解，才能深刻地刻画人物，确切表达人物关系，达到感情交流，彼此传神。

再说，戏曲演员总要考虑安排身段动作。设计一个身段不能单纯为了表现自己，不顾其他角色。虽然有主有次，但要相互辉映彼此烘托。会"总讲"，就可以给恰如其分地施展技巧作身段提供有利的条件。既可很好地表现一方，又为对方留有余地，使其尺寸适度；既使本身有充实的舞台表演，又使同台演员不僵不板，或是把身段放在唱念的节骨眼上，或是把身段放在该放的锣经上。要把人物之间的感情真实丰满地呼应出来，如果在只记"单头"的前提下，也是很难恰到好处的。例如对方有一段倾诉哀怨凄楚心情复杂的唱词，自己不会又不理解，这时也许无动于衷，也许做出不大相干的身段表情。不但使演出减色，也削弱了人物的感人的力量。

熟记"总讲"，在演出中万一发生漏洞，可以及时得到弥补。设若对方漏掉或弄错几句唱词或念白，虽然不应该，但也很难免，这时就要越过自己的台词，顺坡而下，搭上对方的话尾。犹如两手的手指相互交叉，顺序相连，既已漏词，不应返回头去一漏再漏，欲盖弥彰。这种不得已的有残缺的衔接，绝大成分是依靠对"总讲"娴熟。在旧社会是一个演员有无"戏德"的表现，我们今天就不仅是这样，而且是演员对广大观众负责的体现。

还有一点，会"总讲"就是心中有数，可以准确掌握上下场时间，在化妆室从容地换装、培养情绪，按时上场。这不重要么？不，这对演员的情绪、精神和演唱颇有影响，与演出效果密切攸关。

　　也许有人说，多演几场，"总讲"自然就可熟记。是的，这是可能的，但总不如开始就记熟"总讲"。

－（原载：1963 年 1 月 6 日上海《文汇报》）

疑义相与析

——向传陶、闰水两君致谢

　　我以异常兴奋的心情，读了传陶和闰水两位同志在1963年4月6日《东风》版发表的《对 〈赵氏孤儿〉 的一点意见》的文章，因为就一个演员来讲，是迫切希望从观众那里得到使他提高的有益帮助的。这样的文章，对于我是鞭策，也是鼓舞，我要代表北京京剧团《赵氏孤儿》一剧的全体演员向传陶和闰水两位同志表示衷心的感谢。

　　在这里也应该指出，关于传陶和闰水两位同志所指出《赵氏孤儿》里的漏洞，我们已经加以弥补了。弥补的办法，正如同他们两位所建议的利用细节而不变更场次的第一方案，即在孤儿身上有着可资辨认的特征。在第五场《盗孤》里（见《马连良演出剧本选集》第一集第261页）增加了：

　　　　程婴：啊，公主！日后婴儿长大成人，你母子如能重逢，以何为证？
　　　　庄姬：（注视婴儿，急速思索）噢！（面向程婴）我儿胸前有三颗红痣，可作凭证。

下面再接卜凤上场，念："公主快一点吧！"然后庄姬公主把婴儿放入药箱。关于这两句台词的增添，也是经过一番考虑的。第一，一定要安在把婴儿放到药箱里之前由程婴发问，才显得气氛紧张，情节火炽；第二，原来说明是一颗红痣，后来觉得不够特殊和显著，于是改为三颗。为了前后照应起见，在第十场《打婴》里，程婴道破孤儿尚在的真相之后，又在魏绛的台词"此话当真"之前，增加了如下的对白：

　　魏绛：呸！你分明是舌辩之徒！
　　程婴：啊，将军。那孤儿胸前有三颗红痣，庄姬公
　　主定能辨别真假。

这样的处理是在今年第一季度决定的，在这期间的几场演出就付诸实践了。《马连良演出剧本选集》第一集定稿是在去年冬季，因此未能在这方面做出改动。细心的读者还会发现在剧本里有一些和过去的演出很不相同的地方。例如，第七场《定计》里程婴告诉公孙杵臼盗出孤儿，公孙杵臼念"噤声"之后，从前是两个人"双望门"，剧本则改为公孙杵臼一个人出门，左右两望，而程婴的舞台地位稍为向后移动，表示如果外面有人就准备躲藏的样子。又如，第九场《班师》里，魏绛手下的"四将"除了魏忠之外，都没有名字，

在剧本里也根据《东周列国志》的文字，缘饰为栾纠、荀宾和籍偃。缘饰的目的是为便于魏绛调兵遣将，观众若是严格根究历史事实，可能禁不住仔细推敲，此所谓中国戏曲自宋代以来的"真伪参半"的古老"捏合"办法。细心的读者还会发现，在剧本里也有一些和现在的演出很不相同的地方，这是由于在剧本付印以后又在演出中做了修改的缘故。例如，第十场《打婴》的前半场，魏绛进宫参见庄姬公主的处理是，四马童引魏绛骑马上，唱〔西皮散板〕："朝罢大王公主见，魏绛向前叩门环。"现在改为大太监引魏绛步行上，第二句唱词改为"有劳公公叩门环"。然后由大太监叩环，春来出门问："何人叩环？"下面不由魏绛而由大太监接白："魏绛还朝，求见公主。"这因为是武将深入宫禁，而拥众乘马径自叩环是很不合情理的。这样说吧，无论是在剧本编订时候所做的改动，还是在剧本印出以后所做的改动，其中绝大部分都是从观众的反映中得到的启发。本着这种"疑义相与析"的精神，通过观众与演员互相切磋，来不断地探讨属于原则性的问题或是细节的安排，对于戏剧演出工作在思想性和艺术性上的逐渐提高，是很有好处的。

－（原载：1963 年 5 月 18 日《光明日报》）

梨园春秋笔

附:

对《赵氏孤儿》的一点意见

传陶　闰水

　　去年的一天晚上，我在电视机前看到北京京剧团演出的《赵氏孤儿》，觉得这是一出好戏。从全剧来看，思想性艺术性都很强；几位主要演员更是珠联璧合，唱做俱佳，能把剧中人物的性格淋漓尽致地表现出来，达到了鞭挞奸佞、歌颂正义的目的，使观众发生感情上的共鸣，获得艺术上的享受。然而在情节上有一点似乎不够周密，需要研究。

　　程婴舍子全孤，忍辱负重，达 15 年之久。在这漫长期间，庄姬一直认为程婴是背主投敌、恨之入骨的。晋国有正义感的臣民也都是唾骂他的。晋灵公死去了，魏绛班师还朝了，看赵氏的冤狱将有平反的可能了。就在这时，程婴在魏绛盛怒痛打之下，陈述往事的经过，说明现在的程子就是赵氏的孤儿，当年死去的孤儿原是程婴的爱子，这当然是事实。但这个事实，只由程婴口诉，而无任何佐证，魏绛是不会轻信的。魏绛不信，庄姬更不相信了（暗场）。不仅不信，且将产生这样的怀疑：当年的程婴贪生怕死，卖友求荣；现在的程婴是不是又要偷天换日，以吕易嬴呢？这样想，是事情发展的必然趋势。否则，魏绛等的头脑就未免过于简单了，那是不合情理的。可是编剧的同志却忽略了这一点，因而在剧情的处理上，不是为了防止这一矛盾的发生，预先做了相应的安排，而只是没有把这个矛盾表现出来。这是个漏洞。这个漏洞，观众从正面看不出来，因为观众看到了程婴与公孙杵臼定计全孤的事实经过，但要调换一下位置，从剧中人魏绛等的角度来看，便会发觉了。至于《打婴》这场里，程婴先是为了试探魏绛的真伪，忍刑不言，以后又说出由于宫禁森严，又怕走漏消息，故未能与庄姬取得联系等语；以及《射猎》这场里，庄姬面对孤儿不住打量，并发生联想等等情节，都是弥补不了这个漏洞的。

怎样才能弥补这个漏洞？我们认为应该利用细节：或者在孤儿身上有着可资辨认的特征，或者由庄姬给他留下不可磨灭的暗记。至于具体安排，当然以不变更场面，简单省事为宜。

－（原载：1963 年 4 月 6 日《光明日报》）

大胆创造　勇于革新

　　这次首都戏曲工作座谈会所提出的推陈出新问题、封建道德问题、鬼戏问题、历史剧的古为今用的问题和舞台艺术革新问题等，确实都是当前戏曲工作中的主要问题。这次座谈会特别强调：推陈出新是我们戏曲工作的中心问题。过去，在推陈出新的道路上，我们存在的主要问题，是保守，而不是粗暴；因此，我们今天主要反对的，也应该是保守。我感到：这真是抓住了问题的主要环节，而且也是实事求是的。

　　和其他兄弟剧种比起来，我们京剧是比较保守的。我们的艺术资本，比较雄厚，这当然也是事实，但由此就产生了"既老且大"的骄傲自满思想。虽然我们也在不断地改进着，但是，步子走得慢，改得比较少；结果当然是成绩不多，效果不大。这首先是由于我们对于辛勤学来的东西，总有一种偏爱，不愿意轻易改掉；同时，我们也有一种坐享其成、害怕困难的思想，守旧容易创新难。另一方面，也由于社会上还有一些保守势力在影响着我们。他们总觉得，一切都是老的好，新的不好；不改的好，改了不好。老的既然都好，我们又何必费力不讨好地去改呢！

这次座谈会指出，今天的戏曲，一定要适合社会主义时代广大人民的需要。我们是革命的文艺工作者。我们的舞台，应当成为宣传社会主义、爱国主义的阵地，而绝不应该宣传封建的、资产阶级的思想。可惜我们过去，至少是没有多从广大人民群众的利益上来考虑这个问题。于是，一些坏戏，也就出现在我们的舞台上，给了观众坏的影响，也给戏曲事业带来很大的损失。我们北京京剧团，也并不例外，演了一些坏戏。正如同志们所指出的：我们的传统剧目，大都产生在封建时代，即使是一些具有民主性精华的好戏，也不免掺杂着若干封建性的糟粕。要想使这些传统剧目，适合于我们今天的舞台上演出，就必须去其糟粕，取其精华。换句话说，就是要改：坚决地改，彻底地改！

我自己过去演出的剧目中，也有一些不好的戏。我也愿意和大家一道来改。能改好的，就改；改不好的，我就丢掉它，决不再演！推陈的目的，在于出新。因此，在戏曲工作中，仅是整旧，那不过是走了第一步；更重要的，还是走第二步：创新。

创新，应该包括两方面：历史剧和现代剧。这是两条腿走路，不可偏废。但是，为了使我们的戏曲能够适合社会主义时代广大人民的需要，那么，创造以社会主义思想教育人民的、歌颂新时代英雄人物的、现代题材的戏曲，就应该成为我们每一个戏曲工作者的光荣而伟大的任务。京剧工作者，当然也不应该例外。

京剧这种艺术形式，能不能表现现代生活呢？

明朝的戏剧家，既然能用明朝的当代题材写出和演出了《鸣凤记》；清朝的戏剧家，既然能用清朝的当代题材写出和演出了一些清装戏，那么，我们这些生在今天社会主义时代的戏剧家们，为什么不能用我们现代的题材，来写出和演出现代戏呢？更何况近几年来，我们的京剧舞台上，已经出现了《白毛女》《智取惯匪座山雕》《八一风暴》等比较优秀的现代剧目呢。我觉得：这些戏，比起一般的传统剧目来，不仅在思想性上，就是在艺术性上，也并不逊色。这就说明我们的京剧观众，为什么也很爱看这些现代戏的原因了。

当然，京剧表现现代生活，从剧本到表演、到音乐、到舞台美术，是有一系列问题需要探讨、研究的。但是，我深信：在不断实践的过程中，我们会吸取教训，丰富经验，提高质量，终于在思想性和艺术性方面，都能取得极高成绩。

为了更好地为广大人民群众服务，我不仅要努力在创造革新方面有所尝试，还愿意以自己的一点艺术经验，尽自己最大的努力，帮助我们的青年演员们，使他们在表演现代生活的京剧中，能够获得更高的艺术成就。

我相信：只要我们坚决执行百花齐放、推陈出新的方针，大胆创造，勇于革新，不断探讨，不断实践，我们一定会超越前辈，在我国戏剧史上写下光辉的一页！

–（原载：1963 年 9 月 23 日《光明日报》）

台词的意　人物的神

　　演戏总得跟着剧本走，写的是《清官册》中的寇準，就不能演成《法门寺》中的赵廉。一出戏有一出戏的故事，一个人物有一个人物的性格。剧本里给人物安排的上场引子、定场诗、唱词和念白，有的写景，有的叙事，有的抒情，有的讲古比今，有的指东道西，不管怎么写，都和人物的思想感情牵挂着、通着气，总要变着法儿把人物性格显出来。这些台词，是演员表现人物、刻画性格的材料。有了这个材料，演员还要经过加工炮制，再拿到台上，一招一式、一板一眼地施展技巧，运用功力，人物才能成为活生生的舞台形象。

　　剧本是根本，根深方可叶茂，本固才能枝荣。可是，剧本写得多满多足，总不能包罗万象，连演员的举手抬脚全写上。就是有简单的舞台提示，也不能代替演员的表演和创造。所谓"戏法人人会变，各有巧妙不同"，演员应该顺着台词的"意"，传出人物的"神"。"意"，是给演员刻画人物、表达思想感情提供的线索；"神"，就是根据人物的性格、思想、感情，综合运用唱、念、做、舞和手、眼、身、法、步这些舞台技巧，内外融合，使喜、怒、哀、乐得到真实的完满的表现。

人物的台词是五光十色的。演戏就得先透过台词挖出隐藏的"意"，抓住人物思想感情变化的根据，否则就无法真实地完满地传"神"。比如《串龙珠》的徐达一上场，唱的四句"看桃柳芳菲吐春信，乍晴膏雨烟满林，为乘阳春行时令，不是闲游玩物人"。前两句不是赞赏美景么？一般人，见到美景大多心情舒畅，因而表现神色喜悦，那该是合情合理吧？其实不然。当时在元朝外族的暴虐统治下，百姓们饱受凌辱，苦难深重。徐达虽然身为州官，但与百姓同在水深火热之中，早已郁愤满腹，痛感屈辱难忍。景色越美，他心里越烦。徐达"不是闲游玩物人"，面对如此花红柳绿的明媚春光，感叹空有山河如画，却被外族蹂躏践踏，神色焉能轻松愉快，只应是沉闷忧愤的表情。倘若不去深钻，不加揣摩，没找到思想感情的内心根据，只按台词表面理解，就会歪曲了人物的精神面貌。这种并非"心口如一"——说的与想的正好相反的台词，在戏里屡见不鲜，必须剥开皮看到瓤，钻到人物心里去，抓到人物的真情实感，才能传"神"。

可是，演员不能只在台词以内找戏，还得在台词以外找戏。既要把人物说的、做的让观众明白，还得把人物心里想的、口里没说的让观众瞧清楚。往往没有台词的地方，由于台词的意思已经领到那里，或者说感情已发展到那种程度，恰是在这些地方，需要演员以身段表情把人物的内心感情贯串下来，充实台词以外的这块空档，用"神"来言其所未言，道其所欲道。如《四进士》宋士杰在"二公堂"上挨了顾读四十大板，又立刻被撵下大堂。他偌大年纪，两腿被打得皮开肉绽，自然疼痛难忍，可是，他并没有向贪官的暴虐压迫屈服。这时我用了个"三起"身段：我用足了全身气力，用颤抖的手撑住地面，一次，两次，连着三次，随着锣鼓急促的节奏，奋然撑起，咬牙忍着痛楚，昂首阔步地走下堂去。宋士杰满腔愤懑不平和倔强不屈、宁折不弯的劲头，都通过"起"的身段传达了出来。"三起"不是节外生枝，故意在台上找俏头，而是人物思想感情必然的发展。尽管没说一句话，宋士杰要与赃官斗到底的精神，却随着"三起"越来越强。这是台词以外的戏，是没有台词的地方，可却是人物有"神"的地方。

人物的音容笑貌、风度气质要靠"神"来表现，但又不是从头到尾都是一个劲。因为人物的思想情绪有起有伏、时隐时显，可又是前后连贯、有始有终的。不能理解为这里要有"神"，那里就可以无"神"。一到台上，就要根据人物思想感情的变化，时刻都得有"神"。不过要有浓淡深浅之分、轻重缓急之别。就是没有台词，也要把思想感情的起伏波动传达出来。

如《赵氏孤儿》的《说破》一场，是程婴十五年深仇大恨的总爆发。十五年中程婴忍辱含垢，把痛苦仇恨深埋在心

《四进士》马连良饰宋士杰

底，屈事仇人屠岸贾门下，待机而动，好像无风无浪的湖水，表面暂现平静。如今报仇时机成熟，稍有触动，痛苦之情就如同突然掀起的波涛汹涌澎湃不可抑止。所以，当孤儿赵武打猎回来，告诉程婴他被庄姬公主赶出"阴陵"以外，程婴听了这话，恰似万里晴空猛然一声霹雳，心里一阵剧烈翻腾，思前想后感触万端。程婴此时所想到的是，庄姬公主是赵武的生母，母子相逢不能相认，反以仇人相待，如此反常，令人十分痛心；自己十五年来强颜欢笑假意逢迎，只为抚养孤儿长大成人，为赵家报仇，为民除奸，自己若不能协助孤儿剪除仇人，岂止公主要把程婴咒骂一生，程婴自己也将饮恨九泉！我是这样表演的：双眉紧皱，两颊上拥起几条痛苦的皱纹，眼里似乎噙着泪花，好像使劲不让酸楚的热泪滚流下来。一股仇恨的怒火，强烈地迫使自己要把实情说出，千言万语都涌到舌尖，简直不能不谈。万分地激动，头部强烈地颤抖，白髯左右飘摆，右手好像要指点什么似的，也不住抖动。转而一想，往事一言难尽。于是目光收敛，微微低下头来，极力压下愤恨的怒火，极力咽下辛酸难尝的滋味，紧闭的嘴角把鼻翅两旁轧出两条深沟，心情渐趋平复，缓缓摇头，意味深长地叹息了一声。这一阵心情实在复杂，又是问答之间，在台上只有短短的一会儿，如果不以"神"表现复杂的内心活动，怎能传达这万语千言？戏曲表演讲究该繁则繁，繁处应变化多姿不显冗赘，简处要寓意深阔以少胜多。人物情绪这样剧烈地波动，顷刻之间变化多端，正需

梨园春秋笔

要以简括凝练的表演，传达深刻复杂的感情。神气足了，却是"此时无声胜有声"。

演戏要有"神"，但不能离了"格"，忘了人物的身份、性情，不能没有生活的"谱"。"书文戏理"都是踩着生活走，"假戏真做"得让人看着信服。在台下谁都有喜、怒、哀、乐，人们也许没留神就过去了。在台上把一个人、一件事醒目显眼地摆在那里，若是该哭又哭得不悲，该笑又笑不痛快，像喝白开水一样，无滋无味地不动心，观众就觉着不真；若是光图有"神"，抓住不放，把戏做过了头，不招人喜欢，观众看着就不美。不真，不美，谁还看你演戏？"神"是由人物心里生的，别把它演成像贴上去的。人物的性格有善有恶，有刚有柔。人物的思想感情就要以性格为依据，用言语行动表现出来。没有心里的劲，只靠眉飞色舞，怎么看都是假的。演员要有基本功的训练，打下坚实的基础，才能有鲜明准确、得心应手的舞台动作。但是这些技巧性的东西，不过是塑造人物形象的条件，必须根据人物性格的需要，来运用这些条件，让它们为刻画人物服务。唱、念、做、舞和手、眼、身、法、步都是舞台技术，运用这些技术，不能离开人物性格和思想感情。

唱腔要符合人物的身份、感情，有腔而无"神"，成了干唱，当然不行。念白要急要缓，也得扣着人物的情绪变化，处处有"神"。演戏不能只图表现技巧，越是技巧高妙，越得把人物演得血肉丰满，性格鲜明。我演宋士杰挨了板子以后，走下公堂唱的两句〔散板〕："待等按院下了马，再与干女把冤申。"一来，因为刑伤疼得钻心，我在行腔上有意用干涩的颤音，好像疼得身上阵阵抽搐，嗓音也随着发噎发滞一样；二来，宋士杰自知所作所为正义无私，所以理直气壮，唱腔里满含着激愤不平。与此同时，我用这样一个身段：左手用力抓住衣襟，右手紧攥鸭尾巾，举到脸旁，狠狠摇了两下。我觉得手中抓住的不是帽子，而是顾读贪赃受贿的把柄、屈枉善良的罪状。这"两摇"，显示了宋士杰的为人：打得越疼，骨头越硬，斗志越强。这个"神"虽是个小地方，但是大处挂"神"，小处也得挂"神"，人物性格才益见突出。

人物在情绪急遽变化、思想剧烈波动的时候更见性格。演员就要在表演上，有松有紧、忽急忽缓，传出这个"神"。戏，要演得饱满，但须恰到好处，适可而止，放得开，煞得住。万变不离其宗。感情的变化，不能使人物性格变得走了模样，弄得支离破碎，前后失去连贯。或是只为多做身段，或是忘记人物的身份，都不能传"神"。

如《清风亭》的张元秀，从拾到婴儿到碰死清风亭，中间经过二十多年。前期和后期，张元秀手里拐杖的挂法、身躯弯曲的程度、脸上衰老的神色，都有明显的不同，但始终跟着他的性格走。张元秀在清风亭见到了新科状元，恰是从小抱养起来的张继保，异常欢喜。但这个新科状元不认二老，只赏下二百铜钱来。

梨园春秋笔

慢说自幼抚养情深义重，就说十年来吃饭、穿衣、上学的用度，也比二百铜钱高出百倍。这哪是二百铜钱，无异于一把刀子，一把割碎心肠的利刃。这个"恩赐"，包容着轻蔑、侮辱和冷酷无情，比皮鞭抽得还疼，让人透不过气来那样难受。不单张元秀一团高兴被凉水浇下，从头顶冷到脚跟，继之而来的还有莫大的羞辱。短促的时间内，张元秀经历了这样迅速的变化，感情的波动该有多大！我表演时，接过赏下来的两串铜钱，睁大两只迷茫昏花的老眼，用力盯在铜钱上，好像信不过自己的眼睛，又像怀疑这是不是亲手抚养过的义子赏的，等到看清这确是刚刚赏下的两串铜钱，又由伤心绝望转而气愤得浑身发抖。

我使劲抓住手中的拐杖，支持住这个不住抖动的、时时都要倒下来的身躯，嘴里喃喃地说着："好！好！"迈动颤巍巍衰弱的腿脚，转过身去要招呼坐在一旁的老妻。这一段表演中，我体会这个磨了一辈子豆腐、自食其力苦受煎熬的老头子，虽然贫穷，却很有骨气，他所希求的并非要张继保恩德相报，只望风烛残年，得到一点亲子间的温暖而已。事到如今，他们之间已经不存在义父义子的关系，成了新贵和贫贱的对立。受到这样相待，自然无法忍受，他不能不发泄这最大的愤恨，向新科状元做最大的反抗。

可是他没有立刻就去斥责、怒骂，反而缓和下来。这一阵表面的松缓，就如同一头被激怒的猛兽，在搏斗以前，并不马上猛力蹿出，而是先把身形蹲伏，敛缩利爪，蓄足最大力量，做一个扑上去的准备。气势有如"山雨欲来风满楼"。张元秀的反抗性格，就表现在一张一弛、有起有伏的这个"神"中。

人物的身份各不相同，思想感情也是瞬息万变，不能千篇一律，千人一面。"神"要从人物心里去找，不能套着使，借着用，张冠李戴随便搬家。台词是"死"的，"神"气可是"活"的，光靠台词，人物形象立不起来。要把"神"贯串到有台词的地方，更要表现在无台词的地方。这样，人物就活了，词也活了。主要角色要有"神"，次要角色也要有"神"。一台无二戏，红花绿叶，缺一不可。以"探子"报道军情为例，只见他手中报旗招展，脚步匆忙，俯身冲进帐内，语调急促，高声禀报，报罢军情，舞台气氛陡然改变。上场时间极为短暂，但他一出现，不仅情节随之转折，每个人物也都受到牵动。再加上脸上、身上、语气都能传"神"，演得饱满，就把戏抬得挺高。这又何止"探子"一类呢？

–（原载：1963 年 11 期《戏剧报》）

我对京剧演现代戏的看法

京剧艺术经历了二百多年发展的岁月，到了今天又进入一个新的历史时期。它要把表现古人生活、反映历史兴替为其专长的演出形式，转而以表现今人生活、反映现实斗争为其发展方向，这是京剧艺术史的转折点，是京剧发展的必然趋势，更是我们京剧工作者坚定不移地要走的路。

京剧演现代戏，不仅引起演员的热烈讨论，而且广大观众和业余爱好者也积极参加了讨论。大家热情关注地重视京剧这一重大变革，并且积极支持京剧注入新内容、突破旧形式、创作新形式的革命行动，可见这是广大人民共同关切之举。我作为演员深切引以为幸，必将在各方关怀支持之下，全力以赴地演好现代戏。

早在 1958 年，北京即演出京剧现代戏《白毛女》《智擒惯匪座山雕》《草原烽火》等剧目。这是非常可贵的尝试。以《智擒惯匪座山雕》和《草原烽火》为例，它借鉴和运用传统程式，又在某些地方突破传统程式，创造了一些新的表演方法，从中摸到了一些表现新内容的门径。有些演员循着京剧的艺术规范，取其有利于创造新人物之处，而同时越出了规范，来刻画人物的精神面貌。由此可以说明，古老的京剧表现现代生活，不是不可逾越的鸿沟，只要稳扎稳打、实事求是地探索研究，满腔热情、大胆破格地创造实践，就会演好。

张家口京剧团的《八一风暴》，经过几年的修改加工试验创造，终于提供了一些京剧演好现代戏的经验，给我们很大的启发。河南豫剧《朝阳沟》等的演出，更使我们得到了深刻的启示。他们把戏曲所特有的强烈的节奏和戏曲表现人物的一些手法，都较细密严谨地融合在现代戏演出中，具有纯正的戏曲风格。虽然不是完美无瑕，但他们已在这条道路上大大跨进一步，取得了很大的成绩。京剧艺术本身的条件与其他剧种不同，但是不能无视已有的实践经验和广大人民的关心支持，我们没有理由不演好现代戏。

京剧演现代戏有困难，但要看你怎样对待困难。是顾虑重重，畏葸不前呢？还是千方百计，勇往直前，战胜困难呢？要看到京剧演现代戏，这里边的"事"不少，绝不是把戏一"说"就可以上台。要把这些"事"一一地考虑一遭，心中有个数，分出轻重缓急，就可以想出办法去解决它。事在人为。例如用来表现古人内心外形的一套东西，像翎子、髯口、水袖、厚底靴这上面的程式，本来运用多年，可以说十分娴熟，得心应手，而在现代戏中就要闲置一旁。现代人的穿着打扮、言谈举动、思想感情都不同于古人，必须以现代人的感情举止为根据，加以提炼变化，成为戏曲舞台上的表演动作。要把纱帽袍带的身段，用新人物新的表演动作取而代之。唱腔、念白上也都有不少问题。同是一段［流水］，古人的思想感情、生活习惯和今人不同，因而在表现今人、抒发今人思想感情的唱腔那个"味"，也就不同于古人。把表现封建时代士大夫语言节奏的韵白，由社会主义工农兵和知识分子口里说出，观众听着就会不舒服。还有，和京剧的特色密不可分的部分是锣鼓，有些锣鼓适于宽袍大袖的生活节奏，套在今人的身上就不恰当。作为古代士兵的龙套，上场可用［长锤］，假如解放军肩荷现代化武器，迈着雄赳赳气昂昂的步伐，也配上［长锤］，就把解放军的神采淹没在古人的生活节奏之中了。怎么办？这要从实践中摸索创造，下一番"化"的功夫，有一个"化"的过程。只要在问题上打主意想办法，就过得去。谁见过孔明、周瑜和曹操这三个古人？可是有些前辈艺术家，忠于艺术，视艺术事业如生命，呕心沥血地揣摩钻研，潜心观察生活，体会古人的风度神态、心胸智慧，他们的演出被观众誉为舞台上的"活孔明""活周瑜""活曹操"。他们之所以受到这样的推崇，这全靠功夫下得深，人物揣摩得透。

既然演历史剧要研究人物，演现代戏更要从人物出发，不能从程式出发。演戏就是演人。我们常常因为宽袍大袖的日子过惯了，乍换一件短衣服，总觉得不舒服不自然。扮演一个人物就先惦着把程式放在哪里，可是现代戏又用不上，于是觉着没有抓挠，心里没底，戏就难演。其实，演传统戏也不能让程式捆住，该用则用，不该用就不用。都知道人物出场必先抖袖、正冠、理髯，这也得看人物是什么身份，有无需要。《审头刺汤》中的陆炳，出场必先抖袖，而《四进士》中的宋士杰就无须抖袖，直接举步登场。举此一例，可见一斑。演现代戏就更要解除这些束缚，一切都得根据人物的需要，稍不注意，就容易弄成讲今人的言语，做古人的功架。演现代戏对传统程式可用的就借用，不合适的就变通改造再用；不够用的时候，从生活里边找来，加工以后再用。

　　传统中任何表演的程式都是从生活里边来的，整盔、贯甲，乘轿、行舟，上山、骑马，哪一件不是生活中有的动作？但又不是生活的原样，它比生活更洗练，更优美。不能认为一演现代戏就把传统程式弃如草芥，还应借鉴那些传统程式，并拿它们当作材料。那些传统的东西是前辈艺人辛勤的创造，是经过几百年锤炼的结晶。他们遗留下来的不仅是一套程式，在程式中还包含了一套创造方法。这套创造方法尤其宝贵，我们演现代戏就要研究前人的创造方法。或者是把传统程式加以丰富变化，表达新内容新思想；或者是把现实生活中的动作，翻作更洗练、更优美的戏曲动作，搬上舞台表现工农兵的形象。只会守业，不会创业，那是没有出息的，多少前辈艺术家的艺术都是创出来的。今天要使京剧反映社会主义的内容，为社会主义出力，像个社会主义的艺术，结果只求守业，不敢创业，恐怕这个业连守也守不住。那就让我们大家都想办法吧！群策群力地共同创造，共同实

马连良在家中揣摩剧本

践，"八仙过海，各显其能"，积极地逐步地凑出一套表现今人新的表演程式。

有的青年人，听说京剧演现代戏了，就认为腰腿可以不练，嗓子也可以不吊，把基本功全放下，就等着排戏演出了，这不对。把现代戏看得轻而易举，以为可以简单从事，这是对京剧演现代戏的误解。谁也无法想象，老戏的表演艺术，要不是千锤百炼，怎会有今天这样的成就；一个演员要不下苦学苦练的硬功夫，怎会演出好的成绩。演传统戏如此，演现代戏也是这般。现代戏更要用唱、念、做、打、舞这些技巧，把新内容新人物演得精彩动人，才能使观众乐于欣赏。要不是这样，无异守株待兔，将是一无所获。北京京剧团演出的《草原烽火》，奴隶巴吐被擒以后"喝酒"一场，巴吐要摆脱即将遭受陷害的境遇，趁对方不备，突然扔开桌子，紧接一段短的武打。演员运用了"抢背""叠筋"等动作，表现巴吐英勇不屈的劲头，这场斗争抵抗演得很有特色，这就看出基本功的应用多么重要。是现代戏的情节，可又有京剧的特色，没有基本功行吗? 演现代戏，基本功越牢靠，需要的时候就越是左右逢源，并可有选择地和内容拉紧、和生活结合，巧妙变化，灵活运用。

不光是演出现代戏就算成了，要紧的是拿出较高质量的现代戏，来为社会主义服务。不错，不可能期望靠一朝一夕之功，就可以出现现代戏表演艺术的高峰，那是操之过急，奢求一蹴而就。也不能把现代戏看作"应时当令"，一阵热闹而抢排抢演，不求仔细推敲而仓促登场，那样演出的效果观众不会满意，演员也要丧失信心。可是也不能借口要提高质量，就把脚步放慢，迟迟不前，弄成了"只听楼梯响，不见人下来"。要积极想办法，知难而进，闯过这一关，打开新局面。如果把演传统戏的那种琢磨的劲头，同样地用在现代戏上面，甚至有过之无不及地钻研创造，质量怎会不高！

这几年，我在生活中，和几位老年人经常接触，他们的一举一动，我都细心观察，揣摩他们的心理神态，这对我演传统戏也有不少益处。但是我总感到遗憾，不能直接以现代人的身份把他们在台上表现出来。现在好了，我想今后会有和他们身份性格相近的剧中人物，由我演出来。要演好现代戏，演好今天的人物，就得从生活里去找根源，钻研创造就有了准谱。生活才是表演艺术的"准纲准词"。青年演员更要深入生活，向生活学习，共同来创造，把京剧的现代戏演好。

京剧演现代戏是一件新事、大事，京剧能够担起反映现实生活的重担，是个光荣的任务；解决了演好现代戏的问题，就会使古老的艺术焕发出青春的光彩。今后，京剧不但长于表现历史人物，而且能够表现现代人物，路子宽了，表现领域广了。作为一个京剧演员，我热爱京剧艺术，爱之愈深，护之愈切。作为一个社会主义的演员，我尤爱社会主义。欲使京剧艺术长葆青春，为社会主义服务，一定要设法排除任何困难。在旧社会，我为了在艺术上打出一条路，不愿墨守成规，趋摹前人旧步，也曾煞费苦心地做过一些改革，可也受到一些保守者的讥讽。今天不同了，这些过去的事，和今天在党的领导下从思想内容进行的根本性的改革，是无法同日而语的。同时，过去所谓打出一条新路，是有着经济的目的，我们今天怀着建设社会主义和共产主义远大的政治理想，还有什么目的能超过这个崇高的理想呢？既然过去为了演好古人而费尽心血，在今天有什么理由不以更大的精力演好今人呢？我们这一代戏曲工作者，现在已经有了无限优越的条件。有党的正确领导，有广大群众的支持，有剧团为我们提供的便利的工作条件，我们应该以百倍的信心和决心演好京剧现代戏！

－（原载：1964 年 3 月 10 日《北京日报》）

勇往直前　坚持不懈

　　广大人民关心瞩目的京剧现代戏观摩演出大会在北京举行了，南北各地京剧工作者浩浩荡荡云集首都，齐把古老京剧艺术出"新"的成果，展示在观众面前，并从中交流经验互相学习。我怀着十分兴奋的心情，向参加这次大会的全体京剧工作者致以衷心的祝贺。

　　京剧要"推陈出新"，要不愧为社会主义时代的京剧，就必须表现社会主义的思想内容，反映我们这个伟大的时代，积极地把在党领导下所进行的阶级斗争、生产斗争和科学实验三大革命运动，表现在京剧舞台上；就必须把各个战线上斗志昂扬、奋发图强的新人、新貌，以及"五四"以来，在党的领导下所进行的革命斗争中流血牺牲、前仆后继的英雄业绩，表现在京剧舞台上，用以教育人民、鼓舞人民，继承光荣传统，发扬革命精神。这是社会主义时代京剧的光荣职责，更是京剧工作者分内之事。

　　京剧演现代戏，是广大观众的"众望所归"。不如此，就要远离人民，终将为人民所遗弃。人民的需要、时代的需要，才是京剧艺术正确发展的途径，循此途径方有广阔无垠的灿烂光辉前景。作为社会主义时代的京剧，为社会主义服务、为工农兵服务，这和其他剧种艺术，并无任何分工可谈，都要歌颂工农兵英雄人物，反对封建主义思想和资本主义思想。但从京剧艺术本身来看，仍必须贯彻"百花齐放"，使京剧这一优秀传统艺术，深为群众喜闻乐见的形式，发挥它独具的风格、特色，进而改革创造，展现它感人的艺术魅力，起到更好地为社会主义服务的作用。我们过去习惯于表演古代人物，现在我们要塑造工农兵的英雄形象，这是京剧舞台上一桩翻天覆地的变化。这首先要求我们每个京剧工作者思想上革命化，要求我们不断地改造思想，同工农兵结合，熟悉工农兵的思想感情，和他们心心相连，脉脉相通。

戏曲舞台自古以来即为封建统治者所盘踞，劳动人民虽在台上时有出现，也不过是卑躬屈膝地聊作点缀而已。今天，京剧现代戏，是要表现工农兵伟大的光辉形象，反映劳动人民当家做主、掌握自己命运、披荆斩棘、开基创业、建设社会主义的英雄气魄。这就不同于任何前辈艺术家对京剧艺术的革旧创新，而是史无前例的崭新的一页。由于内容的改变，随之而来必然促使京剧艺术的表现手段相应地有所变化。通过我们的舞台实践，从这几天演出的剧目来看，京剧不但可以演现代戏，而且能够演好现代戏。只要是从生活出发，从人物出发，不断探索，深入钻研，不断地进行舞台实践，就会越演越精。

从会演开始，我就非常激动地连续观摩每个剧目，真是各有千秋。这些精彩的演出，给我很多的启示。许多老一代的演员神采焕发、精力充沛，严肃认真地刻画自己的角色；许多年青一代的演员，在党的培养下已经迅速成长起来，功夫纯熟，练就了一身好本领，准确地真实地表达了革命英雄人物的思想感情。不论主演配演都是各尽所能、精神饱满，为一出戏、为整体艺术而克尽职责，演员以外的各部门工作人员也都有突出的创造。所有这些，使我深深感到，都是在党的正确领导下，在党的教导和亲切关怀下取得的成果。

党为我们京剧事业的发展指出了正确的方向，现在又安排了这次观摩大会。通过观摩，我们从事京剧工作的战士们，一定会有更大的收获。

-（原载：1964 年 6 月 12 日《人民日报》）

循生活之规　蹈生活之矩

——在《杜鹃山》中演郑老万的体会

　　我们北京京剧团演出了革命的现代戏《杜鹃山》，我在其中担任郑老万这个角色。郑老万是一个饱受压榨、剥削、迫害而走上革命道路的老农民，我觉得扮演这样的人物，是一个京剧演员为人民服务、为社会主义建设服务应尽的职责和光荣的任务。我在五十多年的舞台生活里，一直扮演着封建社会的古人，今天我能够扮演这样的革命人物，乃是我生活中新的一页。以京剧艺术形式来表现现代生活，演革命的现代戏，这是京剧正确发展的方向，大家都在探索并力求使内容和形式达到完美的和谐和统一，很多同志已经取得了可贵的经验，值得好好学习。我很高兴，能和大家一起在新的起点上，迈出有意义的一步。

（一）

　　剧团决定这个剧本之前，我曾经向剧团党委要求，希望在现代戏的演出中担任一个角色，不论大小，都是我求之不得的。剧本决定之后，我接触了一个从未接触过的陌生人

梨园春秋笔

物。我想，既然是演革命的现代戏，对于京剧演员都会有困难，我当然不能例外。但是我能够通过舞台的形象，歌颂革命的英雄人物，歌颂我们"六亿神州尽舜尧"的伟大时代，任何困难也要设法克服。

剧团的党委及时帮助我，给我安排了学习的条件，帮助我学习毛主席著作《中国的红色政权为什么能够存在》和其他有关材料，因此我对于郑老万这个人物，有了一些初步的理解。重要的是，这些学习使我的思想认识有了很大的提高，深刻认识到演现代戏必须具有革命英雄人物的思想感情；认识到那些前赴后继的英雄人物，为什么能够面对反动派作不屈不挠的斗争：就因为他们痛恨暗无天日的旧社会，怀有远大的革命理想，并顽强地为争取美好社会的实现而奋斗终生。既然是演革命人物，演员如果没有革命化的思想，怎能使人物真实地活动在舞台上？所以说，人物使我受到深刻的教育。

（二）

进入排演场后，问题接踵而来，从排练到演出，我和人物之间有一段逐步结合的过程。最初是十分陌生的，经过似曾相识，最后才达到心心相印。一向习惯于运用程式，一旦表现现代人物，总是有意无意地把程式放在人物上，虽然通过学习文件和分析剧本对人物有些初步认识，但是在舞台上表现他，就要求根据人物的性格和思想感情来设计人物的动作，并且要求这些动作鲜明准确地表达人物的内心活动，这就不是初步认识的程度所能解决的。必须首先深刻理解人物，深入人物的精神世界，了解他的喜爱和仇恨，再考虑用以表达喜爱和仇恨的应有的外形动作。动作是有形的，气质是无形的，动作的选择，更要显现人物蕴涵于内的气质。把握住这个最基本的一环，再考虑程式的变化取舍，让传统为我所用，适合的取之，不适合的舍之，就不会被传统程式束缚住手脚。

我演的郑老万，是个刚烈、倔强而又风趣的老农民，搞过农民协会，牵着土豪劣绅游过街。由于反动派向革命进攻，他被关进监牢，在解往县城的中途，他戴着手铐逃上杜鹃山，坚决地参加了革命。在排练时，我起初表现他戴着手铐从山下逃上山来，脚步仓皇而眼神惊惧，体态有些衰迈。导演认为不合适，经过这个启发，我发觉这是传统程式的作怪，使我不自觉地流露出"衰派"老生的身段。我就改为挺直腰身脚步利落，这样又显年轻。最后我才改成现在这个样子：脚步仓忙但很稳健，因为他是劳动农民，当然老而不衰；眼里射出仇恨的怒火，腰身不挺略显老态。这都是在反复排练中逐步定下来的。走过这个历程，人物在脑海中日益清晰，好像伸手即可触及，睁眼如在目前。程式在我身上已经渐渐不起纠缠牵扯的作用，倒是我可以支配程式，到得了解放。

梨园春秋笔

这个例子仅是其中之一，还有很多类似情形。不能忽略的是，表演不能抛弃戏曲的形式，不能不有戏曲的节奏，更不能不有舞台上所要求的美。任何动作都应与戏曲音乐（主要是锣鼓）协调并相互制约。如果是传统戏里的出场，必须是一步一锣，摇头搓手等惊慌之状，都严格地落在急骤的锣鼓点上。可是郑老万的出场，并不一步一锣，是在力求真实地表现人物当时内心活动的前提下，影影绰绰地落在锣鼓的节奏之中，人物动作就有了生活气息，感情显得自然，是生活的，也是戏曲的。

（三）

人物的陌生，是因为对他们的思想陌生，更主要的是对于生活的陌生。从陌生到似曾相识，要有一个过渡，进而要到达心心相印，更需要下一番溯源求本的功夫。生活是艺术的源泉，只要是循生活之规，蹈生活之矩，就会源头活水滚滚来。

郑老万是从生活里真实存在的革命人物中概括为典型的形象，要能够传达这个典型形象的真实感情，就得寻求生活的根据，也就是找到了生活的源头，动作就会相应而生。还以戴铐的出场为例，我起初排练时，戴着手铐没有什么特殊的感觉，慢慢地我好像回到了那个黑暗的年代，觉得这手铐不是给人物的，而是给我的欺凌、屈辱、迫害，在手铐上面

马连良与同事一起排练《杜鹃山》～～～～～～～～～～～～～～～

真切地显露着反动派的狞笑。手铐加在我的腕上，屈侮却沉重地压在我的心头。我抑制不住仇恨的怒火，产生强烈的报仇心理，痛恨地主恶霸、土豪劣绅的阶级感情迸发出来，急于砸碎这个桎梏，因而动作有力量了，目光也有了准确的目标。手铐在我手中已经不是一件道具，而是真正的刑具，他的诸般行动均由此而获得解释。

　　我一出场，把双手掩在背后，向前略一张望，这是一面寻找上山的路径，一面时刻提防，避免手铐这个目标暴露给敌人；然后转半身向后张望，又把双手移到前面，是防山下敌人追来。他刚刚从敌人手中逃脱，在这榛莽丛生的山中寻找远逃的路径，一定要十分警惕，谨防再陷敌手，所以先掩起双手，向后张望时亮出手铐，符合了生活的真实，也就加深了观众对人物的印象。像报信那场，郑老万在山下看到杜妈妈被毒蛇胆吊在村口大树上，心里难过到达极点，急忙上山报信。我快步走到台中，用了一个要向前栽倒的"滑步"。因为是上山，所以往前倾斜；因为是劳动人民，所以不能像穿厚底、官衣的人物那样斯文儒雅；因为是匆忙焦急，这里有一个"滑步"，更能表达当时的心情。这首先是从生活出发，借鉴了传统，吸取传统中有益于刻画人物的因素，从既要有生活的真实，也要有舞台的真实而考虑的。

（四）

运用传统唱腔的板式，表达现代人物的思想感情，必不可免地要有所变化，破旧格，立新意。言为心声，唱也是心声的表露。在疾风骤雨中斗过地主，坐过牢，戴过铐，来到杜鹃山以后，一直在党代表贺湘①的领导下，和山下敌人处于战斗之中的革命人物郑老万，他的生活中不可能有悠闲舒缓的节奏，由于他劳动人民直爽坦荡的性格，更不可能有迂回委婉的话语。所以我在几处唱腔中都把音量放大，增强他的气势，来突出他当时激动、愤慨的心情。但是背粮回山交出红旗那场，乌豆没有了解情况就大发脾气，而且怒不可遏地把郑老万推搡在石头上，只有这时我才适当收缩了音量，婉转地说明衷情。用了一段〔西皮散板〕转〔二六〕再转〔快板〕，最后归散板。唱词是："想当年铁血队无投无奔，到如今才成了正规红军，这块布有大用，制一杆红旗高举在空中，打起仗来多勇猛，走起路来也威风，老乡们见了多高兴，敌人见了胆战惊，因此上两月来我起早睡晚一针一线把它缝成了红旗，论纪律我犯的是哪一宗？你这暴躁的性儿要好好改正，学一学党代表的好作风！"乌豆是队长，也是郑老万所尊敬的领导人，乌豆的脾气，他是深知的，心里

---

① 柯湘是样板戏时的名字，1964年时为贺湘。——编者

虽然委屈，总归是年纪大些遇事沉得住气，但是事情一定要说清楚。用 ［二六］ 转 ［快板］，在较快的速度中透出理由正当的沉着。最后的 ［散板］ 更以爱护之情，向乌豆提出了批评。把"党代表"三个字唱得沉重些，把敬爱党代表的意思突出来。这一段唱要语气委婉，感情真挚，态度严肃；行腔要朴素，不脱离人物感情。故意装饰、渲染，追求唱腔形式上的跳跃、华丽，那样就要破坏这个人物淳朴、倔强的性格。

念白上，我曾经探索过京白、韵白融为一体的办法，但是在排练初期就发现这样不能完满地表达人物感情。如果完全用京白，那就会滑稽可笑（实际上传统的京白，是把节奏夸张了的北京话）。如果完全是生活的，显然无法使观众分清感情的重点。此后我就采用在生活的基础上适当放大音量，在轻重急徐的掌握上使之符合生活的语言节奏，并使调门和唱腔衔接起来。例如我在报信那场，跑得气喘吁吁，满怀焦灼、愤恨，急促地向党代表和乌豆述说杜妈妈遭受敌人吊打的经过，并且汇报了毒蛇胆恶毒地骂了乌豆："毒蛇胆派他那些狗腿子，敲着锣，在山下叫骂，他不骂别人，单骂乌豆队长你！"如在传统戏里，用一段连珠似的念白，观众或许为演员的技巧喝彩，现代戏就不能允许这种不顾内容只顾技巧的表演。我在这里用断断续续的念法，在每一小句结尾的停顿上都加重语气，其他的话就适当放轻。"毒蛇胆""叫骂"和"队长你"三个地方突出地吃重，这样就可以把事态的严重性和憎恨敌人的感情更加强调出来。生活中人们说话的声态就是如此，舞台不能违反生活的真实。生活上又不能完全如此，因为不必顾及与唱腔的衔接。念白既要与唱腔衔接、和谐，又要如同生活中那样自然。

通过《杜鹃山》的演出，使我重新学到很多东西，领导上给我很大的鼓舞，同志们给我很多帮助，特别是导演同志对我的启发，使我有了更大的收获。今后在不断的演出中，还要进行更多的探索尝试。个人的体会非常粗浅，请大家指正。

－（原载：1964 年 7 月 20 日《北京日报》）

梨园春秋笔

我演程婴

　　《赵氏孤儿》的程婴，是个非常鲜明动人的形象。幼年演《搜孤救孤》时，就对这个公而忘私、舍己为人、大义凛然的人物，有了很深的感情。1959年，我们北京京剧团排演了《赵氏孤儿》。故事情节基本上脱胎于元曲《赵氏孤儿大报仇》和传统京剧本《八义图》，现在剧本删除烦琐，剪裁冗赘，理清眉目，突出了主题思想的人民性和正义性，已经面貌一新，符合时代的需要，达到古为今用。因此就要突破旧的表演方式，重新刻画程婴这个人物。演出过程中，在表演上还不断进行加工修改，今后也还要继续锤炼，以期进一步提高。我把表演程婴这个人物的体会写在下面，和大家共同商讨。

　　程婴是春秋时晋国上卿赵盾的门客，一个无职无权的庶民。赵盾身为丞相，规劝晋灵公要治国理民，不要残害百姓。荒淫无道的晋灵公，在奸佞宠臣屠岸贾的逢迎蛊惑下，纵容屠岸贾陷害赵盾，强加个奸臣的罪名，把赵盾全家三百余口尽行杀害了。程婴目睹这种是非颠倒、肆意屠戮的事件，激起强烈的义愤，尽管身为庶民，也要尽其一切可能，为这件冤案辩说明白，以除却害国害民的屠岸贾。

他舍弃亲生的儿子，送置死地；历经艰苦屈辱的漫长岁月，直到须发尽白。这种坚忍不拔、至死也要伸张正义的性格，极可爱又极可贵。程婴这个人物贯穿全剧，成为表现主题思想的中心角色。演好程婴，突出他的性格特征，既要深入挖掘角色的思想灵魂，又要设法以鲜明准确的唱、念、做等表现出来，完成剧本思想主题赋予的任务。

我对程婴这个角色深入熟悉以后，就考虑在戏中的表现手段：全戏十四场中，有程婴的八场戏，人物扮相，从中年到老年，从头上到脚下，穿戴什么式样、颜色，才符合人物身份和观众美感欣赏的需要；唱腔、话白的语气、声调怎样。我又根据情节和人物情绪，设计了不同的八个上场和八个下场：使什么身段，怎样运用手、眼、身、法、步，才能完满地表达人物思想感情；在什么身段里用什么锣鼓，来烘托人物感情和舞台气氛。安排好这些，就有了塑造人物形象的外在条件。演戏不能单凭外在条件，还得有支配舞台行动的内在依据，心里得有戏。

演出这几年，我把程婴这个人物的内心活动，在八场戏中分别归结为焦、智、勇、慎、假、愿、痛、欢。这八种不同感情的翻腾变化，在不同对象和不同环境中，又衍生出更加复杂错综的思想活动。但万变不离其宗，在这八个字的推移演化中，突出程婴的主线——"义"。

现在就分场地具体分析一下。

程婴在《报信》这场开始出场。前三场交代了晋灵公纵容屠岸贾对赵盾的陷害，屠岸贾已经领了旨意，去抄杀赵氏全家。赵盾的儿子赵朔身为驸马，和庄姬公主居住在驸马府，对这件事情还一无所闻。程婴眼见这天大的冤枉、残酷的屠杀，唯恐赵朔也遭到杀害，心中万分焦灼，刻不容缓地要赶到驸马府，以便让赵朔有所准备。这一场就是一个"焦"字，始终围绕"焦"字做戏。出场前唱一句〔西皮导板〕：

　　　昏王他把旨传下！

要把心如火焚迫不及待的情绪传达给观众，唱到"下"字出场，表现程婴是自远而近急忙走来的。我做出慌不择路、脚步急促、不管路途坎坷不平只想快快赶到的样子。离驸马府不远，不失细心地回头张望一下，观察路上是否有人跟踪。这一串身段是出场前焦灼心情的继续发展，没有出场前的"焦"，就没有出场后的"急"。出场前是自己知道，出场后就得让观众看到。接着，继续加快脚步，唱〔散板〕：

　　　要把赵氏满门杀，
　　　急急告知赵驸马。

这样，程婴焦灼急迫的感情，就全带上场了。

程婴走到驸马府门，府内太监迎上来，忙问："程先生，你……"下面的话未出口，我连忙摆手拦住。这样重大机密的事情，此时没有必要和他说出，所以我进门后才唱：

　　　　此时无暇把话答。

接着，念一句："快快请出驸马！"我见到驸马，急促地告诉他：

　　　　老丞相不知为了何故，被屠岸贾一剑劈死，如今抄
　　　　杀你满门来了！

　　这段话白有三层意思：一、你父亲无辜被杀；二、你的全家也要遭到杀害；三、屠岸贾一定不能放过你们夫妻，迫在眉睫，应该即刻想法逃命吧！我在这里着重第三层意思。因为前两层事情已经发生，无法挽回。第三层是事情尚未发生，有避免的可能。既然暗地来报信，当然希望他们能够逃得活命。这场戏也正是顺着这条线索向下发展的。我念这段话白，用高音快节奏，声调急促，显示程婴怒愤不平而又对赵朔关心。

　　若是对赵朔表现出一般的关照，像探子报道军情，报罢转身出帐，就算交差，那就不是程婴了。那样，程婴也用不着"焦"，也显不出"义"。所以庄姬公主出场以后，听到

凶信昏倒，要去找兄王辩理；又感到在暴君面前难讨公道，劝赵朔一个人逃命，赵朔不肯。公主又担心屠岸贾知道她有孕不会放过……这一段戏中，我的焦灼情绪从未中断，我看着他们夫妻的面容，听着他们的谈话，我的双眉紧皱，不时微微摇头，又伸开手指在额前轻轻点动。这几个小动作，乍看起来，好像是独自思索搜求对策，其实不止于此。深挖一步就是，我程婴掬以满怀同情，深为他们的遭遇痛心疾首，在这个大难临头的局面下，不能袖手旁观，如有用我程婴之处，赴汤蹈火在所不惜！可是办法又在哪里？

此时比来时的心情更加焦灼缭乱，及至宫女卜凤提醒一句："公主乃是金枝玉叶，量他不敢加害；只是这产生的婴儿恐怕难逃毒手吧！"正在毫无希望之际，这句话启发了我，想出来一个办法，把上面的情绪连贯起来，连搓两手，跟着右手弹髯，左臂托髯。内心戏是，怎么，连婴儿也不能逃脱毒手吗？万恶的屠岸贾啊！既然如此，我定要把婴儿救护下来！一经决定，毫不犹豫，连忙说："驸马，如今你一家被贼陷害，令人痛恨，我有意等公主分娩之后，将婴儿抱至我家抚养，将来也好与你赵家报仇雪恨！""报仇雪恨"四字，一字一顿，要念得响亮清彻，有如敲击悬磬，声声震耳，一腔怒愤，倾泻而出。

赵朔对程婴如此急人之难，敢于冒死肩负重担，非常感激，连忙行礼。我答礼后唱："乱臣贼子人人恨，可惜我无力杀贼身！"两句唱所表达的意思是，屠岸贾这个贼我是恨透了，虽然我无力杀贼，也要尽我的力量，做我能做的事情。可是转而一想，还是不妥。愿望是好，但处在屠岸贾和宫廷势力之下，岂是轻而易举的事！我的精神忽然一紧，脚步随着移动，身上脸上都显露焦急之态。唱一句："只是宫门太严紧！"这句话既是自言自语，又是向公主说明。是啊，宫门森严，庶民怎可随便出入，能不能进宫是一道最大的难关。此时的程婴不单心情焦灼，而且陷入焦思苦虑之中。婴儿能够救出，将来就有报仇除害之望；婴儿不能救出，简直不堪设想。场面起　[乱锤]，烘托着场上人物纷乱不安的思绪。我移到台右，他们移到台左。位置移动，一则为下面的戏做准备，二则表现大家都转来转去想主意。不管什么动作，都要表现出心情，才显着顺当不勉强。我这时并未放弃寻找对策的念头，精神毫不松弛委顿。我左看，他们在危难处境下，无计可施焦躁难耐的神态，更激起我的义愤。我右看，表示凝神思索。又向前看，两足连连转动，将头点了几下，这就是"眼珠一转，计上心来"；心里说：好了，有办法了！我紧接着说出：

　　公主不必着急，待等公主分娩之后，就在宫外张贴榜文，上写"公主得下不治之症，太医束手无策，召草泽医人进宫调治"。那时我揭下榜文，应聘进宫，将婴儿盗出，你看如何？

这段话白，是在焦思苦虑、一筹莫展的时候发现的良策，因而精神格外振奋。念白中脚步略有移动，配合揭榜等手势，声调稍显急促，表现内心激动。音量不能太大，表现事情的缜密而严重。既已商定，只等日后行事了。

这时，场内人声喧嚷，表明屠岸贾已经逼近驸马府。我急忙出门张望，赵朔催促我快快逃走。舞台上气氛极为紧张，我不能稍有迟缓，必须立刻离开。只说了一句话："如此，告辞了！"说罢，立刻出门。这里，如果出门后就快步下场，未尝不可，但我觉得感情不够饱满，演戏要把人物心里的事演出来，让观众觉着真切，令人相信，才会引起观众的共鸣，产生对人物遭遇的关心。所以我不直接奔下场门，而是在出门以后，立刻转身，回头观看。内心有两个用意：一、我承担救孤重任，必须走开；可是从此一走，就和赵朔成为死别，不由得回头一望。二、看看屠岸贾的兵丁距离还有多远，是否被他发现。然后右手连续翻舞水袖，面部显出难过和匆遽的神色，这都是渲染急于离去又不忍离去的那种复杂的心理状态。最后，将髯向左摆出，心里说："奸贼，等着瞧吧！"于是急忙下场。

上场时恨不得立刻赶到驸马府，下场时急于离开驸马府，中间还着了不少急，这都落在一个"焦"字上。

《盗孤》一场要表现程婴的"智"。

前一场《报信》中程婴的办法是说的，这场就是做的，程婴甘冒绝大风险，在行动上如无机智，要想从屠岸贾严密监视之下救出孤儿，谈何容易。唯其困难，要闯入这样罗网密布的险境，心境难免有些忐忑不安。如果程婴丝毫不显紧张，如入无人之境，那就不合情理。可是程婴又不是理亏心虚，做一件不可告人的事那样提心吊胆，慌慌张张。他胸中秉持正气，无愧于人，毫无利己之心。我认为程婴的"智"，就是在不利的条件下，巧妙地瞒过宫廷内外的耳目，安然地离开深宫，实现既定的计划，达到救出孤儿的目的。他是得加意提防，又要保持镇静。他要避免任何破绽，还要做得若无其事，真正像个入宫治病的"草泽医人"。所以在表演上要掌握分寸，这些内心感情从人物出场前，就要有充分准备，出场后的每一步行动中，都要蕴含这些思想活动，逐步向观众交代出来，才能圆满地表现程婴的"智"。

宫女卜凤在场上把两个小宫女支开，已为程婴进宫清除了耳目，铺平了道路。太监在场内传："草泽医人进宫啊！"我在场内答话："领旨！"这两个字要念得高、亮，微显急促，因为在宫外等了一些时候，究竟能否进宫，心中捉摸不定，忽地听到传进，当然要立刻高声答应。念完"领旨"立刻出场；出场不能走直线，毕竟宫廷深院路径曲折，所以我向右迂回走了几步，脚步略快，不能慌张，要显沉着，快中有稳，不然被人看破就会坏事。在接近台口时，回过身来张望，没人，再转身和卜凤碰面。卜凤一见忙说："程先生，你可来了！"我此时不能答话。因为卜凤这句话不像面对揭榜进宫的"草泽医人"，显然是和共谋大事的人说的话。这

梨园春秋笔

句话被外人听去，就要全盘皆输。我连忙摆手又回头扫望，这两个动作不能太大，好像只让卜凤看到。摆手和扫望是同时的，意思是别谈，谨防走漏风声。进门后我才略微把心放下，念一句："快请公主！"念完，放下左肩的药箱。公主抱着孤儿，见到程婴就悲痛啼哭。我向公主摆手，又用一个手势向卜凤示意，卜凤会意，急忙出门去守望。我体会程婴此时的心情，眼看母子被活活拆散，非常同情。不过程婴以冷静的头脑克制住感情，我面部表情就是强忍痛苦，摆手劝阻公主，纵然万般委屈，切不可啼哭出声，以免招惹灾祸，这才示意卜凤去守望。如果我不做这些表示，不但不能表现程婴的聪明机智，且不能把宫廷内外受屠岸贾严密监视的气氛点染出来。

公主哭诉一阵，又跪下行礼，我答礼，然后一同站起。接着我有一段唱，唱道："将婴儿当作我亲生抚养——"把"亲生"唱完，顿住，留个空隙，再接唱"抚养"，唱腔拉长，为的是强调"亲生"和"抚养"，让公主了解我的心迹，突出这句话的分量。刚唱完"抚养"，婴儿在公主怀中突然啼哭起来。我猛然一惊，将髯向右甩出，向公主摆头，意思是请公主赶快抚慰婴儿，千万别让他哭下去。然后指着婴儿，接唱一句："婴儿他……哭得我胆战心又慌！"唱词中的"他"字，唱得断断续续，要把心头剧烈跳动、身体微微战抖吃惊的神态表现出来。大人啼哭犹可劝阻，婴儿啼哭无可奈何，这无异召唤屠岸贾前来杀人，怎能不惊？

《赵氏孤儿》马连良饰程婴，张君秋饰庄姬公主，
小王玉蓉饰卜凤（右）

公主忍痛，刚要把婴儿放进药箱，程婴忽然灵机一动，想起一件大事，忙问："公主，我将婴儿带出宫去，日后他长大成人，你母子以何相认？"程婴确有深谋远虑，何日母子重逢，很难逆料，如果年深日久，相逢不能相识，那真是一件有始无终的事情。公主答："孤儿胸前生有三颗红痣，以作凭证！"我的眼睛一亮，心里说："太好了！"连忙答应："噢，我记下了。"我迅速弯腰背起药箱，快步出门。略微瞭望一下去路，公主在后面要送，我稍斜身，连连翻摆右手水袖，制止公主不要出来，以免被人看破。不能忘记，公主是得下"不治之症"的！我在翻摆水袖之后，顺势将右袖扬在肩上，头也不回直奔宫外。这个下场身段，不能做得迂缓迟慢，要轻捷利落，因为唯一目的是将婴儿救出宫去，对公主再做任何表示都是多余，稍有迟缓都显着程婴不"智"。

紧接着一场是《盘门》。

程婴已经顺利进入宫廷，又将婴儿藏好，只要走出宫去，第一步就大功告成。出乎意料，屠岸贾竟在程婴出宫之前，派遣大将韩厥守住宫门。程婴刚刚走出宫门，恰与韩厥遭遇，或成或败，一发千钧。我在这场戏抓住一个"勇"字，从各方面反复突现他的"勇"，刻画他临危不惧、沉着应变的胆量。这是一出重场戏，有如弓弦，越拉越紧。观众也是全神贯注，关心程婴和孤儿的命运。节奏掌握不好，稍有松动，就像登山中途又滑下来一样，整场戏都泄了气。

我身背药箱，脚步加快，急遽走到台口，心想尽速离开此地。原非逆料所及，猝然碰见韩厥，心中暗暗吃惊，立即镇定下来，不动声色，自管走路，直奔下场门。但行路匆忙已引起韩厥疑心，他高喝一声："回来！"我想，不好，这真是"屋漏偏遭连阴雨，行船又遇顶头风"。但不能惊慌失措，仍然继续保持镇静。我慢慢转身，左手紧紧捂住药箱，抬起右手将髯飘在右手上，睁眼盯视对方。

一手捂住药箱是因为箱中有秘密，转身慢腾腾是要装出坦然自若，并趁此时想主意。我一边窥察韩厥将要采取什么行动，一边故作不解用眼光探询对方，好像问他："有什么事吗？"这时双方目光互射，支起阵势，必然有番舌剑唇枪，激烈交锋。我是这样表现的：

韩厥：什么人？（声色俱厉。）

程婴：草泽医人。（不假思索，脱口而出，理直气壮。）

韩厥：进宫何事？

程婴：与公主调治病症。（振振有词，字字念得清楚，以示心地坦然。）

韩厥：公主得何病症？

程婴：肝郁不舒。（声调放慢，显示久惯行医，精于认症。）

韩厥：箱中何物？

梨园春秋笔

程婴:甘草、薄荷。(感到对方逼近正题,暗暗捏一把冷汗,呼吸不匀,语音微抖。)

韩厥:可有孤儿?

程婴:这……(略顿,忽然灵机一动。)这倒不曾听见过这味药材!(声音压低,略似沙哑,软微颤抖,不答正题,轻轻滑过。)

韩厥:去吧!

程婴:哦!(正在全神贯注,准备应付任何进攻,不料对方偃旗息鼓,悄然收兵。于是急忙敛神,答应一声,抬脚要走……)

韩厥:转来!

我左足点地,右足迅速画个半圆圈,转身面向韩厥。这个身段要毫不拖泥带水,使人有间不容发之感,才显得紧凑,气势连贯,才能传达程婴急于要走又不能走脱的神情。

韩厥:你为何神色慌张?

程婴:小人乃是乡里郎中,见将军威严神武,心中有些害怕!

(稍现紧张,嗓音低沉、沙哑,继续证明行医身份。"害怕"是真话——怕婴儿暴露,并非畏惧个人存亡。"害怕"也是假话——借"乡里郎中"没有见过世面作掩饰。)

韩厥:你定有夹带！

程婴:并无夹带！（极力辩白，进一步肯定，字字斩钉截铁，没有一丝含糊。）

韩厥:你将箱儿放下，俺要搜！

我听到"要搜"，心说这可到了山穷水尽的地步，眼看就要闯出虎口，又横生枝节。不让搜，不行；若是态度明朗，让他搜查，表示确无夹带，或许对方因此停止搜查。好，破釜沉舟，在此一举。这些念头都是一瞬间在脑际闪过，略有停顿，当即决定，不能有半点迟延，招惹对方看破。越是坦然自若，越能显露程婴的勇气灼灼逼人。

程婴:好，请搜！

我放下药箱、单腿跪下，打开药箱，双目紧紧盯住韩厥。万幸，他看了看并未发现婴儿。

韩厥:去吧！

韩厥这是第二次放走程婴，而且是经过搜查，证实果无夹带，没有抓住任何把柄。程婴心中如同一块石头落地，可以轻松地离开了。谁知程婴刚把药箱盖好，婴儿突然啼哭起来，又惹出麻烦。这时候，如果交代不清，层次不明，观众不会如实地感到事态严重，形势紧张，而为程婴担心。我是这样表演的：先把药箱匆忙关上，回头（要背还未背时婴儿啼哭），我连忙用左手捂住药箱，一则要护住婴儿，二则要捂住声音（声音怎能捂住？人在急切时常有这种下意识动作）。在这同时，韩厥上步，右足踩住药箱，半拔宝剑，怒视程婴。我如把右手放近左肩，那就显得过于恐惧，我是把右手抬至胸前，再回过头来看住韩厥，手势配合眼神，目不转睛，意思是看他要怎样吧！在关药箱时要有捂药箱的准备，捂时又要有再回头注视韩厥的准备。这一连串的动作，是在极短时间内表现出来的，节奏要鲜明，动作要连贯。

程婴这时，是顺其自然等待事态的发展呢，还是在这功败垂成之际寻找解脱的办法呢？我认为程婴处于韩厥剑拔弩张威逼之下，无疑居于劣势，似乎只有听凭韩厥处置的一条路，或绑或杀，终归难免。可是内心却剧烈翻腾，搜寻一切可能的对策，要在这紧要关头，挽回僵局，救下婴儿。只有这样程婴的"勇"才有性格依据。韩厥虽为屠岸贾所用，但心之所向不在屠岸贾。听他这句话："嘟！你说这箱中俱是甘草、薄荷，为何有人参（谐人声）在内？"特别是念到"人声"时，声音降低，定是避免为周围听见，并且把"人声"说成"人参"，正是不愿这件事情声张。程婴看出这是韩厥故意留出空隙，认出他的为人，于是抓住这点单刀直入地表明真相，并且用贪图富贵的言辞刺激他。我是这样表演的："哎呀，将军啊！我是草泽医人，与赵家非亲非故（摆手摇头）；

只因他全家被害（痛恨，语气沉重），可叹这世代忠良，只留下这条根苗（无限惋惜），是我不顾生死前来搭救（两眼睁大，理直气壮）。今被将军看破（事已至此，势难挽回，微含感叹），你若贪图富贵，将我献与奸贼（语气透露轻视），你……请功受赏（稍拉长，微顿）去吧！（加重语气。意思是我可以牺牲，只看你韩厥了！）"

这段话白，归纳起来是这样两句话："你若主持正义，就放我走开；若与屠岸贾同党，就将我绑下。"态度是镇定的，气魄是勇敢的。若是在念白中神色松弛，流露气馁，就会歪曲这个人物的精神面貌。韩厥的性格特征，已在问"人参"时露出端倪，这时听了程婴慷慨激昂的一段话，更激起了他的正义感，遂下定决心，第三次说："去吧！"程婴接念："多谢将军！"当即站起，背好药箱，唱："多谢将军好心肠，倘若奸贼把罪降……"我用征询的目光，探着身子，意思是："将军见义勇为可钦可敬。但我为将军担心，你也要想个出路呀！"这样的内心语言，是符合程婴的性格的。程婴绝不是只图个人方便，不管他人死活的人，所以临走要有所表示。韩厥答复的意思表明："我的生死已经置之度外，你走你的吧！"这就是他第四次说："去吧！"我觉得事情不会再有变化，立刻快步走去。

我走出几步，一想，不妥。因为韩厥的答复可能有两个含意：一是决定不会向屠岸贾报告，日后倘被查出，我韩厥一死而已。若是这样，韩厥以死救护婴儿，不愧为大丈夫。二是向屠岸贾报告,承认是我韩厥放走一个"乡里郎中",愿当死罪。若是这样,韩厥纵为英魂,屠岸贾岂肯善罢甘休不加追究,到头来婴儿仍难得救。所以,忙返回来。

　　程婴:啊,将军!(需要再次说个明白。)
　　韩厥:你为何去而复转?(担心地问。)
　　程婴:非是我去而复转,此事万万不可泄露,倘若走漏消息(也就是向屠报告),我程婴(向韩厥透露真名实姓吧!)一死无关紧要,若是孤儿有一差二错,可叹赵氏三百余口冤沉海底!

　　我认为程婴不是怀疑韩厥,才说出这番话,是因为救婴计划韩厥并未参加,当然不知内中情由,故而再向韩厥表明。程婴若是怀疑韩厥的为人,就不会道出自己真实姓名。演时,我的双眉紧皱,眼睛流露极大的不安,语气恳求,表现这是一件只可你知我知的秘密。念到"冤沉海底",右手摊开连连掂动几下,表示如果那样,就铸成大错,一切努力将化为泡影,成为不可弥补的损失。韩厥听罢,说了一句"这个……"正在这时,场内人声呐喊,程婴机警地循着声音小跑(快步)奔上场门瞭望。再回来,抬头看见韩厥已拔出宝剑举到项下,我陡然一惊。韩厥这样的结局实在突然,令人十分尊敬,我又感激又痛惜,跪步扑向韩厥,他已自刎而死。场内喊声又起,我急忙站起,转过身,斜眼远望人声

《赵氏孤儿》马连良饰程婴，马长礼饰韩厥

之处，做一个躲避的身段，右袖搭左肩迅速走去。

程婴不勇，不能激发韩厥的正义感，更不能在严密的把守之下，几经波折之后，居然将婴儿安然救走。

程婴救出孤儿后，屠岸贾进宫搜孤不着，怒将宫女卜凤带回府去，并张贴榜文晓谕全国百姓：三日之内献出孤儿，赏赐千金；三日后无人献孤，要将晋国中的婴儿与孤儿同庚者斩尽杀绝。凶残狂暴、嗜血成性的屠岸贾，竟然准备一次更大的屠杀。程婴既然将孤儿救出，当然舍生也要救护到底，有始有终。但是藏孤不献，更多的婴儿将要惨死刀下，事难两全。程婴不愧为智勇兼备的义士，他对屠岸贾本已疾恶如仇，事态发展，不止赵家三百余口无辜遭害，且是无数婴儿濒临生死关头，程婴更不能听任他肆虐逞凶。他必须既要救护一个孤儿，又要救下无数婴儿。如何能有两全之策，是得慎重从事，稍有不周，就会前功尽弃。《定计》这场就是表现程婴的"慎"。

这次上场一反常例，面向台内，背向观众，倒行几步。按说倒行上场的只有判官，那是为的做一些舞蹈身段。我这次用倒行上场，是突出程婴的心理活动。程婴一路行来，心中反复思索救孤的办法，还要时刻防备行踪暴露。因此我设计了这个身段，配合这样的唱词：

"一路行来暗盘算，不觉来到首阳山，急急忙忙把公孙兄唤。"交代了他来到首阳山要和公孙杵臼见面。唱完，叩门，再左右察看一下，公孙杵臼来开门，接唱："贤弟慌张为哪般？"坐定后我才说出：

"仁兄有所不知，庄姬公主在宫中生下一子，被小弟盗出宫来了。"

公孙杵臼赶忙制止，"噤声"以后，和公孙一同出门张望。后来，一位朋友认为，程婴来到首阳山怕人知道，怎能又去门外张望？我觉得有理，改成我示意公孙一人去看，这更突出程婴的"慎"。公孙关好门，很高兴地表示："三百余口的冤仇得报了。"我心里说，你把事情看得太平常了，这里面还有很多难关呢！我告诉他："这报仇二字谈何容易呀！"说罢连连摇头，无限感慨。公孙不理解，我又说："仁兄有所不知，那奸贼进宫搜孤，未曾搜出，因此贴出榜文，要将晋民中全国的婴儿与孤儿同庚者俱要斩尽杀绝！"

这段念白，是屠岸贾更大的罪状，是促使程婴来的动机，也是程婴当前重大的难题。念时激动愤慨，声调要抑扬交错，显出情绪非常波动。程婴当然了解公孙杵臼的为人，知道他基于屠岸贾的专横跋扈，才辞官不做告老还乡。不过事过境迁，深谋远虑的程婴，不得不谨慎行事，先用这段话作为引线，勾起话题，看能否打动他，激起他的愤恨。所以这段话又有试探性。果然，公孙不但表现出切齿痛恨，并且十分关心。我才告诉他：

> 小弟有一子名唤金哥，与孤儿般长般大。我将孤儿
> 抱至仁兄家中，由仁兄抚养。仁兄你去出首，就说我程

婴藏孤不献。那奸贼必然将我父子二人斩首，那时节舍了我父子二人的性命，一来保全孤儿，二来救了晋国中全国的婴儿。仁兄，你看此计如何？

这是程婴深思熟虑得出的结论——两全之策。这大段念白，声调不高，语气平稳，心情又趋于平静。因为程婴早把生死置之度外，心志已坚，没有情绪波动的必要。要不，就不像经过缜密考虑的程婴，倒是一个心浮气躁的懦夫。公孙又问："这抚孤舍命何难何易？"想不到公孙问出这样的话，我当时的神情还有点疑惑不解；同时又估计到抚孤成人岁月悠久，其中可能要经历艰险曲折，万一查获，却有半途而废的可能，怎能说容易。思索一下肯定下来："自然是舍命容易抚孤难哪！"更想不到公孙会说："愚兄已是风烛残年，倒不如你将舍命之事让与愚兄了吧！"我答了一句："这？"公孙的话令人更加费解，"这"字的含意，是不明白舍命之事怎能出让呢？公孙进一步讲明："贤弟，你将金哥抱至我家，你去出首，就说我公孙杵臼隐藏孤儿不献，那贼将我与金哥杀死，那时你安心抚养孤儿……"听了这话，我又答："这？"这个"这"字，表达了三个意思：一、恍然大悟，这个办法更好；二、固然很好，怎能连累你送死；三、想不到有这样肝胆。略一踌躇，感到只有如此，对抚孤报仇和拯救全国婴儿均为有利，确是两全之策。我语重心长地念一句："公孙兄啊！"意思是："唉，别的话就不用说了，你我同为救护孤儿和全国婴儿，披肝沥胆，死而无怨！"说罢立刻跪下。这一跪是表示对公孙的钦敬，并感激他肯于舍命共襄此举，这是千言万语也无法表达的动作。事已商定，我告辞，出门后回身向他摆手，示意请他不要出来，赶快把门关好，"慎"勿暴露你我行藏。

屠岸贾将卜凤带回府去，升堂审讯，威逼利诱，卜凤坚持婴儿落地即死，被她抛在御河之内，口供终无二词。屠岸贾又用酷刑，卜凤受刑晕倒。《献孤》一场，程婴就在这时上场。

这是一场从头到尾"真事假做"的戏，在屠岸贾的面前做好人，在卜凤眼中是坏人。整场戏的情节中，程婴都要说假话，做恶事，而且越假越像真。我就以"假"字来着力刻画程婴。

程婴一出场的唱词揭示了"假"，你看："大堂好似鬼门关！暂忍怒容换笑脸，好与奸贼作周旋。"这不是有充分的思想准备来做"假"吗？程婴来和刽子手屠岸贾做这样的周旋，无异于走向战场做一次激烈的搏斗。但为了制服对方，来到这里态度就应变成从容不迫，表现出此事与己无关，不过是竭诚告密而已。进门以后向屠岸贾跪下，念一句："叩见大人。"语气要平和恭敬。屠岸贾问姓名，我答："前来献孤！"念完"前来"顿住，撩起右手水袖，转脸向台下，单跪右腿，再念"献孤"。念白和动作配合起来，有这样的意思："给屠岸贾大人做一件好事，多么冠冕堂皇！"

卜凤听罢，惊叫一声："啊！"我闻声回头，方才发现她已在此。我这时也猛然一惊，眉头皱起，刹那间想到："呀！她也来了，招供没有？"没容我更多思索，卜凤接着又招呼一声："程婴啊！"我一惊，瞪着她，品味这声招呼的含意，是对献孤者引为同党呢，还是辱骂的前奏呢？卜凤略一停顿骂了一句："好狠心肠！"我的精神立刻松缓下来，嘿嘿冷笑两声。这是真笑，也是假笑。真笑是心中有了底，断定卜凤未招实情，不致败露藏孤机密。假笑是向卜凤和屠岸贾表示诚意献孤，任凭你卜凤怎样，我程婴也要向屠岸贾讨好献出孤儿。

向屠岸贾表示诚意当然必要，为什么还有向卜凤表示真来献孤的意思呢？我认为程婴要衡量得失，分清轻重，事已至此，即或让卜凤恨死骂烂，也要盖住伪装的面纱，以便更加取信于屠岸贾。真中有假，假中还真。此后的戏一直在真假交错、虚实掩映中发展，使程婴的"义"愈趋鲜明。卜凤不知程婴所定的计谋，怒不可遏，直扑过来，抓住我的左臂便咬，被校尉拉开。卜凤再扑，被屠岸贾踢倒。卜凤又扑屠岸贾，被屠岸贾一剑杀死。当她左扑右扑时，我连连揉搓两手，如坐针毡，苦于不能实言相告。当她蓦然被屠岸贾一剑杀死，我惊悸得"啊"了一声，此时宁愿被卜凤咬得再狠再疼，也不愿卜凤因救孤儿惨死剑下。万分痛惜卜凤，又万分痛恨屠岸贾的残忍暴行。我这时急速迈出右腿，转脸向着屠岸贾，注视他的下步行动。我的胸中剧烈翻腾，长髯随之抖动，瞪着屠岸贾，两眼发直。屠岸贾手按宝剑逼视我，问："为何变脸变色？"我以假话搪塞："目睹杀人，我有些害怕。"

屠岸贾又追问孤儿所在，我答："现在首阳山公孙杵臼家中。"这又是预先编好的假话。屠岸贾层层追问，直到我说了"特地前来告密"一番假话，屠岸贾在半信半疑中，最后盯问，若是公孙来到可敢质对？我不假思索立即答复："情愿质对。"

以上这些假话，出于程婴之口，观众自然理解，是藏孤的"真事假做"。但在屠岸贾面前，尽管他疑心重重，手、眼、身、步要和假话和谐一致，不显破绽地表演出来，这又是"假戏真做"。不"假"观众不信，不"真"屠岸贾就识破，要拿准分寸，"假"中求"真"。

公孙杵臼上场后，就进入这场戏的第二段。

屠岸贾让公孙看一看堂上站的证人，程婴和公孙四目相视，交流了心照不宣的语言。程婴似说："公孙兄，我绝不会辜负你舍己为人的一片丹心，千万请你在魔掌之下挺住啊！"我这一瞬眼光之后，立刻眼睑微垂，眼角斜着扫视一下，又改为不屑一顾的眼色，傲然直立，流露出和公孙势不两立的神态。似说："有我程婴在此，你休想藏孤不献！"这是做给屠岸贾看的"假样子"。

公孙辩白说这是诬告，屠岸贾就命令校尉乱棍拷打。我看老友遭受如此残酷刑罚，触目惊心，异常难过，转过脸不忍再看下去。我的眼睛由微张突然圆睁，一看，迅速皱眉闭目，扭头。这个神情不能让屠岸贾看到。公孙受刑未招，我才放心恢复常态。屠岸贾对程婴的疑心尚未消除，此时又要继续试探，把一根皮鞭扔下，命令我执刑拷问。哪里是拷打公孙的皮肉，简直是拷打我的心肝。若是动手，又于心何忍？打又痛心，不打又不行。我两袖交互翻动，抖动髯口，向里搓步，又向外搓步，才拾起那根皮鞭。这几个身段落在屠岸贾的眼里，岂不引火烧身吗？我认为不会，这又是"假中求真"。因为程婴不是久惯动刑的刽子手，又从未举鞭打过人，此时表现踌躇不决，迟迟不敢下手，正符合这样人物的身份。刁猾的屠岸贾又在堂上催："给我着实地打呀！"下面我有一段唱，唱到："手持皮鞭将你打——"我抡起皮鞭左右打下去，扔鞭，再唱："你……莫要胡言攀扯我好人！"

在这句唱词中，我双手撩髯，左右手一前一后连连摆动，然后右手食指向上勾起，指自己。表面上做出一副有理不让人的模样，扎撒着胡须，好像是说："你这个老头，我打了你了，不许你抵赖！"实际上是说："公孙兄，打你比打我还疼啊！咬紧牙！"公孙当然不招。屠岸贾虽然一直观察神色，但我动手打人并未露出破绽。程婴认为事不宜迟，赶快把屠岸贾的注意扭向别处，不然，不知又要起什么变化，于是唱："公孙老儿不招认，首阳山上再搜寻。"

因为目的是为孤儿，有了孤儿就可以了结这样的折磨。这两句唱词提醒屠岸贾，果然顺着程婴指的这条路，命令校尉搜回孤儿。当屠岸贾见到孤儿，举起就摔死在地上。我一见亲生儿子这样惨厉地死去，心如刀割，闭上眼睛，低下头，用水袖遮住面部，身体不住地微抖。正在此时，公孙向屠岸贾扑去，被屠岸贾手起剑落，杀死堂上。我如同忽然听到巨雷声，全身陡地一缩，无法再看，扭过头去，闭上眼睛，呆立在一旁。我像丧魂失魄，不知身在何处，被屠岸贾连叫三声"程婴"，才如梦方醒回过头来，连忙应声："啊！大人。"定了定神，转眼看屠岸贾，有没有被他发现破绽。幸喜屠岸贾此时已是志得意满，喜不可言，招呼"程婴"是为了夸奖几句，并要给予赏赐。

程婴的"真事假做"，到此时才使屠岸贾深信不疑，可是事情还没结束，当前救孤的任务还未完成。虽然经历了这样的惊涛骇浪、地覆天翻的变化，精神上受到极大的震荡，但还要强自支持，打起精神应付屠岸贾，继续做"假"。程婴的愿望比赏赐更大，要求屠岸贾把他们夫妻连同真孤儿收留下来，屠岸贾居然答应，还要认孤儿为义子。我附和着屠岸贾的笑声，随着回转后堂。他在前行，我在后面缓缓移动脚步，躲过他的注意，扭头要看一看公孙和儿子的尸体，屠岸贾却回头招呼，我急忙收敛悲容，若无其事地向他点头答应。屠岸贾已走远，我又转身，凝望地上的尸体，眼睛眯细，面肌抽动，满腔悲痛；又不敢放声大哭，只有肩头不住抖动。精神上沉重的压力，内心的悲愤、仇恨、沉痛，使身体再也无法支持下去。我双手拢在腹部，身躯摇晃，脚步拖拉，缓缓走下。这才露出"真"。

时隔十五年，晋灵公死去，悼公即位。镇守边关的将军魏绛奉调还朝。他见到庄姬公主，知道程婴贪图重赏献出孤儿，在这十五年中依附屠岸贾门下，看起来养尊处优，深得屠岸贾的宠信。魏绛决意先惩治程婴，然后收拾"乱臣贼子"屠岸贾。魏绛哪里知道，程婴在众目睽睽之下，忍受国人众口唾骂的屈辱，蛰居屠岸贾的门中一十五载，任重道远，坚志不移，苦心孤诣抚养孤儿，已经须发尽白，仍要寻机报仇除害。

《打婴》这场，由于魏绛的鞭打，才洗却了蒙受十五年的羞耻。这场戏是忍辱含垢的收尾，又是真相大白的开头。我围绕"愿"字做戏：未见魏绛时，但愿他不是屠岸贾同类；被打时满腹狐疑尽被驱散，化作甘心情愿；被打后表明心迹，切愿他协助孤儿为民除害。

程婴被魏绛请来。我上场时，腰背微偻，步履沉着。念："见魏绛我且用言语试探，但愿他是忠良好报仇冤。"两句话明确地道出程婴见魏绛之前的思想准备，对魏绛寄予很大期望。见到魏绛，我招呼一声："大将军！"这句话的语气，深沉凝重，毕恭毕敬。因为程婴这些年生活在富贵氛围之中，气度自然和以前不同；魏绛是久驻边关身当重任的将军，程婴无论如何还是一个门客，身份悬殊，当然要毕恭毕敬。坐下之后，魏绛向我道贺。我十分惊诧，不解这突如其来的道贺，是从何说起的。程婴在魏绛眼中是个无耻不义、贪图富贵、苟且偷安之徒，既已见面，就开门见山横加奚落讽刺。听他这句话："你献出孤儿，取得大司寇恩宠，如今换了这身荣耀，岂不是一喜！"我一时怔住："这？"这是有口难言的梗塞。本是满腔热望魏绛回朝，好将深埋心底十五年的真情实况，尽罄奉告。听了道贺的理由，还猜不透魏绛究竟是一个趋炎附势、朋比为奸的小人呢，还是对献孤求荣不义行为深为痛恨的君子呢？我以莫测高深的眼光望着他。他接着说明："想当年我在桃园与大司寇（指屠岸贾）争吵……望多多美言几句。与我二人解和。"他把底蕴一番解释，我肯定了他的为人，于是十分憎恨："哦，原来为此！"我面部消除了疑惑神色，眼里露出厌恶的目光，心说："原来是个只计个人安危的鼠目寸光之辈！"魏绛又提出条件：事成之后，千金奉赠！他这话更加刺痛了我，苦笑两声，半似婉言谢绝，半似冷言讥诮，顶上一句："嘿嘿！大将军，恕我程婴老迈昏庸，此事万难从命。告辞！"意思是："我的一切作为，难道能为千金所动！"念到"万难从命"，简直不屑再和他谈话，拱手站起，拨转颈项，再不回顾。念"告辞"时举步就走，语气轻俏果决，流露冰炭不能相容之意，须掌握软中有硬。这句话惹恼了魏绛，他一把拦住，把程婴献孤的罪状数说出来，命令他儿子魏忠鞭打。我这才明了魏绛的本意，急忙摆手请他不要用鞭。魏忠不由分说，将我推倒，举鞭从背后打下。我单腿"跪步"，痛楚地向前移动，到左台口要转身站起，预备向魏绛述说事实本末，可是魏绛又将我推倒，亲自动鞭。我双腿"跪步"，转而面向右台口移动，咬紧牙关，忍住疼痛，移到台口正中，坐住，连摆左手，要求他停鞭不打，纵声大笑起来。为什么先用单腿"跪步"，后用双腿"跪步"呢？我设计这个身段时，考虑到程婴年纪老迈，仓促被魏忠推了一把，腿站不稳，就成了半跌半跪状态。被打就要躲闪，身躯自然要移动。皮鞭换到魏绛手中，我又被推一把，已经是被打得筋骨疼痛，皮肉火炙一般，更禁不住猛力推来，所以就两腿全跪了。这是"书文戏理"，也是生活根据。若是按照一般的程式表演，在原地跌坐下来，挨一鞭，躲一下，痛楚抽搐的神态不能饱满地表现出来，气势也就不够酣畅。

正当动鞭者怒愤填膺挥鞭抽打，挨鞭者痛不可言闪转挪移，舞台上波涛掀腾势不可挡——"动"的时候，我突然爆发一阵哈哈大笑，陡地"定"下来。一"动"一"定"，立刻改变了局面。笑声把多年的愤恨、悲怨、苦痛和耻辱冲散，心中对魏绛的赞赏、佩服一齐宣泄出来！被打好比堵住堰口，大笑恰似开放闸门，一条洪流汹涌澎湃，顺着河道急驰而下。从鞭打到大笑，这一段表演把心甘情"愿"的感情都集中起来。笑过以后"愿"的感情又逐渐蔓延出去。看程婴下面紧接的唱词：

拨开云雾见青天。
十五载未把愁眉展，
满腹的心事我对谁言！

第一句唱得爽朗愉快，节奏稍快。第二句有些激动，"愁眉展"三字之间拉开距离，表示强调。第三句更显激动，"对"字腔拉长，"谁言"二字紧连着唱，表示感慨万端。再接唱：

将军的皮鞭——打得好，
方知你是忠不是奸！

这两句毫无痛苦埋怨之意，完全是轻松喜悦的情绪。唱到"打得好"三字，双手拇指竖起，显出感佩钦敬，不行腔，就成为念白。这不都是"愿"吗？下面我说："啊，我有话讲！"我已经心悦诚服，把魏绛当自己人看待，这句话是要把往事以实相告的意思。

魏绛怒气不息，让我"讲"。我说："大将军，那孤儿他不曾死！"这本是实话——十五年中谁也不知道的秘密。语气十分严肃，又透着如释重负般的轻快。魏绛怎肯相信。我把经过说明，又以孤儿胸前有红痣三颗为证。魏绛愣住了。我和他都没想到，一场鞭打反而换来肝胆相照。秘密是"打"出来的，千金收买，死也不能吐实。所以我说："将军若不如此，我焉敢吐露实言！"魏绛如梦方醒，深悔过去莽撞，急忙将我挽起请入上座，商议除害之策。

临下场时，我安排了一个表现鞭伤疼痛的身段，来刻画程婴"痛在身上，喜在心中"的"愿"。程婴接受魏绛的挽留，要去二堂饮酒，高兴得哈哈大笑。刚笑两声，感到伤处剧烈疼痛，笑声戛然而止，急忙用手抚摸背后，微笑着进入二堂。程婴"寓笑于痛"，让观众去回味咀嚼这个人物经受怎样的波澜、曲折和苦难，才完成他的义行。

《说破》一场，程婴回溯往事，旧日仇恨一幕一幕重又展现目前，无限的委曲辛酸，一齐涌上心头。痛定思痛，郁积多年的沉痛愤恨，无法抑止地爆发出来，我在这场戏里把"痛"字交织在整个情节之中，显示"痛"，突出"痛"。

一上场就是悲痛的情绪，我的眼神呆滞，左手拿着画册——雪冤图，缓缓走上来。这是回到自己房中准备作画，要把以往经过诉诸丹青，然后再向孤儿说破。要做得缜密，严防被屠岸贾知晓，所以扭头回顾一下，才放心地进门。因为心事满腹，忘记关门，刚刚坐下，又回到门口，一足迈出门槛，左右张望，退回来关好门。一般地进门后立刻关门就可以，这样设计动作，为了强调对门户的慎重，并为以后做戏埋下伏线。坐定打开画册，持笔蘸墨，思绪起伏，潸然泪下。作画，唱〔反二黄散板〕转〔原板〕，抒发悲痛情怀。〔反二黄〕我过去很少用，这次用它，我根据内容又重新设计了唱腔，务使行腔完满表达人物感情。这段唱腔的基调是"痛"，在感触万端中跳跃着恨、愤、伤、怨等复杂的情绪。要唱得徐缓、悲切、凄凉，还要显出忍辱负重、坚定不移的强劲，让它低沉中多回旋，铺叙中显曲折。唱到"我的儿呀"，声调激越，就更显出声泪俱下、难以抑制的酸楚情绪。唱到"以为凭证，以为凭证"，由沉痛恢复了平静，徐徐站立桌旁。

恰在此时，孤儿赵武叩门。我忽然听到叩门，大吃一惊，急忙合上画册，急转身，左手掩护画册，右手放在胸前，紧靠桌边，不住战抖，勉强克制着镇定下来。程婴居于屠岸贾门下，时时事事总要谨慎提防，这时不知谁来叩门，倘若被人发现画图，则功亏一篑，一切成空，怎不惊恐！我刚要开门，又谨慎地回身把画册理好，再去开门，原来是赵武。我深深地吸了一口气，神色凄楚看着孤儿赵武不住摇头。心里说："赵武啊，为你担受了多少的惊怕、风险，时至今日，不知你能不能反戈一击铲除奸贼！"我回到座位上，示意他关好门，问他："儿啊，你往哪里去了？"声调十分低沉、缓慢，黯然地低头看着脚下。赵武说打猎遇见了庄姬公主，我听了吸一口气，惊愕良久，想不到十五年来希望见到又不愿见到的公主，竟被赵武遇上。遇见以后又怎样？于是问他："唔！你遇见庄姬公主？她与你讲些什么？"赵武的答复是："提起爹爹和义父的名字，公主大怒，将我赶出来了！"我听了心如针刺痛苦难言，不住地摇头叹息。这十五年来，蒙羞含垢承担不义的罪名，备尝艰辛。今日可算凑巧，正好趁赵武余怒未息，就引导他认清仇人，辨明善恶忠奸吧！我把画图交他去看，又从头讲说一遍。

下面有一段念白，念到"三百余口俱已斩尽杀绝了"，屠岸贾这种人人发指的罪行，我不由切齿痛恨。"杀绝了"三字，我用沙音、颤音渲染痛恨的心情。下面继续问答：

赵武：爹爹，后来便怎样？

程婴：这穿绿袍的……他的妻子……在宫中生下一个婴儿。（越说越激动，索性站起来。）

赵武：他生下个男儿，还是女的呢？

程婴：乃是一男儿。（先是上下打量赵武，心里说就是你呀！随又伸出拇指，赞赏后代不绝。声调爽朗，感到快慰。）

赵武：叫何名字？

程婴：他、他……叫"孤儿"！（突然被问到此处，一时还说不出。犹豫一会儿，转觉为时过早，且不直说姓名。）

赵武：这个男孩长大成人，定与他家报仇哇！

程婴：难、难、难啊！（意思是年轻的孩子，不懂事啊！故事尚未结束呢！）这个穿红袍的，他要斩草除根，带领校尉进宫搜孤！（立刻顿住，双手向左指出，面容十分严肃，预示前面就要掀起更大的波澜。）

赵武：哎呀！那孤儿莫非也被杀了吗？

程婴：那孤儿他——（扭头看赵武欲言又止，内心是说：他没有死，有替他死的。）

赵武：死了？

程婴：他、他、他……（又看赵武，要说出死的是我儿子金哥，又觉得还不能直说。）不曾死！

赵武：谁救了他？

程婴：被一个穿青衣的人儿将他救出宫去了！（孤儿化险为夷，语气随着松弛下来。）

……

程婴：这个奸贼……搜出那个假扮的孤儿，他就摔——（凄怆，痛心。）摔死了！（忆起十五年前金哥被摔死的惨象，以哭音用力说出，已经泣不成声。）这个穿黄衣的上前拼命，又被这个奸贼狠毒地一剑杀死了！（声音哽咽。）

悲惨的回忆，有如乱箭穿心，伤恸得无力继续述说。我抄拢双手，闭上眼睛，垂下头来，陷于沉默，呆立在台上。我每次演到这里，眼泪欲滴，鼻酸难忍。

我在这段戏里，掌握着"静"关节属于"抑"，启发引导赵武的同时，来激发观众愤懑的情绪，使观众急于要听到赵武说出报仇的壮语。直到赵武表示"愿替他全家报仇"，气氛由"静"转"动"，进入"扬"。要想"动"，先得"静"，

《赵氏孤儿》马连良饰程婴，谭元寿饰赵武

有动有静，层次才清楚；要想"扬"，先得"抑"，有抑有扬，节奏才鲜明。在这起伏变化中，"痛"字挖得就深了。下面这段念白就进入"扬"。我是这样表演的，念：

> 好！我就对你实说了吧！（收敛悲苦面容，现出镇静严肃，语气坚定沉着。）这个穿紫袍的是你祖父赵盾。（向右走两步，右手指出。）这个穿绿袍的是你父亲赵朔。（向左走两步，左手指出。）穿红袍的就是奸贼屠岸贾。这个穿青衣的，喏、喏、喏，就是我。（退后两步，指自己。）庄姬公主是你亲生之母。（高声）你就是（转快念）那奸贼屡害不死的孤儿（顿住）赵武！（高声）

这样前后左右地走动，成一个"十"字，是有规格的动作，也是新的设计。因为这样一来，就支开了场子，构成"动"的舞台画面，改变了前面沉重的气氛，也吻合此时人物的感情。赵武经我说破，气得昏倒。我急忙跪步赶至他的身旁，将他扶起。台上人物感情有如山洪暴发，冲堤决岸，再也无法压住，非"动"不可了。

当走出门口时，赵武报仇心切，拔出宝剑恨不得立刻去杀屠岸贾，我向他摆手，并用眼色阻止他："不可莽撞！切莫将准备十五年的报仇大计，毁于一旦！"拉住赵武，带着"痛"的情绪下场。

下一场是收尾结局的戏，屠岸贾的末日已到，戏不宜多，多了就累赘。戏不多就更要抓住感情的主线，毫不松懈，全始全终。这场戏的主线是"欢"。程婴设宴请屠岸贾饮酒，魏绛也来赴宴。从大局看时机已经成熟，大仇就要得报，程婴内心当然有着欢快的跃动，但在杀屠岸贾以前还不能丝毫大意，须要不动声色若无其事。每当赵武急不可耐，还要暗中拦阻。公主突然走出，赵武手起剑落，奸贼剑下死去，我从心底涌出一阵朗朗的笑声，又急忙赶上前去，举起脚来连连践踏屠岸贾的尸体。积压十五年的怒恨，这才得到发泄；十五年没有的大欢大乐，今天也一下子迸发出来。动作不多，以一当十。程婴从此重见天日，赵家冤仇得报，害国害民的大奸已除，观众也长吁一口气，满心欢喜。

-（原载：1980年7月1日《戏曲艺术》）

思人忆事

~

唱戏难

我唱了一辈子戏，现在还不敢说"成"，仅仅到能够说"会唱戏"三个字的地步而已。这话可以拿我个人演剧的生活作一个实例。

我对于戏剧，从小就最爱惜不过。当我七岁那年，家住在阜成门外，那时我在阜成门外三里河一个北礼拜寺的学堂里念书，现在的名医赵炳南，就是我小时一块儿的同学。阜成门外有一家戏园子叫阜成园。我们每走过那里，就常听见里边锣鼓喧天的，很热闹。那时我就想进去听一听。几次从那儿经过，心里都在想：台上到底是什么样儿呢？就总打算看看。这天，我决定逃一次学，去听戏。书包呢，就放在小摊上，自己就跑到阜成园去听戏，这是我第一次听戏。那个戏班子我还记得叫"宝胜和"。那天我所听的戏，依稀还记得几出，有杨瑞亭的《战太平》，崔灵芝、冯黑灯的《因果报》和《云罗山》。那时候也不知道叫什么戏，后来我去上海听赵松樵谈起这出戏来，才知道我小时候第一次听到的就是《云罗山》。那时候我对听戏已经有瘾了。家里因为开个茶馆，像当时的金秀山、德珺如和刘鸣山等都在那儿走票，所以我对唱戏从小就有瘾。当时人家问我将来预备干什么，我就毫不犹豫地回答：我明儿个唱戏去！在我脑子里，从小就盘算"唱戏"两个字了。

我八岁时，家里就决定叫我去学戏。那时我哥哥马少山也在学小花脸（他早已病故了）。我被送到香厂樊顺福先生家里去学戏。樊顺福就是给章遏云拉胡琴的樊金奎的父亲，我就住在他家，每天跟着大伙儿一块学。那时他家的徒弟很多，樊先生有一个脾气，好骂人。有一次他有一位少爷，因为未告诉他拿了他的钱，于是这位先生便破口大骂，甚至一天一夜不分青红皂白地大骂。我自己想：在这种环境里，要安心学戏是不可能的，所以就跟家里说，要到别处去学，所以我跟樊先生学了不到两个月，就改入喜连成科班了。

我入喜连成那年九岁，是正式学戏的开始，通过一位张子潜先生的介绍。正月十五张先生带着我，一同去见"师父"。晚上六七点钟才走到了前门大栅栏广德楼。张先生带我进了后台，见着师父叶春善先生，给引见了，叶师仔细端详了我好久，说："这孩子，成！"于是有师父这句话，我就算正式入学了。

当晚八点多钟我进了喜连成科班。我还没吃晚饭呐，一个人陌生生地，心里觉得非常难过，而且乍一离开家，自己也觉着有点凄凉似的，结果还是弄了点白菜汤草草吃了。等到第三天，先生才让我喊嗓子，叫我唱一段，这大概就是入学试验了。我爹着胆子唱了一段"听谯楼打四更玉兔东升"

以后，就开练武功了，跟大队一块儿练。

在我坐科期间，有一件事那真使我再也不会忘记。一天，忽然一阵痰迷，自己也不知道怎么回事，口吐白沫，浑身发抖，忽然倒地不省人事。我师父连忙请了一位曹大夫，大夫看看情形很危险，他告诉师父说："人是不成了，顶多过不去十二点了，已然无法治了。"这时师父特别着急，看看不行了，一来对不起学生家长，二来又怕有什么麻烦。就在这时我父亲已然得着信来了。我父亲一看这个情况，反倒安慰我们师父说："不要紧，反正已经这样了，他要死了呢，是我们马家鬼！活了呢，是您的徒弟，您还得栽培！"说完了就把我带回了家。这病确实厉害，我一直七天什么人都不认识，第八天才缓醒过来，一直在家休息了一个多月，身体才完全复原。后来我父亲又送我回了喜连成。师父和萧长华念起我父亲在我发病时说的那番话，所以对我特别认真教导，所以才有日后的一点小成就。

病好了回喜连成，头一位教我的先生是茹莱卿，第一出戏学的是《探庄》。我和大家伙儿一块学，先生说戏，我在旁边听得十分入味，自己觉得非常有兴趣，我不但记得特别快，并且连小生、小花脸的"事儿"也全都记下了。

在科班学戏，一学就是一整出，大家站在一块儿，先生连每一个角色的事，都依次给说出来，分别教授，所以学生能多懂得很多。接着第二出又学《蜈蚣岭》，我在科里本工学的是武生，所以尽跟着师兄弟们学武了。我坐科半年多，先生就让我登台了，首次出台在广和楼，派的是《大赐福》，我去演戏里的张仙。自上台唱戏也不知道害怕，就知道怎么学来的怎么唱，结果成绩还不错。过了没多少天，二次登台，唱《大神州》的一个上手，这出戏是朱玉康先生教的。因为我唱武戏，特别能够"做戏"，所以后来尽派我特别的"活儿"。除武生戏外，我又学了《五人义》里的小花脸，《金水桥》里的老旦、《朱砂痣》卖子的老旦等我都唱过。

–（原载：1939 年 11 月 9 日《三六九画报》）

记名伶十三绝图

这还是二十多年以前的事。 1929 年的春天，我在北京同一位朋友去看房子，那是一幢老式的府第，虽然房屋格局非常齐整，但是已然呈着破败的气象。这正象征那房主人，过去也是炫耀一时的人物，而到那时却已没落了，沧海桑田，何况乎一幢屋宇呢！

我们在看房子的时候，忽然，我在一间客厅里发现了幅古画，引起我的注意，那就是这帧"十三绝"图，它是绢面彩绘的戏装人像，宽大足占满了半边墙壁，每个人物硕大逼真，栩栩如生，那都是我们梨园界的前辈名人啊！这十三位中，我竟有大半没有见过，而且都已逝世多年了。这是一个剧坛古迹，也是一件珍贵的纪念品。我当时向屋主询问这幅画的来源。据说这是逊清咸丰年间一位名画家沈蓉圃先生的遗作。这位先生轻易不肯为人画像的。某日，在琉璃厂的古玩铺里会见这十三位名艺人，一时高兴，绘成这帧画像，神来之笔，真可步吴道子的后尘了。不但这幅图的主人珍惜，就是任何人看见，都要赞美不置的。因为在那时，摄影术尚未盛行，这确是不可多得的写真了，所以题名"十三绝"

图，固然画上的人物都是一代名伶，就是论画笔精工，也够使见者叹为观止的。

当我发现了这幅十三绝图以后，真是欣喜若狂。当即怂恿我的朋友买这幢屋，并且附带要这帧画，虽然那旧主人不大愿意，但是在议价以后，终于答应了。像这种珍品，当然不应该独自来欣赏秘藏，所以我向朋友婉商，将它缩小摄制装潢，那就是如今这一帧了。当时我曾印了一万张，赠给京沪各地的友好，这个礼物，简直是人人欢迎的。

这些年来，这些影印的画片辗转流传，遍及各地，不过在香港还很少见，所以这次我把它铸版印在特刊上，让诸位大家赏鉴赏鉴，顺便将我发现这十三绝图的始末记述下来，也算得上是艺坛中一件佳话了。

－（原载：1950 年 5 月香港《马连良剧团演出特刊》）

我的感受和体会

　　我是1951年从香港回来的，到现在已经八年了。在这八年当中，我眼看到祖国面貌日新月异的变化，看到了生产建设突飞猛进的发展，也看到了文艺事业的繁荣昌盛的景象，心中有无限的感慨。尤其是我对京剧界的情况了解得比较具体，因此在这方面的感受和体会也就比较深刻。

　　中华人民共和国成立以来，共产党和人民政府对戏曲演员的关怀和帮助是无微不至的，从党和政府对老艺人的照顾和对第二代的培养这两方面，我深深地体会到党的正确和伟大。

　　旧社会戏班里有句话叫："既不养老，又不养小。"这就是说，旧社会的戏班是拿演员赚钱的。年纪小不能唱戏的和年纪老唱不了戏的，都得不到任何照顾，生活问题就无法解决。据我所知，旧社会许多老艺人年轻的时候，都红极一时，台上艺术很不错，但到了人老珠黄不值钱的时候，落得穷困潦倒，贫病交加，不是靠亲友来照顾，就是向同业告帮（求借），苟延残喘，老景实在可怜。像唱旦角的姚佩秋，到老来，落得在天津大舞台后台跑腿、催戏，结果死在后台。唱旦角的朱幼芬，死的时候，简直一无所有，尸首停在一扇门板上，脸上盖的是一张旧报纸。再有当时红极一时的名小生朱素云死后，枕边只有二十四个铜板，最后由王瑶卿、尚小云和我凑钱埋葬。在旧社会，这样的例子真是不胜枚举。

解放以后，老艺人得到共产党和人民政府的普遍照顾。如侯喜瑞、筱翠花（于连泉）、钱宝森、徐兰沅等先生，都少登台演戏，但生活非常安定。在不影响他们身体健康的情况下，戏曲学校还聘请他们去教戏。北京市戏曲编导委员会还派专人为他们拍摄脸谱照片和表演片断的电影，并把他们的表演艺术和戏曲理论整理成书，传之后世。他们今天有的是戏曲教员，有的是戏曲编导委员会的委员，在社会上有一定地位，受到人们应有的尊重。

记得 1956 年年底，政府发下一笔救济金，由文化局的负责人和我一同进行访问调查，结果在椿树上三条发现了一位老艺人叫陆凤琴，过去是唱旦角的，也很有名，解放前因为年老无力登台，自己不能劳动，又无子女，穷困潦倒。当我们发现他的时候，他住的是半间破房，衣着、用具也很缺少，当时政府立刻给他购买了床铺、家具，找了房，做了棉衣棉裤，发给了救济金，又根据他本人的要求，介绍他去保定教戏。这位老艺人感激地流下泪来，他感谢共产党和人民政府救活他一条命，使他得到梦想不到的人间温暖。新旧社会的老艺人不同的生活遭遇，可以说有天渊之别。

梨园春秋笔

共产党和人民政府对戏曲艺人不但做到了"老有所养"，而且做到了"幼有所教"。记得我回京后第一次到戏曲学校去讲话，站在台上看见那些穿得整整齐齐的孩子们，坐在明亮宽敞的教室里，一个个精神百倍，我鼻子一酸，眼泪像断线的珠子一样落了下来，话也说不下去了。因为我看见他们今天的幸福生活，想起我幼年学戏时所受的痛苦，不由得难过起来。

我入"富连成"科班学戏时，就听说入科班叫"蹲大狱"，这就是说旧社会的科班生活跟坐监狱差不多。破旧校舍，阴暗无光，穿得破烂不堪的孩子们，挤在一条通铺上，身上长满了疥疮，根本谈不到卫生。早上要练功，晚上还要去戏院里演出，整个科班经费困难，要靠孩子唱戏挣钱才能维持。请不起教员，只好一个教员教几门功课。像我的老师萧长华先生，在科班里就是生、旦、净、末、丑，样样全教。孩子们整天忙于学戏唱戏，挨打受气，没有条件学文化，一直到出科，全都是文盲。如果有人嗓子坏了、身体不行，也无法转业，只好跑一辈子龙套。像"富连成"这样的正规科班，北京只有这么一个，后来办起来的小科班，各方面的条件就更差了。

比起我们"富连成"，今天的戏曲学校简直就是天堂，共产党和人民政府给孩子们盖了高楼大厦，教室是教室，宿舍是宿舍，衣食住行，学校给学生们安排得非常舒适。所请的教员都是各个行当的名家。如萧长华老先生、王瑶卿（已故）、程砚秋（已故）、筱翠花、侯喜瑞、郝寿臣、孙毓堃、王少楼、贯大元等先生，都在戏曲学校担任课程，把他们的拿手好戏和丰富的表演经验，毫无保留地教给学生们。学生们并不天天演出，但也不脱离实践，每周都有彩排、实习演出和正式公演，借以锻炼演员台上的艺术。学生每天除了学戏，还学文化和戏曲理论，毕业的时候，不但艺术上能达到一定的水平，文化上也可达高中程度，文武全才。即使因为某种原因不能演戏，也能担任别的工作。这样的戏曲学校，如今是各省市全有。

我们那时候出科后叫"搭班"，搭班不容易，所谓"搭班如投胎"。而今天的戏校毕业生，共产党和人民政府早就替他们安排好了就业和进一步学习的机会。如这次北京市戏校的毕业生，就是根据他的特长和爱好，分别分配到梅（兰芳）、尚（小云）、荀（慧生）三个剧团。这样一方面给这些剧团增加了新生力量，更主要的是使这些学员在这些名家的指导下，更进一步地学习，更好地继承"梅派""尚派"和"荀派"的艺术。共产党和人民政府替学员想得多么周到！看到这些情况，想想我自己近五十年的经历，怎么能不感慨千万，悲喜交集呢！

共产党和人民政府，不但使京剧演员有了安定的幸福生活、平等的社会地位和良好的工作条件，而且帮助演员提高思想觉悟和理论水平，在"百花齐放，推陈出新"的方针指导下，使京剧艺术有了显著的提高和发展。京剧表演艺术是

梨园春秋笔

集体性的，它要求演员阵容要"红花绿叶，珠联璧合"，不但生、旦、净、末、丑要人人称职，势均力敌，就是旗、锣、伞、报、形，也要个个像样，整齐严肃，才能创造出一台完整的好戏。然而这在旧社会，也是无法办到的。这一方面是因为旧社会反动势力打击、敲诈和摧残戏曲团体，使剧团无法生存。另一方面是由于当时大部分演员唱戏为了"挣钱""吃饭"，个人名利思想比较严重，稍有成就，马上就想"挑大梁""挂头牌""赚大钱"，而不愿和旁人合作。即使靠亲戚关系、朋友情面、师兄弟义气，勉强凑合在一起，也不能长久。往往为了"活头"（角色）、"牌位"（名次）、"戏码"（节目）、"包银"（薪金）等问题，闹得不欢而散。结果，很多剧团演员阵容不整齐、耍"光杆牡丹"，使戏的艺术质量受到损失，这对京剧艺术的发展非常不利。

解放后，经过不断学习，京剧演员认识了演戏不只是为了"挣钱""吃饭"，而是通过娱乐来教育观众，用先进的思想和优美的情操来感染和影响观众的思想感情。要达到此目的，就必须提高艺术质量，而提高艺术质量，首先就要加强演员阵容。于是，戏曲演员就在这样一个共同的目标下，团结起来，根据"教育人者首先受教育"的精神，纷纷扔掉了个人的一些不正确的思想和作风，京剧团体出现了空前未有的大团结的新气象。像谭富英、裘盛戎、张君秋和我合作组成的"北京京剧团"，李少春、袁世海、叶盛兰、杜近芳等组成的"中国京剧院一团"等，都是很好的例子。演员阵容加强了，就有了进一步提高艺术质量的条件。像中国京剧院和北京京剧院合作演出的《赤壁之战》，更是京剧界空前未有的盛举。只有在解放后的新社会，这些名演员才能这样密切合作。

京剧的表演艺术是综合性的。它要求剧本、导演、音乐、舞台美术能够密切协作，但在旧社会是没有这样条件的。解放以来，共产党和人民政府促进了戏曲演员和新文艺工作者的密切合作，大大地提高了剧本的思想性和文学性、导演的艺术处理和表演的艺术水平。新创作的剧目和经过加工整理的剧目，像雨后春笋般地出现在戏曲舞台上，在艺术上进行了大胆改革。如果今天演的新戏和经过整理加工的传统戏，同解放前的剧目比较一下，不论是剧本、演员、音乐、美术以及艺术处理，都要完整多了。像我们剧团今年新排的《赵氏孤儿》、京剧院演出的《野猪林》《生死牌》等，都以新的思想和艺术质量获得观众的好评。很多演员的表演艺术在这些剧目中，有了新的发挥，产生了感人至深的力量。有了共产党的领导，京剧艺术和从事京剧艺术的人们，才有了新的进步和发展。今天，每一个京剧演员都以欢欣鼓舞的心情，紧密地团结在党的周围，满怀信心地向着更美好的社会——社会主义和共产主义社会奋勇前进。

－（原载：1959 年 19 期《戏剧报》）

喜看新人赛旧人

在社会主义总路线的光辉照耀下，全国人民干劲倍增，形成了大跃进的新形势，一切事业，勇往直前，蓬勃发展，文化艺术事业也呈现出空前未有的一片花团锦簇景象。

在戏曲这片百花园里，一株株苗壮的新苗，已在政府辛勤培植抚育下成长起来了。无论是作为古典艺术代表的昆曲、有悠久历史的京剧，还是其他兄弟剧种，都有了成批的青年接班人，许多戏剧界前辈的"绝活"、妙技，不但被当作国家的文化遗产保留下来，而且加以发扬光大。看到今天青年戏剧演员们的幸福生活，使我非常快慰，然而想起我年轻时的学戏生活，加以对比，不由得一阵心酸。

我今年60岁了，九岁入科班学京戏，那时班主把学生只看作牟利工具，谈不到什么教养和关心学生健康，生活条件极为刻苦，无所谓饱暖。每天早六点起床，练功，白天唱戏，晚上还要唱堂会戏。夜戏完了，已是后夜两三点钟，第二天照样早六点起床，有时嗓子累得发哑，也不得休息。住的地方是二三十人挤在一个大炕上，冬天没有火，夏天蚊蝇很多。现在戏曲学校学生住的新式楼房，宽敞高大，空气流通，阳光充足，每人一张床，卫生条件很好，起居饮食有定时，生活规律化，充分照顾到同学们的休息和健康。

从前科班学生到远地演出，交通工具就是兽力大车，十三四人挤在一辆车上，用绳子捆住。怕学生由于睡眠不足，在半路上睡着了掉下去。现在呢，学生到剧场演出都坐软席大客车，又快又舒适。

想到受教育方面，更是无法相提并论。我学戏的时候，就知道学唱戏，唱戏的目的就是为了养家糊口，对人生的真正意义毫无认识，事实上在反动统治的旧社会里，根本也不让你明白人生的目的。学戏的方法是口传心授，打骂交加，全凭硬记。不了解剧情和词意，当然不会把戏演好，更谈不上掌握人物性格。有时一个人在台上把戏演错了，下台后要全体挨打，直打得皮破血流，叫作"打通堂"。为了迎合反动统治阶级，还上演一些败坏社会风气、使人意志消沉的诲淫、诲盗、表现恐怖、宣扬迷信和封建道德的坏戏，首先直接毒害了学生的身心健康。

现在戏校的同学们，在毛主席和人民政府的抚育下，真是太幸福了。不但侮辱人格的打骂行为根本废除，而且所学习的内容也非以往所能比拟，过去就是练功学戏，现在的戏校从入学第一天起，就给学生安排好要学的政治、文化、史地、艺术理论等课程。因此，使人就能从思想上明确了戏曲是祖国文化遗产的一部分，我们怎么弃其糟粕，取其精华，继承它并发扬它，是为了更好地为祖国建设事业服务，为劳动人民服务。这样，就好比一艘航轮有了既定不移的方向，学习起来自然是精神饱满，神采焕发。文化学习也是与日俱进，能够深究剧情，揣摩人物，再加上先生们循循善诱，演起戏来，自然是入情入理，又快又好。

从前想在艺术方面求进步，真是比登天还难，因为旧社会就是处处使人把戏曲艺术仅仅看作牟利工具，所以有些老演员的绝技不肯轻易传人，曾有"一字值千金"的说法。师徒关系，也是建立在金钱利益上，表面上是"尊师重道"，实际是钩心斗角，所以从前有人说"宁让一亩地，不教一出戏"。要想观摩别人，只有"偷戏"。记得我 21 岁时，为了学《珠帘寨》，曾饿着肚子从后夜两点偷听到次晨五点。

现在戏曲事业，不但同剧种和兄弟剧种之间可以广泛交流经验和心得，而且还可以在国际沟通声气，出国访问、联欢，许多戏剧界青年每年都有机会参加世界青年联欢节演出。现在，只要肯努力钻研艺术，对哪一个戏曲流派相近或感兴趣，领导便可以介绍直接向名演员学艺，这些新的事实，在我学戏的时候，简直是做梦都梦不到的事。

现在的师徒关系是"先进帮后进"的亲密关系。以往学生出科后，无人负责，只好自谋生路，曾有过"搭班如投胎"的说法。现在，戏校学生毕业后，政府早做好安排，真是各得其所，各展所长，继续深造，不断进步。

新旧社会本质根本不同，对比起来，恍如隔世，只有在共产党和毛主席领导下，戏校同学才有今天幸福的生活环境和学习环境，才能学得又多又快又好又省。

　　我亲眼看到解放后十年来，京剧青年后起之秀不断涌现，而且都在艺坛上放着灿烂的光辉。我痛恨过去，更羡慕今天。正是长江后浪推前浪，喜看新人赛旧人。

－（原载：1960 年 5 月 9 日《中国新闻》）

刻苦创造　精益求精

——忆刘宝全先生

　　刘宝全先生生前曾经和我有过二十多年的交往。在过从之中，我们始终亲密无间，不分彼此，友谊非常深厚。为此，愿将我所知道的有关刘先生生前的一些事迹，记述下来。

　　我第一次观摩刘宝全先生的演出，是在1923年。那时候我才二十多岁，就已经久仰刘宝全先生的大名了。

　　那天晚上，刘先生在前门外石头胡同"四海升平"演出。这家杂耍园子在当时算是比较不错的。门口上下都有廊子，挂着一块绿底金字的牌匾。著名曲艺演员荣剑尘（单弦）、金万昌（梅花大鼓）、万人迷（相声）等也都在这里演唱，大轴是刘先生演唱京韵大鼓——《闹江州》。至今我还清楚地记得当天刘宝全先生出场时的神态。他出场时的风度和气派，是那样光彩照人，精神焕发。

　　这一天，他穿的是银灰色的长袍，上罩青缎子马褂，下身是藏蓝色的长裤，用飘带绑住裤腿。鱼口色的布袜子，配着一双青双脸的便鞋。虽然那一年他已经是五十多岁的人了，却红光满面，两只眼睛炯炯有神，给人一种精神、健壮、洁净、大方的印象。满面笑容向观众鞠躬致意，感谢观众在他出场时为他热烈鼓掌。然后，从容不迫地脱下身上的马褂，露出里面的坎肩。谈笑自若地表白了几句"垫话"，接着拿起鼓楗，随着弦师所弹的过门，轻敲几下。顿时就把全场观众的注意力都集中到他的身上。使本来相当混乱的剧场秩序，一下子就安静下来了。

几句大腔过后，我和在场的观众，完全被他那精湛的演唱征服了。随着故事情节的发展，我逐渐忘记了站在台上演唱的刘宝全，而进入了一片艺术的幻景。似乎看到了那浩浩荡荡的江水、那顺水飘来的小舟、那黑大粗壮的李逵、那身躯矫健的张顺；听到了李逵的叫嚷、张顺的回答、两人的叫骂、双方的厮打，甚至还听到了两人搏斗时由于用力过猛所引起的气喘吁吁的声音。接着，宋江和戴宗来到江边，经过解劝，一场风波始告平息，两位英雄言归于好。一直到弦声终止，鼓声停住，我才从幻景中又走了出来。看见站在台上频频鞠躬的刘宝全先生，听见观众经久不息的掌声，情不自禁地也使劲鼓起掌来。随着熙熙攘攘的人群，怀着满意而又不够满足的心情，恋恋不舍地离开了剧场。一路上思索着刘宝全先生演唱时的行腔吐字、功架神情，心情激动，无法平静。

这就是我第一次欣赏刘宝全先生的演唱时所得到的印象和感受。虽然，这件事已经过了近四十年，但是，现在只要我闭眼一想，当天晚上刘先生演唱时的神情姿态，宛然历历在目，刘先生优美动人的曲调声腔，依然萦绕耳边，就像是昨天才经历过的事情一样，印象鲜明而深刻。由此可见，刘先生的演唱，艺术魅力是何等巨大了。

从此，我便成了"刘迷"，做了刘先生最忠实的观众。每逢刘先生有演出，只要我没有戏，我是场场必到，风雨不误。有时候我倒数第二有戏，完了戏匆匆忙忙卸了戏装，还赶到"水心亭"（天桥附近）去听一场刘先生的演唱。后来，有一次我和金少山合作演出《溪皇庄》，其中有一场戏需要串演各种名曲。那天我反串武旦，就唱了一段刘宝全先生的《大西厢》，由"二八的俏佳人"唱到"大红缎子的绣花鞋底儿当了帮"。没有弦子伴奏，就由马富禄用嘴哼哼弦子的过门。观众非常欢迎。到了后台，金少山说："真没想到你会唱刘宝全的《大西厢》，马富禄会用嘴弹弦子。"

经过这一段时期的观摩，我初步感觉到，刘先生的演唱艺术有以下三大特点：

第一，他的嗓子好。他的五音全、嗓音圆、音色美、音域宽，高而不尖，低而不浊，海阔天空，纵横自如。要哪儿有哪儿，可以随心所欲，尽情发挥。怎么唱都悦耳动听。

第二，他的技巧高，他对咬字吐字、五音四呼、四声平仄、运气行腔，是下过一番功夫的。所以他的吐字清晰，行腔自然，高亢的地方如奇峰陡起，高耸入云；低回的时候，似山中溪水，委婉清丽，极尽唱功之妙。而且他的演唱，常是在一开始的地方，要一个大腔，先声夺人，造成一种气势，为下面的演唱渲染了气氛；然后，根据曲词的字音词意安排唱腔的变化；最后到快结束的时候，又要一两句大腔，使观众感到余音缭绕，余味无穷，首尾呼应，从而造成一种一气贯通、完整饱满的印象。

第三，他的戏路对。他所演唱的节目，才子佳人的段子较少，而历史故事、民间传说的段子较多。三国故事、水浒故事，几乎成了他主要演唱的节目。我想这绝不是偶然的。每一个演员，都有他表演艺术上的长处和短处。因此，演员在选择上演节目的时候，总是要考虑如何"善用其长"。刘先生的唱腔龙飞凤舞、大气磅礴，刘先生的身段夸张奔放、雄强有力，正适合表现三国的勇将、水浒的英雄那种天武神威、英雄气概。所以，他比较爱唱像《单刀会》《闹江州》这样的段子。而白云鹏先生则喜爱演唱《红楼梦》一类的段子，道理也就在这个地方。当然，刘先生的演唱艺术才能是多方面的，他所演唱的《大西厢》就别具一格而风行一时。至今，仍为广大的观众所喜爱。但据我所知，刘先生自己对这个节目，并不十分满意，而且也不是他最喜爱演唱的节目。

又过了一些日子，经已故著名京剧演员王瑶卿先生介绍，我认识了刘宝全先生。我们俩是一见如故，很快就成了莫逆之交。此后有五年多的时间，我们朝夕相处，形影不离。每天我到棉花九条他家里去找他，一块儿遛弯儿，散步，然后到"一品香"澡堂去洗澡。到了下午一块儿到"两益轩"去吃饭。吃罢饭，又一块儿去剧场，观摩余叔岩、杨小楼的演出。这几乎就是我们俩每天的活动程序。两人有一天不见面，就好像生活中缺少点什么似的，觉得不舒服。我们之间，不论什么事，都可以推心置腹，倾诉畅谈。经过这一段时间的交往，不但使我对刘宝全先生的艺术生活、见解，有了更进一步的了解，而且刘先生的言行举止、艺术思想，对我的艺术生活、表演技巧，也发生了极大的影响。

在交往中我深深认识到作为一个曲艺表演艺术家的刘宝全先生，确有许多令人佩服、值得学习的地方。

他热爱自己所从事的曲艺艺术事业。对待艺术创作和演出活动，严肃认真，一丝不苟。数十年如一日，他对于演出从来不马马虎虎、凑凑合合。如果嗓子不好，他宁愿不唱，也决不勉强对付。因为，在他看来，不严肃认真地对待艺术工作，就是对艺术不负责任，对观众不负责任。

他在工作上富于独创精神。他所演唱的传统节目，都在文字上、唱腔上经过他自己细致地丰富和加工。而且，随着年龄的增长、艺术经验的丰富，他的演唱节目也就改得越发地精致完美。像他演唱的《闹江州》就有几种不同的段子。同时，他生前还创造了许多前人从未演唱过的新段子。像《双玉听琴》《对刀步战》《审头刺汤》《观榜别女》等等，都是他演唱的新节目，丰富了京韵大鼓的演唱节目。一直到他七十几岁，他还编排了《霸王别姬》《苏武牧羊》等新段子，准备演唱，可惜病魔夺走了他的宝贵生命，使这一计划终于落空。

由于他在艺术上主张创新，因此，他也就特别重视和当时文人的合作。他认为要丰富京韵大鼓的上演节目，就必须有新的曲本，而这项工作，非有文人的帮助不可。当时他有一位在报馆做事的朋友叫庄荫棠，两人很要好。刘先生很多新段子，都出于这位庄先生的手笔。刘先生对他很尊重，对他写的曲本词句，从不轻易改动，他说："庄先生有文化，自己又会唱，所以他写的本子，不应轻易乱改。改错了一个字，词句不通顺，意思不对头，都要影响节目的质量。"所以，他不但不乱改动作者的词句，遇见不懂的字句，还虚心向作者请教，一直到把字句的四声、字意，弄清楚了为止。这在当时是难能可贵的。因为那时候他已经是有名的"鼓界大王"，有没有新段子，观众都一样欢迎。如果他不是对艺术事业有高度的进取心和责任感，他就不会如此虚心地跟别人合作，力求使自己的节目不仅具有高度的演唱水准，也在文学性上达到一定的水平。

在演唱艺术上，他主张要多吸收融化其他艺术的长处，来丰富和提高京韵大鼓的表现力和感染力。他一直到晚年，始终把观摩著名演员的演出，作为自己开阔眼界、学习提高的课程。刘先生以前的京韵大鼓演员只重唱工，不重表演。刘先生认为：京韵大鼓固然以唱为主，但也不应该忽略表情和身段对唱工的辅助和烘托作用。他认为，观众到剧场里来，既要听，也要看。曲艺演员不像京剧演员可以化好妆，穿上行头（服装），有锣鼓的帮助，因此，应该把主要精力放在对唱工技巧的钻研上。但是曲艺演员，要想提高艺术表现力和感染力，还要注意脸上的表情和身上的功架，使自己成为既能唱，又有表情和身段的演员。只有这样，才能提高京韵大鼓这门艺术，满足观众艺术欣赏上的需要。所以，刘先生的演唱艺术，就是既善于唱，又善于演，有极细致的面部表情和身段动作。像他表现武将勒住战马时的身段、垫步，以及大将会阵时的开打刀枪架势，都是吸收、融化了杨小楼先生的表演技巧而后创造出来的。

由于他热爱自己所从事的艺术，因此他特别注意保护艺术的"本钱"——演员的身体和嗓子。他的生活有规律，就像钟表的齿轮那样不能错乱，而且相当朴素。

他每天什么时候起床、吃饭、遛弯、吊嗓、洗澡、睡觉，都有一定的时间。多少年来始终如一，从不乱改。

他一生不动烟酒，不吃对身体不好、刺激性太大和容易上火生痰的东西。他最爱吃老米饭和青菜，有时候吃两片窝窝头，从来不吃大肉。他说吃大肉生痰，坏嗓子。偶尔买一次牛肉，炖了汤，用汤烩菠菜吃，也不吃肉。我是回民，从来不在汉民家吃饭，刘先生虽然也是汉民，我却能常常在他家吃，就是这个道理。他常说：窝头、青菜、水果，可以使身体内的脂肪减少，消火去痰，对嗓子有好处。所以，天天要吃。

他临睡觉之前还要含一片梨在嘴里，不咽下去。到第二天清早再吐出来，雪白的梨片变成黑红色，他说这就把演员嗓子里的痰和火吸出去了。

他每天要遛弯，打坐，他说这对演员的身体大有好处。演员的唱，固然靠嗓子，但主要还要靠整个身体，特别是气。身体不好，气必然微弱，那么势必要影响唱，声带就好像笛子上贴的笛膜，要靠气吹才能响起来，演员没气力，声带虽好也难以唱好。

他去园子以前，一定在家先吊吊嗓子，把嗓子遛开了，然后到园子去，唱起来气也顺，嗓子也痛快。他到后台之后，静静坐在一边，喝一点水，闭上眼睛，默诵一遍当天演出的鼓词。然后，用一块热手巾，蒙在脸上，到快上场前，拿下来。所以，他一出台帘，脸上就像化了妆一样显得光亮红润。

正是因为他对保护身体和嗓子，采取了这样一些周密的措施，牺牲了许多平常人喜爱的生活享受，才换来了他那健壮的身体和洪亮的嗓音，一直唱到七十多岁，他的演唱始终是那样感情饱满、精力充沛。

他对待同事，诚恳热情、平易近人。从来没见他无故地发过脾气。所以，跟他一起工作的弦师、伙计，都是跟他合作了几十年的老伙伴，因为刘先生和蔼可亲，大家都非常敬爱他，尊重他，始终舍不得离开他。

他对朋友，一向是热情帮助、诲人不倦。平日我们相处，他处处都给予指点和启发。把他的艺术见解、个人心得、艺术经验毫无保留地告诉我，分析讲解，不厌其详，使我获益良多。譬如他告诉我，唱戏不要一出戏一个调门，刚开始可以唱得低一些，先把嗓音遛开，然后中间再长一点，但仍然不要长到满宫满调。到了最后，嗓音也遛开了，气也顺溜了，再把调门长到平常最高的高度。这样，既使嗓音可以承担繁重的唱工，又给观众一种越唱越有劲的感觉。中途饮场，最好只含一小口水，润润嗓子然后吐出来，不要拼命喝水，因为让水灌满了肚子，把横膈膜压住，气喘不上来，反倒影响唱。这些艺术经验，当时对我来说，的确非常宝贵。直到现在我的日常生活习惯、对待艺术的态度、喜欢创新的精神，很多都是受了刘先生言行举止的影响。所以，刘先生是我艺术生活中一位最亲近的良师益友。

-（原载：1962 年 6 期《曲艺》）

学习他的革新精神

　　1961 年的秋天到 1962 年的秋天,我们戏剧界接连失掉了好几位关系重大的同志,梅畹华、沙可夫、郝寿臣和欧阳予倩同志相继下世,给戏剧工作带来的损失是无法算计的。去年 8 月 8 日,"北梅"凋谢,不想就在为纪念他逝世一周年而举办的艺术生活展览会尚未闭幕的日子里,突然又得到"南欧"去世的不幸消息。这真是一桩极端使人感叹伤悲的事情。

　　欧阳先生不仅是一位热爱祖国的进步戏剧家,而且是一位勇于继承革新的表演艺术家。对于他的沉痛悼念,不由得使我回忆起 40 年前他和我在汉口合作演剧的情景。那时我才二十岁挂零,他长我一轮,那时我在北方已经经常演出,他则是南方的著名演员;这种合作所具的意义是深广的。

　　我记得第一天打炮的节目是我的《南阳关》,欧阳先生唱的是他的独有戏《珊瑚泪》,随后我们合作演出的剧目有《汾河湾》《打鱼杀家》和《长生殿》等。《长生殿》是他自编自导的戏,我扮演唐明皇,从"剑阁闻铃"开头,这对于我日后创排新戏是很有启发作用的。当时除去我自己单出的戏目以外，欧阳先生还单演一些他自己写或整理的剧目，如《人面桃花》《宝蟾送酒》等。

在那个时候，大家对于戏剧的发展道路还弄不清楚，不懂得欧阳先生在戏剧改革工作方面所做的努力，正是为了推动戏剧事业向前迈进，只觉得他的做法都和大家不同。比如，当时培养艺术接班人的机构只有科班，或师父带徒弟，而他却偏偏创设学校，坚持吸收有文化基础以及真正爱好戏剧的"外行"进行培养；对于有些传统剧目进行推陈出新工作，这在当时是一个倾向鲜明而行动大胆的做法。因此当时他给我的最为突出的印象是一个有思想和有魄力的戏剧家。

另外他对戏剧严肃认真的态度也使我非常佩服。他和我在合作演出的一个月当中，总是把第二天所要演的戏在当天夜戏散场之后进行排练、对词，从来不是"台上见"。凡是他发现有文理不通或不合情理的台词，就随时润色修改，从来不马虎敷衍。这些事情搁在今天是不足为奇的，可是在40年前，特别是在当时的戏剧界，却不是简单的。这当然和他的进步思想有直接关系，可是我总觉得难能可贵的是他有勇气，有见识。过去戏曲演员大都出身旧式科班，"幼而失学"，连我也不例外。当时旧社会里，有条件读书的人是很少肯干被人凌辱和轻视的唱戏这一行业的。他唱上戏，还能坚持不随俗地搞革新工作，这种对戏剧事业的崇高理想和实践精神是值得我们学习的。也正由于欧阳先生有这样的精神和毅力，才使得当时戏剧界在腐朽颓败的气氛中现出一片光彩，受到广大观众的喜爱，并且起了不小的影响，使很多演员也陆续跟着排演起新戏来。

此外，值得提出来的是，他在主持中央戏剧学院教育工作时，提倡话剧演员应向京剧等传统艺术学习，礼聘了许多戏曲和曲艺界的老专家、语言专家、表演教师参与培养训练工作，在教学和演出中已收到很好的效果。这也看出他有意识地用传统表演艺术来充实并提高话剧的表演艺术，加强话剧的表演力，为促进话剧民族化所做的努力。

欧阳先生不仅自己致力于戏剧革新，而且对任何人演的新戏和改革工作也都十分关心，总是予以大力的支持。记得我排演《赵氏孤儿》刚刚上演的时候，他看完戏就热情地给我提意见，认为程婴末几场换白胡子后的脚步走法似乎太显衰老一些。按程婴当时的年龄，也就是在60至70岁之间，他在15年中虽然含悲忍辱，到底还是生活在富贵窝里，比不得《三娘教子》里的老薛保是终年吃苦受穷的劳动者，所以走起路来不应该那么腰腿不直，老态龙钟。我觉得他这个意见非常好，分析得合情合理，有生活根据。以后演出，我就把白满改成白三，走路的脚步也不让他显出那么腿脚不利落的样子了。

欧阳先生对于我个人的关怀是我至为感激的。在1949年祖国大陆解放的初期，我俩都寄居香港，他在回首都之前，曾恳切地动员我提早归来，梅先生也从首都函电催促，使我得到很大的鼓舞力量。今天这两位老友都已先后离我而去，秋风秋雨越发增人无限的哀思。记得 1955 年欧阳先生曾在首都文化界举行的梅兰芳、周信芳舞台生活 50 年纪念会上的报告里说过："他（指梅先生）真正热爱艺术，力求进步，把经过长期的、高度的劳动而获得的艺术成就为人民服务。"我以为用这几句赞扬梅先生的话，放在今天作为我们纪念他自己，也是非常恰当的。

欧阳先生逝世了，对这位始终如一致力于戏剧改革，并把这个为人民大众服务的事业看成对自己须臾不可或缺的戏剧艺术家，我们应该用勇于改革、力求进步、坚持学习的精神来继承他未完成的工作，以纪念他在戏剧战线上做出的卓越成就和勤奋严谨的钻研精神。

－（原载：1962 年 10 期《戏剧报》）

纪念益友郝寿臣

我的益友，多年的艺术合作者郝寿臣先生逝世一周年了，他那亲切诚恳、正直不阿的待人态度，对戏曲艺术事业严肃认真、多所创造的精神，对青年一代循循善诱、诲人不倦的工作态度，一直萦绕脑际，时刻不能忘怀。

早在1926年，我们就已经建立了深厚的友情。他那献身于戏曲艺术的事业心、奋发昂扬的坚强意志、不避寒暑不怕困难刻苦锻炼的毅力，使我深受感动。那时我们曾经约定，每天清晨五点多钟，在天桥的桥上会面，曙光未露，天色尚暗，两人就手打灯笼一同到天坛或先农坛去喊嗓练功。不论是谁早来晚到，必须等候，不见不散。有时天下大雪，他携带扫帚一把，扫开一块场地，坚持不懈地照常锻炼。那些在艺术上相互鼓励的日子，至今还记忆犹新。

我们经常同台演出，始终是亲密无间、精诚团结的艺术合作者。他虚心切实，善于吸取他人之长，大胆创造革新。他所塑造的人物形象，不仅性格鲜明，而且从脸谱到唱腔、服装、表情都具有独特的风格，而形成一个流派。我们一起排练演出过《青梅煮酒论英雄》《白蟒台》《鸿门宴》和

《串龙珠》等。大约是 1927 年在华乐园（即现在的大众剧场），我们还演出一场《清官册》（带《夜审潘洪》），他饰潘洪，王长林先生饰马牌子，我饰寇准。如今每当我思忆起郝寿臣先生，看到当年我们合作时的照片，就如同见着故人。

郝派艺术有着深远的影响。颇有成就的袁世海同志和周和桐同志，都曾受业于郝寿臣先生，还有分散在各地的演员，宗承郝派的也不在少数。解放后，郝寿臣先生担任北京市戏曲学校校长以来，他深切感到新社会的无限光明，心情舒畅，精神焕发。他把多年积累的舞台艺术经验，毫无保留地传给了青年一代。兢兢业业，勤勤恳恳，满怀热情，悉心教导，传授了三十多个剧目。已经毕业的学生中，由他亲自传授的花脸演员有马永安、孟俊泉（均在北京市戏校实验京剧团）、周万江（现在北昆剧院）、王福来（现在北京市戏曲学校担任教师）。现在校内的学生中还有二十多人学习继承郝派艺术，取得了很好的成绩。

郝寿臣先生把毕生精力都献给了戏曲艺术和戏曲教育事业，他逝世以后，党让我接替他担任了戏曲学校的工作，为了纪念他，学习他，我自当继续完成他未了的心愿，为党的戏曲教育事业贡献自己的力量。

–（原载：1962 年 11 月 28 日《北京晚报》）

阔别香岛十二年

已逾耳顺之年　却无鬓衰之叹

光阴荏苒，我和香港的朋友们已经相违 12 年了。在1951 年我回到北京的时候，刚刚度过"知非"之年，也就是"知天命"之岁；现在旧地重游，已经是个年过"耳顺"的 63 岁的老人了。抚今追昔，真是感慨万千。

但是，我的感慨和古人诗词里的沉郁情调很不一样。我没有"鬓毛已衰"的叹息，而是时兴"老骥伏枥"的"志在千里"之思。来和这里的旧友道一声"别来无恙"的酬酢之辞，是不能充分抒发我的情绪的，而是愿意以"结志青云上"的雄心壮志来向旧友和新交自矢。

究竟什么原因　使人恢复青春

是什么原因使我这个老人恢复了青春呢？说来也很简单，就是我在过去几十年朝夕企盼的愿望都成为了事实，正像花木获得肥沃的土壤和丰盈的雨露。亲爱的观众会十分容易地在我现在演出中发现与 12 年前大不相同，大至表演风格和人物刻画，小至服装和道具，都有着显著的改变。这些改变是在过去所无法取得的成果。我的老观众大约都知道我从前对于同台演员在外场的整洁上是有着较高的要求的，例如我主张演员在登场以前都得理发；我强调服装上的"三白"（护领白、水袖白、厚底白）。然而，尽管我替别人出理发费，还有人蓬头垢面；尽管我改良服装，还很难达到"满堂红"的要求。现在呢，剧团有了理发师，每一件服装都由化装员在演员扮戏之前仔细熨好，台上人人都容光焕发，衣帽鲜明。我的老观众大约都知道我从前对于同台演员在艺术水平上也是有着较高的要求的。那就是，要配搭整齐。然而，不管我怎么拿出心力和物力来，还是很难达到"一场无二戏"的要求。现在呢，我能够和富英、君秋、盛戎、燕侠、富禄诸位以及许多优秀的不同行当的演员和大有前途的后起之秀通力合作，这种花团锦簇、珠联璧合的现象正是我多年以来梦寐求之而不可得的。我的老观众大约都知道我在从前也曾和少数的文人墨客有来往，他们给我写了一些新的剧本，但是显然做得很不够理想；现在我却得到更多的作家的帮助，像老舍先生就主动地为我写戏①。我还得到许多从前和演员很少有来往的专家、教授的支持，像《马连

----

① 如新编历史戏《青霞丹雪》等。——编者

良演出剧本选集》就是在中国科学院的研究员吴晓铃先生的设计之下编成的。这一切，都给了我极大的鼓舞力量，推动我把戏竭力演好。

阔别十二年后　自有刮目之感

古语有云："士别三日当刮目相待。" 12 年是比三天多得多了，我一方面深愧在 1948 到 1951 年之间在这里的演出工作很对不起爱护我的观众；一方面则觉得在阔别之后，自己便有"刮目"之感，以此告慰旧雨新知，想必能悉我衷怀，为我喜悦。

－（原载：1963 年 4 月 30 日香港《新晚报》）

马连良在香港接受记者采访

姜维怎不服孔明

孔明的戏不好演。提起这位古人，大概人人心里都有个"谱"：羽扇纶巾的风貌、调兵遣将指挥若定的气度，舌战群儒、草船借箭、祭过东风、烧过战船、这些运筹帷幄之中、决胜千里之外的智谋策略。为人行事，观众熟透了，演得稍微"浅"一点，就觉着不像样，不够份儿。河南商丘专区越调剧团的申凤梅同志，在《收姜维》里演的诸葛亮就演得准，演得深。

演戏，人物的喜怒哀乐，爱什么，恨什么，演员心里得先有底；单是演员有底还不行，得让观众看到人物心里的活动，感受到人物情绪的起伏变化，从"里"到"外"把底亮出来。这就全靠演员恰如其分的做戏了。申凤梅就是这样，运用她功力深厚的唱做技巧，演来不显造作，不弄花巧。朴素里透着潇洒，自然中含着深沉。一派儒雅之气，有雄才大略的威仪。

她做戏有分寸，火候拿得准，是个很有修养的演员。举动沉着，气度稳重，那种泰然自若的神色，好像什么事都难不住这位孔明。单看她手里的羽扇，说轻，顺手举起飘飘扇拂；说重，拿在手里好像有多大的分量。真是那句话："轻如鸿毛，重如泰山。"不论轻重，都和心事感情紧紧扣住，传达了万语千言。派老将赵云攻打天水关去，孔明不住地赞赏。唱着"七十三岁打胜仗，不愧常胜将一员"的时候，那把羽扇轻摇轻摆，仪态多么舒展。听到探子报道赵云被天水关守将战败，马上派人去接应。这时的孔明，又担心赵云的安危，又想到军中缺少勇武忠诚能征善战的大将，为了江山社稷，不由得有些忧虑。唱"情不禁心腹事涌上胸膛"，把羽扇平举指着前胸，停住不动了。看起来，心事要有多重，羽扇就有多重。

她做戏，繁的繁，简的简，恰到好处适可而止，又交代得清清楚楚。孔明派马岱去探听天水关是谁的兵马还没回来，她凝神思索一阵，又在台上来回踱了几步。这个神气一表而过，接着她再唱出希望寻访良将的话，观众自然就明白孔明心里想的什么，这里简得合适。马岱探听回来，拿着姜维的雕翎箭，孔明恍然大悟：原来是姜维战败赵云的。这可遇着了一员良将！沉吟一会儿，把箭拿过来看了一遍，又看一遍，眼珠一转有了主意，又低头思索一阵，若有所悟，这才吩咐升帐。孔明行事总是深思熟虑，在这里，繁得有必要，有内容，合情理。

申凤梅不但把善于用兵、用计的孔明，演得观众心服口服，还把那极善用人的雍容大度，也演得活灵活现。赵云打了败仗被魏延嘲笑，羞愧难当，立刻又要上阵去洗雪耻辱。

孔明急忙走出座位，一边劝说一边安慰，把过错揽到自己身上。更难得的是她轻轻笑了几声，夹在唱腔中间，笑得亲切自然，一片真诚，溢于言表。将士们把姜维围困起来，孔明恳切地劝他归顺蜀国，姜维受了感动，吐露了久慕诸葛丞相声誉早想来拜望的话，申凤梅就在姜维唱的小空隙中，夹白一句："你怎么不来呀！"配上谦虚和蔼的神态，就把孔明爱才如渴颇能容人的雅量，刻画得非常深刻。这两处都是小节骨眼，别看是小地方，却以一当十，有如画龙点睛，精神飞动。

申凤梅的唱有功夫，会用嗓子。慢说是一口气连唱几十句，没有前紧后松、气力不足的样儿，而且句句唱腔感情饱满，婉转流畅。她的唱腔变化多，可不是故意找花哨；唱得俏，又不离格。有时出乎意料，让人惊讶她的唱技高超。像那句"想起来当年征渭南"，唱到"南"字翻个高，好似乘上仙鹤，悠然凌空直上，这时也许你会觉着该落下来了，不，她稍作回旋拔得更高。韵味深厚，一点也不勉强。她在孔明派魏延诈城时唱的和收服姜维后叮咛几句的那两段〔快板〕，唱得如流星赶月，珠走玉盘，又清又脆，字字入耳动听。她在孔明劝说赵云时那句唱，中间夹着呵呵笑声，好像山中清泉淙淙流下，中间溅起几点水花，泉水又毫无阻碍照常流去，就和平常说话似地从容不迫顺畅自然。她在唱腔中垫字用得也巧，阵前说降姜维时，唱"劝将军你不必逞刚强"，"刚"字后边垫上"昂昂……"两个音，把这句唱

梨园春秋笔

马连良为弟子申凤梅整理戏装

润色得委婉舒贴极了，如同密友谈心倾诉衷肠。她的唱腔在曲折起伏里，语言含意表现得轻重分明。抚慰姜维用不着难过，唱的那句"一胜一败一败一胜古之平常"，"古之"两个字用半唱半念的行腔，特别吃重地唱出来，语气强调得很鲜明，含意十分突出；再接"平常"两字，行腔不折不断，衔接得不露痕迹。

她的唱做技巧都有坚实的功夫，但不能单从这些技巧来看，她是以技巧来演人，把这个人物的声音笑貌思想感情都演出来了。大处有戏，小处也有戏，把诸葛亮演得透亮。果然是雍容大度以诚待人，使姜维不能不在孔明面前折服，心甘情愿，归顺孔明。

-（原载：1963 年 5 期《戏剧报》）

传道授业

〜

我学习戏曲艺术的一些体会

　　我和长沙阔别二十多年了，这次到这里演出，真是十分兴奋和愉快。长沙一切都变了，城市面貌、剧院观众各方面都变了。就我个人来说，以前是为唱戏而唱戏，现在在党的领导、教育下，体会到戏曲艺术的教育意义，正在进一步要求自己从各方面提高。这次到长沙来，承省、市文化局和各个有关方面热情接待，给我很大的鼓舞，我感到十分温暖。

　　我感谢党的领导，拥护党所提出的"百花齐放，推陈出新"的方针政策。作为今天的艺人，是有责任发扬戏曲的优良传统，更向前看，争取更大的提高的。我的舞台生活虽然一直坚持了47年，也曾享过所谓"名气"，但自解放以后，通过各个剧种的观摩交流，扩大了眼界，才深深感到过去的狭隘。同时，事实驳倒了过去满足点滴收获的错误。舞台劳动，是细致艰巨的。现在我想在这里谈谈个人钻研戏曲艺术的体会，以就教于戏曲界的同志和戏曲爱好者。

　　钻研戏剧，首先必须爱好它。我从小就喜欢戏，这给以后钻研它打下了基础。当然，光喜欢还不行，必须用心学。学的方面很多，唱、做、念、打以及手、眼、身、口、步所谓"四工五法"，还有字韵等等，包括广泛。我通过坐、出科，一直到组班，是有一定的钻劲的。比如过去演戏，白天上园子，夜晚有堂会，自己还要练功夫，整天够紧张了，但我从不放松学习，总是想办法争取做"配角"或者"龙套"，这样做，对自己的帮助挺大。比如我在 15 岁时，有一次在北京怀仁堂演堂会，我们富连成班演白天，晚上由谭鑫培老先生演外串《珠帘寨》，叫我们科班出"龙套"，但没有派我，我就向已经派好的"龙套"说情，要求让给我去。在台上，这次我认真观摩，体会到他的坐帐、见二皇娘以及收威、开打各场都有不同的表情。从这些地方，我懂得表情的重要性，并逐渐省悟到揣摩剧中人物内心世界的表演，使我以后在演出上有所提高。

钻研肯学，还要融会贯通全部剧情。比如《四进士》出宋士杰这一角，不能光是揣摩这个人物的性格和内心活动，连杨春、杨素贞、毛朋等全体人物都要掌握住，系统地贯串整个剧情。此外，对各个人的唱词以及文武场面，也应当完全熟悉。这样才能紧密结合一气，精益求精，深入化境。比如观众中有的反映，某人是"活宋江"，某人是"活关公"，当然谁也没见过这些古人，只能证明扮演者的"神"化罢了。

我个人对于戏曲艺术的体会，是嗜、会、通、精、化五个字。说起来似乎简单，但要达到化境，必须坚定信心，离不开艰苦的劳动。我二十余岁的时候，朱素云老先生告诉我

"山后练鞭"（戏班行话，即勤学苦练的意思）。他的指点对我一生影响很大。

我自己知道，我的艺术造诣并不深透，尤其是文化基础薄弱，需要学习改进的地方太多，我诚意地要求各界同志，特别是戏剧界的同志对我多提批评意见，使我能够得到提高，更好地为人民服务。我愿和大家一道，为"百花齐放，推陈出新"的正确方针而共同努力。

最后，我还想提一提，这次承湖南省戏剧界同志的热情招待，使我有机会观摩了一次湘剧和花鼓戏，我个人和我们剧团同志的收获都很大，吸取了不少经验。我们看了戏，有个共同感受，就是湘剧名老艺人很多，为了发扬传统，建议湘剧界争取及早办一个学校，这就能够使后辈更系统地继承湘剧的宝贵遗产。

-（原载：1957 年 5 月 5 日《新湖南报》）

怎样锻炼和保护嗓子

——首都艺术界座谈演员嗓子问题（节选）

今天我来参加这个会，感到非常兴奋。这是一个从古至今没有开过的会。这说明党对我们演员处处关心，对于青年演员的培养的重视。我这里很愿意谈一点个人的经验，供同志们参考。

演员的嗓子，非靠勤学苦练不可。我幼时在科班只能唱"扒字调"，出科以后全靠自己下苦功。那时候，不管刮多大风，下多大雪，都在每天早晨五点就起来，到西便门去喊嗓子。喊的时候也有个次序，先练音色、音高和腔调，惯用A、Ｉ和AI①几个音阶。然后打引子、念话白，为的是训练口腔变化节制的方法，不但要正确，而且要有劲头。同时，还得经常吊嗓子。吊嗓子的段数，要逐渐增加，不宜一出戏全吊，最好一次只吊半出。吊嗓子的时候要注意调门不宜过高，要像上楼梯似的一步一步地慢慢往上长，否则就会把嗓子吊左了。吊嗓子的时候，男演员开始最好先吊几句二黄顺

---

① A指"啊"，Ｉ指"咿"，AI指"嗳"，都是练声时喊嗓子的声音。——编者

一顺，接着再吊西皮，这就能解决演员所常提到的"男怕西皮，女怕二黄"的损害嗓子的问题。我使用这种练法，后来就能唱《辕门斩子》《四郎探母》《珠帘寨》《捉放曹》这一些唱工较重的戏。

在练嗓子的同时，还要注意"看气"，就是保护声带，这就要求演员注意身体健康，生活要有规律。辛辣的食物要少吃，酒也不宜多饮，烟也应该少抽。我在唱戏的时候是连一根烟都不抽的。

还有，在有戏这一天需要静养。演员的精气神很重要的。虽然不可乱去游逛，但也不妨去遛遛弯，"行走为百炼之祖"，对于嗓子倒是有益的。出门要戴口罩，注意冷热。老先生曾说："话过千言，不损自伤。"到了后台要少说话，最好坐在一旁闭目养神，连背词带培养情绪，可以润润嗓子，用热毛巾拧干了敷在前颈包围声带软骨部位。这些办法都能使演唱时觉得嗓子舒服痛快。出台之前要拢一拢神，去掉杂念，集中注意力去演戏。

演员早婚对于嗓音不利。演员的私生活尤其需要严肃，如果不检点，危害性很大。记得程长庚大老板说过："我们要有半个老道的修行。"

青少年演员在倒仓的阶段要好好地保养，千万别太累了。过去有人认为演员在倒仓的时候，还是要不断地喊才能把嗓音喊出来，这是不科学的。我从十岁到现在，虽然有一个短时期的倒仓，可是一直没有间断舞台生活，嗓子也没有怎么坏过，就是我能够注意保养、勤学苦练的缘故。

　　我还想附带谈一个题外的问题，我认为作家、作曲家和演员的合作也很重要。演员的嗓音和习惯不同，作家最好能了解演员。譬如我自己唱"言前"辙不合适，唱"江阳"辙比较适宜。作家能和演员合作，根据演员特点写词用辙，就会使演员演唱的时候胜任愉快，给观众以更多的艺术享受。

－（原载：1961 年 1 期《戏剧报》）

马连良在吊嗓子 ～～～～～～～～～～～～～～～～～

论师徒

——收冯志孝、张学津有感

戏曲流派艺术要有继承发展，就得有师有徒。

戏曲艺术过去培养接班人的方法，主要有两种：一是科班传艺，一是老师收徒。这两种办法并不对立，而是彼此结合的。科班传艺给老师收徒打基础、铺道路；老师收徒给科班传艺指方向、加细工。新社会的条件比过去有本质的优越性，因此这种两结合的办法，必然会发生它更大的作用。

老师教青年演员，是学习的高级阶段。从戏曲艺术的继承和发展来讲，这也是丰富、推动不同流派向前发展的工作。所以，我想先简单地谈谈流派问题。一个流派的形成，原因很复杂，可是，不管怎么说，创始某派家数的人必须要有良好的幼工作基础，经过多学多看，有了丰富的生活经验和演出实践以后，在继承某一个艺术流派的同时，结合本身条件去发展，才能逐渐使观众看出这个演员在唱、念、做、打，甚至从化装、服饰、音乐到戏路子上，都有一种显然与前不同的独特风格。这就是继承某个艺术流派而又逐渐形成自己的艺术流派的发展过程。除极个别的以外，其实被称为一家艺术流派的这个演员，在他开始学戏或演戏时，绝没想到在多少年后，将被群众公认为是一个流派艺术的创始者。创始流派是从继承到发展的结果。

今天我们的文艺事业空前繁荣，党和领导一再号召培养青年演员攀登艺术高峰，在继承流派艺术的基础上发出灿烂的光辉来。这就直接牵涉到老师如何选择培养对象，学生如何选择继承对象的问题。过去师父收徒弟，往往是由徒弟的家长直接选择，或是由亲友间接介绍。其中，有一些是慕名拜师的，指望得到"某人高足"的名义可以使人另眼看待，甚至有的徒弟从思想上根本对这一派的表演不喜爱，就没打算学，拜师只是挂个金字招牌而已。还有一些由于家长对这一流派的欣赏，硬要子女拜师，根本不考虑孩子的条件是否合适。另外还有一种是演员真心爱好这派艺术，可是并没有很好地考虑本身条件是否具备。类似这几种情况的师徒，不知道浪费了多少艺术家的精力，耽误了多少人才，给艺术工作造成了多大的损失！

这次我和谭富英等同志同时收了几个青年演员做弟子，我收的是冯志孝和张学津。他俩和我的关系就完全不是以上所说的那几种情形了。他俩的条件都相当适合学习我的表演路数。以冯志孝来说，在中国戏曲学校毕业以前就时常看我演戏，听我的录音，并且经常回忆模仿我的各种动作、念白和唱腔。我听人说，他至少有四五个月的工夫每天早晨到景山公园去念《淮河营》的词儿。从去年开始，他才和我取得直接联系，学了《胭脂宝褶》里的《失印救火》。

今年我去天津演出，领导特别准许他带着录音机赶到天津，有戏看戏，看完了戏学戏。好几次我在演出以后虽然有些疲倦，但是基于他的好学精神，仍旧对他进行帮助。他的《淮河营》正式演出后，观众的反应还不算坏。他的舞台经验当然不够，但是以一个二十来岁的青年去扮演白发苍苍的"舌辩侯蒯彻"，在唱、念、表演等方面教人看上去交代得还周到，已经不是简单的事了。这次演出增加了我培养他的信心。一个愿学，一个愿教，机会成熟了，于是促成正式拜师。

我的学生比较多，所以有人问到我对于收徒的看法。我一直认为：老一辈培养青年演员也好，青年演员继承流派也好，首先要看本人对这一派的喜爱程度，喜爱的程度深，深得入了迷，那学起来才有劲儿，体会东西才能深、透。同时也要看他是否具备这一流派所需要的条件，只是爱，只是迷，而条件不够，学习起来困难就比较多。相反地，有条件而并不迷，不爱，学着很勉强，也是一件痛苦事。必须具备这两个条件，才能建立正常的师徒情感。没有一个师父不爱好学不倦的徒弟，爱了就一定会毫无保留地教。有了这几种因素，那么拜师收徒才不是没有意义的俗套。经过这个阶段，不用说是人，打一个不太恰当的比喻，即使是一件工艺品，我想虽不能保证绝对的高质量，也不至于出废品或等外品吧。

这里有必要提出的是，老师并不一定要求徒弟"圣行颜随"地亦步亦趋。以我的弟子而论，言少朋就属于"入迷"之列，但是他还是有自己发展的，他的唱、念、表演之中有"言家门儿"的成分，这是好现象。王金璐是我早期门徒，后来他因嗓子关系改习武生，继承"杨派"艺术很有造诣，可是，他在武戏中的人物创造上也有我的教学成绩，我并不以他不直接继承我而不愉快，相反地我很高兴。李慕良在今天来说是杰出的琴师，他对于我的帮助很大，我也深以能够在音乐方面培养出这样一个弟子为满意。

冯志孝继《淮河营》之后，最近又演出了《借东风》，袁世海同志和其他几位名演员对青年一代的关怀培养以及那种提携后进的精神，是令人钦佩和赞扬的。我要替青年演员向他们表示感谢，更要向为这一切提供了条件的党和社会主义制度表示由衷的感谢。许许多多感动人的事情，对于青年一代很有鼓舞作用，对于老年和壮年一代也同样起着推动作用！

－（原载：1961 年 12 月 16 日《北京日报》）

古历轩谈艺录

京剧的"唱"

京剧曲调并不复杂，经常用的不过是西皮、二黄、反西皮、反二黄有限的几种。要用这有限的几种曲调表现各种人物复杂、细腻的思想感情，就要一种曲调唱出几种不同的"味儿"来。譬如《借东风》和《王佐断臂》，这两出戏里的老生都唱［二黄导板］［回龙］和［原板］。《借东风》表现的是足智多谋的诸葛亮，在一场激烈大战即将开始的前夕那种胸有成竹、胜券在握的心情。所以这段唱要使观众感觉到诸葛亮的气势雄伟、大气磅礴。而《王佐断臂》表现的是忠心为国的王佐，想混入番营劝说陆文龙归降，而又苦无计策、反复思考的过程。因此这段唱就要使观众感觉到王佐的心事重重、忧虑沉思。

同样是一句［二黄导板］，《一捧雪》莫成唱"一家人只哭得珠泪滚滚"的时候，要突出地表现莫成对被迫害者的同情和满腔悲愤；而《苏武牧羊》苏武唱"登层台望家乡躬身下拜"，就要着重抒发汉苏武对祖国的怀念之情。《戏凤》和《清风亭》虽然都唱 [四平调]，可是前者给人的感觉是轻松愉快，后者给人的感觉是悲惨凄凉。

所谓"有味儿"，就是指唱得有感情，而且字音清晰，节奏分明，旋律优美，悦耳动听。要求达到以上所说这样的艺术效果，首先演员对他所扮演的人物要有正确的理解和深刻的体会。同时要有熟练的运用自如的演唱技巧。根据我个人的经验，一般的京剧演员，差不多都要到三十岁左右，他的唱才能"够味儿"。因为只有到了一定年龄，思想修养逐渐成熟了，生活阅历日益丰富了，演唱技巧比较纯熟了，才能谈得到在舞台上创造活生生的人物形象。因此，我认为，思想修养、生活阅历、演唱技巧，对于一个京剧演员来说，都是同等重要的，三者缺一不可。

过去听前辈们常说："唱要像说话一样，说话要像唱一样。"

开始对这两句话不大理解，经过近十年舞台实践才逐渐地了解了这两句话的含义。这两句话就是说：唱要像说话一样地自然，而说白又要像唱一样富有音乐性。

京剧的唱腔讲究自然流畅，圆满大方。不能过于雕刻，也不能矫揉造作和见棱见角。譬如，《借东风》里有一句"曹孟德占天时兵多将广"，这"兵多将广"四个字有个大腔，而且"广"字后面还要拉三板，最后还要往下坠着唱，这地方就要唱得自然大方，不能过于做作，给观众一种过火的感觉。另外一句"诸葛亮站坛台观瞻四方，望江北……"

也是一样，譬如"观瞻"的"瞻"字和"江北"的"北"字都往上滑，而且"北"字还有往上挑的唱腔。这些地方如果不能做到适可而止、恰到好处而一味地滑和挑，就会流于"贫厌"，唱腔不但没有表现诸葛亮的雄伟气魄，反而损害了这个人物。越是腔儿花的地方越要注意味儿厚，既要注意不能因为行腔而影响字音准确，也要注意唱腔的自然大方、俏丽流畅，使唱腔真正得到玉润珠圆。

京剧念白

京剧的念白讲究字字铿锵，掷地有声，所谓"千斤话白四两唱"，也即是念白比唱难以处理的意思，因为念白虽然没有胡琴伴奏、板眼过门，同样要达到像唱一样的艺术效果，才算是好的念白。

念白同样要有调门儿、尺寸、气口和腔调，同样要有轻重缓急、昂扬顿挫，使观众听了如同听唱一样感到情感充沛、悦耳动听。京剧老生有几出戏是以说白为主的，如《四进士》《十老安刘》《十道本》《失印救火》等。因为每出戏的人物性格不同，处境不同，说话的对象不同，念白的语气和语调就不能一样。所以，念白的音乐性是根据不同的人物、不同情境而产生的。

《四进士》的宋士杰是个见义勇为、好打抱不平的老人，他在大堂上见顾读时那几句念白，既要幽默风趣，又要理直气壮。

我在大段念白中就适当运用了一些小腔，来增强念白的表现力和语调的优美动听。如，宋士杰念到"三月以来，五月以往"，我在"来"字和"往"字上都用了婉转的语调。而念到"她是不得不住，小人我是不得不留。有道是，是亲者不能不顾，不是亲者不能相顾。她不住在干父家中，难道说她还住在庵堂寺院"，就是一句紧一句，一句快一句，就像唱〔快板〕那样要赶板垛字、字字有力。只有这样，才能表现出这位老人的口齿伶俐、能言会道、侃侃而谈、对答如流。

《群英会》鲁肃见周瑜交令也有一大段念白，因为鲁肃与周瑜的关系不同于宋士杰和顾读。事件的内容，也不是大堂上的据理力争，而是鲁肃报告情况。因此，他的语气、语调就与《四进士》完全不同。

鲁肃对诸葛亮的草船借箭佩服得五体投地，简直是惊为神仙。他要把这一点儿感受告诉周瑜，使周瑜也获得同样的印象。因此，他开始念："那诸葛亮出得帐去，一日也不慌，两日也不忙，单等三天……"就要说得悠然自在，引人入胜。然后，在"四更时分是漫天大雾"这一句要特别夸张，因为没有这场雾，就不能借箭。鲁肃说这句话的时候，不但自己要想象出这场大雾弥漫的景色，而且要把周瑜和观众都带到这场雾景中去，一同来感受借箭时的惊险和神秘。念到"那曹操只知是都督前来偷营劫寨，吩咐乱箭齐发，借来十万只雕翎，特来交令"，要越念越快，来表现鲁肃越说越兴奋、越说越激动的心情。而这时候，气量狭窄的周瑜却是越听越震惊。到了"特来交令"四个字，说白的气势达到了高潮，周瑜的表情也达到了顶点。这样，就能形成一段精彩的表演，尽管鲁肃所说的事情已经是观众在前场"借箭"时看见过，但是仍能吸引他们集中精力，欣赏这段念白和表演，而不会感到多余。

不论是唱或是念，都离不开表情、动作、身段、神态来单独进行，而是要相互结合，辉映成趣。否则，不但会减弱唱和念的效果，也会使观众感到单调乏味。

表演人物，不能千篇一律

演员就是表演人物，不同人物有不同演法，不能千篇一律。尤其是做工老生更应该注意这一点。

就以老生脚步为例，《清风亭》的张元秀、《四进士》的宋士杰、《甘露寺》的乔玄都戴白满，都是白胡子老头儿。《清风亭》的张元秀有固定的岁数，在台上能表现是73岁；《四进士》的宋士杰，我唱这么多年，也不知多大岁数，也没有固定他的年纪；《甘露寺》的乔玄也是一样。不过我个人体会，三个不同角色、不同内容，人物本身处境不同。因为人物身份不同、性格不同、穿戴不同、处境不同，所以他们出场时的脚步也就不能完全一样。说出来大家参考一下。

《清风亭》的张元秀是个打草鞋、卖豆腐的老百姓，拿着拐杖。在戏里表白他的年龄和处境、他出场时穿紫花老斗衣，出场的锣鼓是 ［小锣抽头］ 打上，走动时两腿要弓，腰要弯，有点儿驼背。因为他长年劳动，生活又不好，所以才有这样走路的姿态。他的脚步要给观众一种健康、朴实的感觉。

《四进士》的宋士杰是个开店房的老人。宋士杰比张元秀生活好一点，他从前在衙门里当差，对公衙之事了解得头头是道，全懂瞒不了他。人物性格有所不同，他仗义疏财，好打抱不平，生活比较悠闲。他出场时穿褶子，锣鼓是 ［小锣帽头］ 打上。走动时，两腿微有点弓，腰微有点儿弯，因为他从前在衙门里当差，如今是退职在家开店，生活比较稳定。所以他走路的姿态就跟整天做事的张元秀不同。他的脚步就给观众一种悠闲、潇洒的印象。

《甘露寺》的乔玄又不同，是东吴当朝的首相，官高极品，养尊处优，一切举止动作和以上二人也不同。他出场时穿蟒，戴相貂，锣鼓是 ［大锣一锤锣］ 打上。走动时，腿稍弓，腰稍弯，抬腿举足，要使观众感到这位老臣的庄重和尊严。

就是同一个人物在同一出戏里，也不是自始至终都是一样的脚步和姿态。

譬如《清风亭》的张元秀，他在"清风亭"一场之前虽然也拿着拐棍，因为他身体和心情都还好，所以这支拐棍对他来说就不起什么作用，走路姿势就比较稳健。但是到了

"清风亭"一场之后，唯一的儿子让人家认走了，他老婆又天天跟他吵闹要儿子，他自己也因为思念张继保忧郁成病，生活困苦，他的那支拐棍就起作用了。他要靠它走路，成了这个老头的第三条腿。走路时腿更弓了，腰更弯了。而且走起路来，头部要有点儿微微的摆动，使观众感到这个老头儿贫病交加，精神不好，走路都有点儿走不动了。

所以，就是同一个人物在同一出戏里，也要根据他的处境、年龄、心情的变化，改变他的走路的神态，人物才能演活。抬腿举足，要掌握人物的心理。都是通过内心带动表演，没有内心，表演不出来。我唱的都是做派，都是这样路子，扮一个角色，要脱骨换胎，有这样一个心理。没有内心，脸上带不出来。

其他像唱、念、做、舞也是一样，都应该从人物出发，从生活出发，创造性地有选择有变化地加以运用，而不能生搬硬套、千人一面。

要善于掌握表情分寸

演戏最难的就是要恰到好处。演得不足，观众看不懂，不过瘾；演得过火，观众会感到厌烦。所以，要善于掌握分寸，特别是表情上的分寸。

人的表情不外是喜、怒、哀、乐、忧、思、悲、恐、惊，另外还有个疯，如《打棍出箱》的范仲禹。这里边有容

《清风亭》马连良饰张元秀

易区别的，譬如喜与哀、乐与悲，但是也有难以区别的，譬如忧与思、恐与惊、悲与哀，因为这两种表情比较接近，在表演时就必须掌握分寸。

就拿"恐"来说吧，这是对即将到来而又尚未到来的事情的担心害怕；而"惊"是这种可怕的事情突然来到眼前时的惊讶、惧怕，这都需要一定的分寸。

另外还有这样的情况：人物内心惊怕而表面又要装出镇静，这就更难掌握。因为，过于镇静了，观众就看不出惊怕来；过于惊怕了，观众又看不出镇静来，这样的表情是更难掌握的。好的表演既要使观众能看到人物内心的惊怕，又要使观众看到人物表面上的镇静。

演员要对人物有深刻的理解，又要掌握熟练的表演技巧。这就需要不断地勤学苦练，刻苦钻研。要注意继承，多看优秀演员的表演，又要善于创造，根据自己对人物的体会，不断地提高表演人物的能力。

表演艺术没有继承就没有基础，没有创造就没有发展。所以，我认为继承和创造对一个演员来说都是非常重要的。

扮戏

扮戏，对一个京剧演员来说也是很重要的。因为演员一出台帘，观众首先看到的是演员的扮相。所以过去的戏曲演员讲究"唱""念""做""打""扮"。扮戏，或者说化

— — 谈艺忆往

装，也要根据不同人物采取不同化装法。

现在不同于过去了。以前乐队放在中间，人来回跑，台上摆摊，和过去天桥一样。印盒、酒杯、圣旨等摆了一台，这都是过去老戏班的。解放以来，清除了这些舞台垃圾。那时候有一说法，人保戏，戏保人。当初"人保戏"在老先生那时候很多，说一个梨园掌故吧。有一个唱老旦的叫谢宝云，谢老先生，谢喇叭，听一句，观众就过瘾了。现在举个例子，梅兰芳先生，艺术成就不用说了，有的观众没有看过梅先生，到了北京后，要看看梅先生的戏。不管什么戏，就是看一看。梅先生艺术成就好，两全其美，这就是人保戏。"戏保人"就是要求内容好，戏剧性强，政治意义有，加上演员技术在里面，保证能演好，这就是戏保人。

不是说老前辈不好，他们和我们处于的社会不同，环境不同，要求不同。所以，现在观众要求看全面，不是看一个人。所以，演员都重要。由主要演员，到次要演员，只有小演员，没有小角色。斯坦尼斯拉夫斯基在书中也谈过，做演员的不要有自卑感。说我们是班底，是零碎。每一个同志扮上戏，是话有多有少，唱有多有少，不要说我是上去混，这不可以。现在是新社会，不要有这样的看法。

扮戏首先要干净。我是提倡"三白"的，护领、水袖、靴底一定要白。同时，扮戏前要剃头、刮脸，保持干净，扮出戏来才能美观、神气。将来大家上年纪了，也要把这种精神传下去。扮戏同样要根据人物的身份、性格、年龄和戴什么髯口、穿什么行头来决定怎样抹彩和彩的浓淡。

譬如《战太平》的花云是武将，彩可以重一些，头勒得高一些，戴荷叶盔，挂黑三，就显得威武精神。如果《御碑亭》的王有道也按华云这样扮，彩很重，头勒得很高，眼窝很深，就太武气了。王有道是个书生文人，彩可以淡一些，头可以勒得低一些，戴高方巾，挂黑三，就显得儒雅、潇洒。扮戏要有分寸，《审头刺汤》的陆炳是个挂花白胡子的人，他抹彩就要更淡，洗罢脸，薄薄地抹点彩，挂上黪三就可以了。因为像陆炳这样的人物，也有武气，锦衣卫出身嘛。他与汤勤的对话都是很激烈的。给他拍一脸粉，太白了，就不像了。至于戴白胡子的薛保、张元秀，彩就更要淡。特别是要注意眉毛，不能再抹黑。不然，雪白的胡子配上两道浓黑的眉毛，就会损害人物形象。

所以，京剧老生的化装也不能只为了漂亮而不考虑人物身份、性格和年龄等等。

台上容易出现的差错及防止办法

根据我个人的经验，舞台上出事故会影响演员演出，演员在台上出一点儿小错就要"破气"了，小则影响这场戏的气氛，大则影响一出戏，使演员不能进入角色。

台上经常容易出差错的是马鞭、宝剑、带襻、盔头、把子、水袖、甩发、髯口和发髻。

马连良在扮戏

马鞭容易断鞭绳，绳子一断，马鞭掉在台上，多好的趟马也要减色，而且会引起观众的哄笑。所以，演员在上场前一定要看看马鞭绳是否坚实。宝剑也是容易掉的，上场前一定要检查挂宝剑的绳子，同时，舞蹈动作多还要检查一下宝剑会不会甩出鞘外。如果剑口太松，就要想办法把剑口按紧，防止在舞蹈时甩出去。

玉带襻绳上场前也是应该检查的。不然，戏演到一半，玉带襻绳一断，玉带歪在一边，不但影响形象美观，而且会影响演员的表演和观众的注意力集中。

盔头勒紧了不舒服，可是勒松了容易掉，尤其是动作多的戏，特别是武戏，更要把盔头勒紧。不然，一出很火炽的《挑滑车》，结果盔头掉在地上，等于前功尽弃。

把子也是容易出问题的，往往在开打的时候，枪头会甩出台去。所以，在上场前要检查一下，枪刀的头是否坚实，以免临时发生事故。

水袖有很多舞蹈动作，不注意就不容易耍好。我认为水袖不宜过长，一尺多点儿正好。如果穿褶子，袖口肥就缝上几针。在袖口的地方，里面再衬上八寸多薄布。这样耍起来就能圆。当然，耍水袖靠功夫，可是袖口的帮助也很重要。

甩发和发髻也是容易出事故的。而做工老生用它的地方又很多，怎样才能保证不在台上把甩发和发髻甩出去呢？我自己研究了一个办法，这些年试用以后觉得还比较保险。

发髻前的鬓发只靠包头压着并不保险，动作一大，发髻就要往后窜，容易掉在后头去。我在发髻底下这个圈的地方用黑白线把发髻管住，然后勒在包头里，这样前后都保上险，不管怎么甩都不会掉了。

甩发也是这样，在网子圈这个地方，用线做两根绳，把甩发捆上。然后，把绳子拉到后面去，跟网子后面的两根绳结在一起。这样，除非整个包头全掉，否则，甩发是不会掉的。

会、通、精、化

一个京剧演员在艺术上的成长，大体都要经过"会""通""精""化"四个阶段，这四个字包括很多。

什么叫"会"？比如剧团排一出戏，给我剧本，我就会我一个人的，前、后、左、右，生、旦、净、末、丑，他们是怎么回事，全不知道。我就管我老生这一个，其他角色不明白，这个不行。一定要全剧都会，花脸怎么样，旦角怎么样，小花脸怎么样，小生怎么样，龙套怎么样，全要了解。会有很多好处，用我们行话说，要会"总讲"。这是"会"，全剧要会。否则，你的表演就受到制约。

从唱上讲，"会"就是学会京剧的基本唱法。幼年时期开蒙学戏，总是先学几出唱工比较多的戏。例如，《黄金台》里有［二黄导板］［回龙］［原板］［碰板］［散板］；《捉放曹》里有［西皮散板］［二六］［顶板］［慢板］；《奇冤报》

里有［反二黄］；《连营寨》里有［反西皮］。 这几出戏学会了，老生戏的基本唱法就都会了。

"通"，就是要通达。一出戏，什么朝代的背景，生旦净末丑的演员都包括在内，要研究这些人物的性格、台词，要通达了。同时要明白锣经。一个演员，尤其是唱做工老生的，锣经是最要紧的，它是帮助我们演做派老生的一大部分。演员要明白锣经有很大好处，比如今天在音乐堂演出，我在台上应该怎么走？打一个 ［水底鱼］，这个锣鼓的长度是一定的，没有伸缩性的。不可能今天台大就多打几锣，台小就少打几锣。过去我们经常在一个客厅里，要演一出《打鱼杀家》，怎么走，一定要掌握锣经。

在唱腔方面，"通"就是了解这些唱表达什么样的感情，以及进一步理解唱法的基本知识。基本唱法学会了，就要深入一步，体会每句唱表现什么样的感情、什么样的情绪。同时，进一步理解演唱的知识，譬如字要分四声、阴阳、尖团、平仄、切音；气要分换气、缓气、偷气、就气；板有三眼一板、一眼一板、坠板、垛板、顶板、闪板，以及腔由板上转或眼上转。唱时要注意大与小、阴与阳、快与慢、连与断的对比变化等等，因为不了解这些就不知道为什么要这样唱。

"精"，我们要加工，一出戏要精雕细刻，要摆技术在里边。哪一场是高潮？不能一出戏由头场到末场都是高潮，也不可能，演员精力没有那么大。要精益求精。

在唱的方面，就是要通过勤学苦练，把唱的技巧掌握到纯熟的程度，用来表达感情。譬如，京剧演员讲究要有"心板"，就是说一个演员用不着用手拍着板唱，心里就有准确的节奏，就知道哪里是板，哪里是眼，唱的时候就不会荒腔走板。不经过系统地勤学苦练，要达到这样水平是不容易的。而演员必须有心板，因为演员在台上不但要唱，而且要做，不仅有表情，而且有身段。唱的时候没有心板，板眼就不准确，顾了板眼，顾不了身段；顾了身段，就忽略了表情。结果顾此失彼，手忙脚乱，还谈什么创造人物。所以，演员首先要锻炼自己的心板，把板眼变成自己演唱时的一种自然而然的节奏。

换气也是很重要的。会换气的演员，一句唱要换几口气，而观众并不觉得。我认为京剧的唱不能全靠嗓子，要靠气。气掌握不好，嗓子就不会耐久、好听。像《甘露寺》的"劝千岁杀字休出口"、《借东风》的"借风"那段唱，都是靠气口的均匀、换气的巧妙才能唱到底而又听起来不费力气。所以演员除了练嗓子，我觉得还要练气，就像笛子一样，笛子的笛膜好比声带，没有气你就吹不响它，唱也是同样道理。同时，换气的地方合适与否同样会影响唱腔的优美和艺术效果。譬如，《群英会》里鲁肃唱"他笑我周都督用计不高"，我唱"用计"的时候，后面有个"有气无声"的腔。很多人唱这一句，认为既然无声就可以利用这个地方缓气，结果破坏了腔的圆润，而且影响了舞台效果，所以这地

《甘露寺》马连良饰乔玄

方需要一气呵成。换气讲究在板的前面或后面，都要看情况而定，不同的换气方法就产生不同的艺术效果，这也是非练不可的。

"化"就是把一切技巧融化在自己的表演里，自由地来表现人物的思想感情，也就是演员在台上要达到忘我的境界。

我演宋士杰，一出台我就是宋士杰，而不是马连良了。我要用宋士杰的感情，来感受宋士杰所遇到的一切，宋士杰应有的喜、怒、哀、乐、忧、思、悲、惊、恐我应该都有。这里，观众也就把马连良忘掉了，也忘掉了他们是坐在剧场听戏，好像也身临其境一样，被台上发生的事情所吸引，在感情上起了共鸣。演员把戏演到这种程度，才算是真正到了"化"境。

所以，不论扮演什么角色，也不论这个角色在戏里活儿多少，都应该一丝不苟，全神贯注，都应该按照会、通、精、化的顺序，准备和演出自己所扮演的人物。

演员只有到了这样的程度，他才能真正做到随心所欲、得心应手，把技巧运用到自如的地步，把心曲变为活曲，创造性地演唱出各种不同情感的唱腔。既准确而生动地表现剧中人的思想感情，又使观众感到优美动听，从而得到艺术上的享受。同时，唱法中又具有演唱者个人的独特风格，使观众一听唱腔，就知道演唱者是谁。

京剧演员大体上都要经过这四个阶段，循序渐进，就像练习写字一样，先临帖学习正楷而后才是草书，然后再写成自己的字体。唱法同样要在继承前辈艺术家的优良传统基础上，创造自己的演唱风格，譬如我的唱法就是继承了谭鑫培老先生和贾洪林老先生的唱法，再结合自己的体会和天赋条件摸索出来的。

-（原载：北京宝文堂书店 1960 年 2 月出版《戏曲艺术讲座（第四集）》）

心情舒畅话传艺

　　我荣幸地被邀参加了政治协商会议第三届全国委员会第三次会议，在听到许多领导同志的报告之后，深深地感到祖国建设事业的确是前途似锦。想到这里不由得心花怒放，兴奋异常。在这样的鼓舞之下，情不自禁地就联系到本位工作。几年来，我虽然也进行了一些整旧创新以及教学传艺工作，可是，与迅速发展的社会主义建设形势比起来，相形之下就显得太少，跟不上人民事业的需要，实在是知所惭愧。

　　在三届三次政协会议结束后，正好有几个在外地工作的弟子来到北京，为了贯彻大会精神，联系本部门业务，努力设法更好地为广大人民群众服务，我举行了一个小型的"师生会"，进行座谈。参加会的弟子有王金璐、言少朋、李慕良、马盛龙、梁益鸣、尹月樵、冯志孝、张学津和刚刚拜师的田中玉。另外，还有对我的艺术生活比较熟悉的周和桐和迟金声两同志。这个座谈会是用闲聊天漫谈的方式进行的，我直接向弟子们要意见，弟子们也本着爱护老师的心意提出许多有益的建议。师兄弟之间也毫无顾虑地对一些问题进行热烈的争辩。师生之间情感的亲切，绝不是旧社会中那种封建师徒关系所能相比的。过去徒弟对于老师哪一出戏或哪一点艺术处理有怀疑或不同的看法是不敢提出的，但是，这次我们师徒之间就不存在这种情况，而是彼此心情舒畅，话讲透了，感情越发融洽。这种崭新的师徒关系是新的社会制度所赐予的，我衷心感谢党。

我在这里只想谈谈有关师徒之间的"教"和"学"的一些体会。

首先，青年演员或学生在开始学习某一个流派的艺术之先，必须有瓷实的基本功打底子。这就是在基本功上一定要经过较长时期的严格训练，否则将来绝不会有好的成效。比如我们练习写字，一开始总是要先描红模子，等写得相当熟练的时候，才能根据自己腕子的劲头儿、笔锋的软硬，选择名家的书帖，再仔细临摹。又如小孩儿入学也一定是先从初小一年级读起，然后循序渐进，没有看见哪一个小学生一开始就上大学念专业课的。

其次，学习流派，要看演员本身条件是否合适。如果唱老生学高（庆奎）派，必须有一条高亢入云的嗓子；如果学余（叔岩）派，嗓子则要求淳厚有味儿。不然的话，单凭个人爱好而不考虑本身条件，学起来即使是下了很大的功夫，恐怕事倍功半，效果也很难如意。

第三，教和学某一个流派，要善于发现并掌握其特点。任何一个独具风格的表演艺术家的表演艺术总是随着青、壮、老不同的年龄阶段向前发展变化的。在青壮年时代，表

马连良与弟子高一帆（左二）、徐敏初（左三）、～～～～～～～
言少朋（右三）、徐明策（右二）等合影

演一定是劲头十足，一丝不苟，叫人看了解气。到老年受生理条件的限制，有些戏或表演动作不能照原样使用，可是演员积累了多年的舞台经验，则从另外许多地方增加了更丰富的表演内容，巧妙地代替了他所不能原样表演的东西，使观众看了感觉比以前的表演更精湛、更优美。因此，既要求老师把某一个流派的艺术从先到后地全部传授，弟子们则又要学早年的"足"，又要学晚年的"深"，善于选择糅合，不能有所偏废。在剧目的变化上也不例外，像我就是由于年齿差长，故对有的戏和有的戏里的唱念动作逐渐提炼或予以变换。有人还误解为学"马派"只要做和念不错，连唱上也不深究，会了《四进士》《借东风》等就齐了。这是不对的。这样学下去，怕是很难达到"青出于蓝"的境地，而我又是多么希望他们能比我好哇！所以我准备根据我的学生们他们自己的条件，分别教他们一些我在早年常唱的《定军山》《辕门斩子》《四郎探母》《焚绵山》和《龙虎斗》等戏作基础，以便他们将来能在这样的基础上向前迈进，攀登高峰。不过，必须说明的是，在学习和模拟阶段最好是亦步亦趋地照模子刻，不必过早地追求发展。要知道在这一个阶段照原样学习和演出，正是为将来发展铺平道路。如果一上来就边学边发展，反而会使真正的发展受影响。一定要等自己的表演艺术有了相当成就，条件成熟自然会向前发展，水到渠成。

在"教"与"学"的过程中，老师一定要本着爱护弟子的原则，要求必须严格。弟子也一定要以尊重的态度认真学习。师生之间的感情必须建立起来，通过教学关系再逐渐增进。具备以上的条件基础，老师教起来才不会客气敷衍，弟子学起来才容易接受。

–（原载：1962 年 6 月 10 日《天津日报》）

就任戏曲学校校长有感

我怀着极为激动和兴奋的心情，接受政府委任的北京市戏曲学校校长的职务。记得当我初次跨进学校大门的时候，可能是由于心理作用，好像看在眼里的每一个人、每一间房舍，甚至一草一木，都分外显得亲切。当时我想，这一天的时光如果能够过得特别慢，叫我能更多地印上些永不磨灭的记忆，那该多么好啊！

初次从事戏剧教育领导工作

培养道德品质优良和业务能力高超的戏曲艺术接班人的任务是很重要的。对于我这个大半生只是在舞台上活动的演员来说，从事戏剧教育的行政领导工作，还是一个新的尝试。我们学校在政府的关怀和领导以及我所敬佩的亡友郝寿臣前校长的辛勤主持下，所得的成绩昭昭在人耳目。我深感自己马老而不尽识途，有负政府的期许；然而这也使我得到鼓励，受到鞭策。学校已经具有如此良好的条件和基础，只要有充分信心和决心，依靠领导，依靠同事，工作是肯定可以做好的。

近年更着意培养弟子

从培养下一代的工作来说，如果算一笔总账，我的弟子是很多的，不过像近年来这么着意培养，倒是过去没有的事情。两年以来，我和梅葆玥、马长礼、冯志孝、张克让等青少年演员和学生们的接触较多，有人把它叫作"四代同堂"，的确是桩新事。在外地工作特地赶来学习观摩的弟子，像沈阳的尹月樵、青岛的言少朋、烟台的王少元等，近两年也特别多。他们因条件不同，不能同学一种戏路，因此，我采取"因材施教"的方法，对他们分别教授个人需要学的戏。像梅葆玥和尹月樵，她们以前偏重演唱工戏，为了使她们在身上、脸上多锻炼，就分别给她们说《打严嵩》和《问樵闹府》。冯志孝是中国戏曲学校毕业生，他的情况又不同。他在毕业以前就时常看我演戏，听我的录音，并且经常模仿我的各种动作、念白和唱腔。我还听人说，他至少有四五个月的工夫，每天早晨到景山公园去念《淮河营》的词儿。但是他在表情方面显得不怎么出色，所以我就教给他一出偏重做工的《失印救火》，继之又教了一出《淮河营》。他和梅葆玥有一个共同的特点，就是有股钻劲儿，如果有一个动作做得不对，不好看，或是有一句唱腔唱不好听，他俩宁可不吃饭，不睡觉。有一次我告诉冯志孝说：戏里所有的动作、神气，一定要没事时经常练习，熟能生巧，才会"运用自如"。他听了以后立即照行，甚至有时连坐卧也在练习他所学的戏。有一天他在公共汽车上背戏，一时忘形，竟大声唱起〔导板〕来。他经常因为在车上背戏坐过了站，或是忘了买车票。今年春天我去天津，以及前些天我去张家口演出，领导还特别让他带了录音机赶去看戏，看完了戏学戏。好几次我演完戏以后，虽然有些疲倦，但是基于他的好学精神仍然对他进行帮助。他好学、肯练，显得特别踏实、稳练。

后生可畏

张克让才 15 岁，只有两年的学戏历史，他跟我学的《清官册》《借东风》《奇冤报》，演得很出色，大家都叫他"小马连良"。他是我学生中最小的一个，为此我在春天还特地和他合演一出《清官册》，他演前半出，我接后半出，有人说这也是桩新闻佳话。因为五十多年的舞台生活中，和我合作扮演同一个角色的演员里，连二三十岁的演员都很少，像他这样 15 岁的小孩子，可以说是第一遭了。

就任校长后，学生们还为我专门演出一场戏。当天我发现演《断密涧》中王伯当的小学生，不仅扮相好，嗓子好，而且在气度、动作上还很老练，一点不像十四五岁的小孩儿，一问才知道他叫安云武，听说他正在学《刺汤》。于是我就要他在假期间，由老师带领到我家来，再亲自指点一下话白里的轻重音，眼神、动作上的一些小节骨眼儿等。这是

马连良给弟子张学津（左一）、冯志孝（左二）、马长礼（左三）、〰〰〰〰
梅葆玥（右一）、张克让（右二）说戏

个非常聪明的孩子，很多细小的地方，经人一说，立刻领会，而且还表演得很自然。他和张克让都学的是文戏，没有靠背基础，我准备给他们说《定军山》《南阳关》《磐河战》这类的靠背老生戏。

不辞马老画龙点睛

像这些有天赋又肯用心的青少年，赶上今天这样的好时代，再经过仔细的培养，将来的成就，肯定会比我们老一辈强得多。说实在的话，我是多么希望他们将来比我们强！因此我今后除去演出和整理表演记录以外，准备把精神放在学校，放在下一代的身上，尽可能地多教给他们一些东西。尽管他们都有自己的专任老师，可我还是想对他们做一些课外的加工，以求起到画龙点睛的作用，为学校、为戏剧艺术事业更多地培养出一些优秀人才。根据目前他们的成绩来说，这个愿望不是一句空话，而是必然会实现的事实。

－（根据 1962 年马连良先生谈话录音等资料整理）

笔札诗词

启事文告

～

为"五卅运动"义演的倡议、
启事及筹赈收支明细

【编者按】为响应五卅运动，支援上海罢工工人，马连良提倡华乐园、和胜社全体义演。于 1925 年 6 月 15 日在北京华乐园夜场，他与朱琴心、荣蝶仙、郝寿臣、姜妙香、刘景然、慈瑞泉、茹富蕙等合演大轴全部《四进士》，饰宋士杰；并演出压轴《盗宗卷》，饰张苍。另有《芦林坡》（方连元、许德义）、《武家坡》（孟小如、吴彩霞）、《冀州城》（周瑞安、蒋少奎）等戏目，所得收入汇交上海总商会，并寄书上海，刊义演倡议、筹赈收支明细于上海《大报》，发启事于《京报》。

义演倡议

此次沪案发生，国人同愤，一致主张，与暴国经济绝交，刻下唯一要图，在募集款项，救济罢工各同胞。连良虽以艺糊口，亦属国民，念苦工困状，自惭力微，不能补救，今纠合同人，于本月十五日，演义务夜戏一夜，所有收入票银，尽数寄沪，虽杯水无济于事，而众志亦可成城，区区之意，将欲借此以为之倡耳。我公雅量热肠，素所钦佩，对于沪案，其鼓吹维护之热烈，可想而知，特此陈告，乞刊登贵报，并转海上各报记载，则连良此举虽小，或得收万倍之功效，未可知也。

连良谨上

－（原载：1925 年 6 月 18 日上海《大报》）

义演启事

沪案发生，举国发指，同仇敌忾，一致奋兴，我沪上同胞以力争国权之故，罢市罢工，用为声援，第恐生计所关，中懈堪虞，自应急募巨款，汇资救助，在人悲愤填胸，责无旁贷。自知绵薄微弱，尚有一艺自鸣，爰于六月十五日（星期一）演夜戏一夜，将所有票价，悉数拨汇援助沪上罢工罢业同胞，各界士媛，爱国心同，耿耿热诚，不甘人后，尚希惠然肯来，共襄盛举，愿竭声技，特表欢迎，此启。

华乐园、和胜社，马连良、朱琴心、荣蝶仙、
郝寿臣、周瑞安、万子和、吴明泉、姜妙香谨启
－（原载：1925 年 6 月 15 日上海《大报》）

义演筹赈收支明细

（甲）收入项　共发出票价洋一千二百七十一元（各校后援会经手），收回退来价洋一百四十四元二角（各校后援会与荣蝶仙经手），两抵实收票价洋一千一百二十六元八角（《京报》经销票价洋三百九十四元，马连良经销票价洋二百三十元，荣蝶仙经销票价洋三百四十三元二角，各校后援会经销票价洋一百六十八元六角）。外收外交部朱参事凤千捐洋五元（《京报》经手），两共收洋一千一百三十一元八角。

（乙）支出项　付前台租园电费、后台班底四值交场角色伙计场面、登报传单、游行广告，洋三百元（荣蝶仙经手），付登《京报》广告两天洋十六元，付登《晨报》广告两天洋十六元（《京报》经手），付登《群强报》广告洋十元（马连良经手），付印戏票洋三元六角（《京报》经手），共付洋三百四十五元六角。收付相抵实存洋七百八十六元二角。

－（原载：1925 年 7 月 15 日上海《大报》）

为济青不名誉事辟谣启事

【编者按】因天津某报为吸睛促销，不惜对马连良信口开河造谣中伤，极尽恶意诽谤之能事，并谓存有证据云云。为正本清源，马连良亲自去函济南、青岛，请当地政府官员予以澄清。当地接函请后，青岛公安局长董荣卿、济南公安局长王恺如、山东实业厅长王芳亭等均来函，证明清白，于是谣言不攻自破。足见伶人实为弱势群体，生存艰难不易。马连良相关函件陆续在北京《京报》《全民报》及上海《罗宾汉》等报纸刊登，并发布辟谣启事。

敬启者，连良操业笙歌，束身礼教，孜求艺术。讵逾防闲，每获栽培，竭诚感戴。即有指责，尤所欢迎。是知不我遐弃，诲而教之。非我而当者，宁非我师耶？惟艺冗事繁，应酬不免疏忽；材轻力弱，求谋或难尽遂。虽云无愧我心，讵能尽如人意，故于人容有开罪者。然而琐琐之讥，付诸哂笑；悠悠之口，纳以包容。不图含沙喷血，乃愈出而愈奇；捏黑造白，竟再接再厉。诋毁漫骂，诚有不容不断断置辩者。连日平津某某数报，突然登载：连良在青（有谓在济者），因某项不名誉事项，被捕罚锾游街等情。言人人殊，千疮百孔，甚且加以訾骂，策以处置。对于连良，既下井投石，更切齿而甘心。噫，此何事，而可以信口雌黄者！既云被捕罚锾，则法院具在，有无其事，覆按何难？此曰在青，彼谓在济，或云烟案，或谓拆白。连良何罪，而咄咄逼人如此。矛盾之谣，不攻自破，诚恐辗转传闻，众口铄金，曾参杀人，或有误为实事者也。兹为缕述连良此次赴济转青情形，以照真相。计在济游园献艺八日，承各界热烈欢迎，连良受宠若惊，至今犹感。在青演戏十日，观众赞许，不减济垣。本拟即日言旋，适以家慈到青，奉母游历，旅迹因少羁迟，奉侍晨昏，未离跬步。初未知霹雳青天之所自也。连良现在已旋平，报纸宣传，承劳戚好讯问，谨陈事实，用辟谰言，以释广注，此启。

-（原载：1932 年 8 月 25 日上海《罗宾汉》）

丧父哀启、义演启事

【编者按】马连良父亲马西园先生生于清同治七年四月初三日，于 1935 年 8 月 1 日逝世，享年 68 岁。遵父遗嘱，马连良于 9 月 16 日在吉祥戏院为湖北水灾救济筹款演出义务夜戏，与朱琴心、马富禄、何雅秋、高连峰、马君普等合演全部《清风亭》，饰张元秀。另有《英杰烈》（叶盛兰）、《挑滑车》（杨盛春）等戏目。于 9 月 17 日在华乐戏院为崇外雷家胡同清真小学演义务夜戏，与侯喜瑞、李香匀、叶盛兰、马春樵、马富禄、李洪福、李多奎等合演全部《甘露寺》，马连良前饰乔玄，后饰鲁肃。另有《打瓜园》（叶盛章、阎世善）、《四五花洞》（李世芳、毛世来、袭盛戎、诸世芬）、《战太平》（叶世长、沈世启）、《滑油山》（时世宝、赵世昌）等戏目。刊发哀启及义演启事于报章。

哀启

先父体气素强，孝友仁让，秉性成习。先世鲁籍，展转经商，遂留寓故都（即今北平）。先父昆季六人，先父居长，家叔心如居仲，家叔昆山居三，四五先叔已前后弃世，六叔沛霖最季。先父率诸弟等从先祖父经营商业，上事萱堂，下范手足，固无事不先诸昆季而茹苦含辛，后诸昆季而乐也。顾人丁虽盛，而事业凋零，复以先祖父年事已高，而诸叔尚幼，支撑调剂，惟资先父一人。先父年三十，家慈满夫人来归，升斗蝇头，尝苦不足仰事俯蓄。乃弃商入前清所设绿营，于役巡牌，以勤奋积劳，累迁千把。彼时营制，课绩甚严，先父捕盗缉贼，勇迈绝伦，奋不顾身，宵小微迹，地方安堵。然缉访綦严，而审慎至密，尤虑妄事株连，严明仁厚，有如此者。嗣以营制腐败，夤缘大行，先父以戆直之性，不善阿谀，不尚奔走，每劳当先，论功居后，乃灰意功名。连良犹忆儿时，先父尝顾谓曰：从事社会事业，亦何不可？时诸叔父已先后入梨园，操业笙歌。先父以粉墨登场，操业虽殊，固上不必媚权，下不至累民，自食其力，问心自觉稍安，连良昆弟之业梨园者，职此。从事梨园，谬承各界赞许，足迹几遍南北，升斗之余，差堪上奉甘旨。先父每于暇时，辄为训教，谆谆以慈善事勉连良，故任何慈善义务，连良莫不身先恐后，盖以秉承庭训，无敢或违。先父年虽花甲，精神矍铄，赞襄义举，尤不惮勤劳，孜孜不倦。对于清真教务，崇奉更殷，北平礼拜寺，捐与殆遍，西北公立小学校，赞划尤多，经西北小学公推为董事长。教中先进，对先父推崇备至，众望所归，群情翕然。吾教达人，如前教育部长马振老，与先父研谈教务，时相过从；已故之马云亭将军，军旅倥偬之际，节莅北平，每与先父盘桓，投契相慕，钦佩有加，特约共摄一影，其见重于同教中者盖如此。壬申之秋，先父忽病尿血症，经协和医院诊察，系膀胱炎症生瘤，谓非施以手术不免痊，不得已乃施割治。病势虽瘳，而体力因益羸弱，卒以年老气衰，迄未能复元，时发时愈，已不若前此之健康矣。连良操业笙歌，萍踪靡定，不能省视晨昏，日侍左右。先父起居，或感不适，是皆连良奉侍无状之罪。今岁正月，先父疾剧大作，中西医兼治，难得暂告微瘥，而病入膏肓，缠绵已难恢复。近复饮食锐减，精神恍惚，医药罔效，延至民国二十四年八月一日申时，竟以不起。连良罪戾曷极，不自殒灭，祸延先父，竟于日前见背，归主以去。连良抢地呼天，哀号稽颡，连良从此永为失怙之人矣，不孝之罪，万死奚辞。只以萱堂健在，讵敢自贻毁伤，以重邀慈帏之痛苦耶？苫块昏迷，语无伦次，对于先父之善行懿言，未敢湮没，惟昏瞀之际，不能状述万一，兹谨逐其概略，哀告于教戚友世谊之前，以彰先德潜光，而自谴责。呜呼痛哉，庭训之言犹在耳，先父之音容笑貌，宛在目前，缅如平日，而连良丁此毕生哀怆，复何言哉，泣血陈辞，伏维矜鉴。

–（原载：1935 年 8 月 7 日至 9 日上海《戏世界报》）

义演启事一

敬启者，连良现丁父丧，揆诸礼制，本应守孝百日，惟先严弥留之际，正湖北水患之时，临终遗嘱连良守孝四十日后，即须演唱水灾义务戏，并须同时演唱西北小学第二部筹款义务戏，一拯灾民，一济学子。连良谨遵父嘱，定于国历九月十六日，邀请扶风社全体同仁，在吉祥戏院演唱湖北水灾义务夜戏；十七日邀请回教剧界同人，及富连成社全体，在华乐戏院演唱西北小学第二部筹款义务夜戏，并已荷同仁热心赞助，连良则尤属先志攸承。义举所系，不得不捐体急公，墨经从事，谨此郑重声明，伏祈各界谅察。

–（原载：1935 年 9 月 12 日《京报》）

义演启事二

敬启者，现以江河水灾浩大，哀鸿遍野，敝社同仁等自动发起，定于九月十六日（星期一）夜场，在吉祥戏院演唱救济水灾义务夜戏一晚，以尽绵薄。是晚所收票款除必要开销外，其余扫数送交湖北赈济机关转汇被灾各地，以救灾黎。马连良、朱琴心及扶风社全体同仁概尽纯粹义务，希各

马连良父亲马西园及母亲满氏

界立沛施仁，共襄义举，踊跃参加，是所切盼，此启。

－（原载：1935 年 9 月 16 日《京报》）

附：

马连良救灾兴学

卓然

名须生马连良，其艺术已驰誉全国，无庸赘述，而其当仁不让，见义勇为，尤足钦佩。数月前其封翁马西园先生病势危笃，连良亲侍汤药，迨至西园先生逝世，连良不登舞台者，几近三四月之久。连良四十日孝服届满，遵遗嘱在北平连演义务戏二日，九月十六日在吉祥戏院演《清风亭》，除必要开支，筹款四百三十八元五角八分，悉数函送湖北旅平同乡会汇往灾区；十七日在华乐戏院演唱全部《甘露寺》，筹款一千二百余元，完全捐助西北小学第二部。一则赈济灾民，一则补助教育，两日来竟不惮疲劳，连演重头杰作，洵属乐善不倦者也。

－（原载：1935 年 9 月 23 日上海《戏世界报》）

富连成科班之契约

　　无论内外行之子弟，欲入富连成科班习艺，必须先有人介绍，再经各教授审查其资质，有无学戏之资格。倘有可造之资，则由社中与其家长订立契约，并须有妥善保人为其保证，并与其家长共同签名画押。

　　其契约之格式，系用红纸折，外面书"关书大发"四字。其折内之文曰"立关书人某某某，今将某某某，年若干岁，志愿投于某某某名下为徒，习学梨园生计，言明七年为满。凡于限期内，所得银钱，俱某某某师享受，无故禁止回家。亦不准中途退学，否则于由中保人承管。倘有天灾疾病，各由天命。如遇私逃等情，须两家寻找。年满谢师，但凭天良。恐口无凭，立字为证。立关书人某某某画押。某年某月某日立"云。

　　–（原载：1936 年 1 月北平《国民导报》民国 25 年元旦特刊）

信札诗词

马连良致梅兰芳两信札

信札一

（1951 年 7 月 25 日）

畹华仁兄惠鉴：

　　前闻吾兄在汉上演盛况空前，曷胜欣慰，并闻贵体曾感不适，想返申后定必康复为颂。前者陈肃亮先生来港带来口信，诸承关念，并盼早日返归，足证爱护之深，无任感谢。弟旅港眴将三载，屡思作归，辄以俗务羁身，加以顽躯时感病痛，迁延至今。最近由汉口人民剧院约往，现已决定赴汉，约秋节前后演出。弟回来以后，一切尚仗吾兄鼎力照顾，随时赐教，是所盼祷。把晤非遥，余言面叙。即颂

　　夏安

　　嫂夫人祈代问好

　　姬传先生亦代致候为荷

弟　马连良拜启

七月廿五日

马连良与梅兰芳在化妆间～～～～～～～～～～～～～～～～～～～

信札二

（1957 年 5 月 5 日）

畹华大哥：

您好！您去年在各地演毕回京后，我们又赴长沙等地演出。在京时进行整团，诸事繁杂，经常开会。外出时，由于合团的影响，种种活动多起来了，就没经常给您写信，请您原谅吧。

日前接到啸伯同志来函，谈到您对会上的支持和演出时的热诚，这是您一贯的精神，可见对同业的关怀了。

听说冯六爷到京了，身体定很健强，请代为问候。

我们在长沙演出情况很好，五日期满即赴上海。十四日演出情况如何，再给您去信。长沙气候不佳，仍穿棉衣。北京流行病虽见好转，您也要多加保重身体为要，并望时赐函示。

专此，即祝

顺遂

问嫂夫人安好

姬传兄、玉芙同志等问好

君秋问候阖府均安

慧琏附笔问候

弟　马连良敬启

五．五．

－（原载：文化艺术出版社 2015 年出版《梅兰芳往来书信集》）

马连良致李玉书四信札

【编者按】1952年夏，马连良先生在京成立马连良剧团后开始出外巡回演出。冬季在牡丹江演出期间，收当地著名女须生演员、牡丹江市京剧团副团长李玉书为徒，传授马派表演技艺。自此以后，李玉书孜孜以求，不断上进，并时常与师父书信往来，探讨艺术，为马连良所称道。为进一步学习马派艺术，李玉书1955年移居天津，后任天津前进京剧团团长兼领衔主演。

信札一
（1952年12月27日）

玉书贤弟：

在牡临别，看出你依依惜别。一片情肠，我也感觉得。在牡期短，没有给你说一点技艺，留待他日吧。我和你师母一行人已于廿五日午间安抵沈阳，住在东北旅社471号，一切都很好。订新年一号起在东北京剧院公演十余日，即行遄返北京。

吴炳璋同志最近将与张鸿声同志通信。信件由你转达，一切多从旁撮合吧。

　　牡市《梁山伯　祝英台》近排成否？我们昨天在沈看过了川剧代表团演出队公演的《柳荫记》，表情非常柔媚深透，感动人得很。唱词也非常流利文雅，可资借镜也。

　　牡市京剧团诸同志望一一代候，并问子平同志安好！

马连良　手启

十二月廿七日

信札二

（1953 年 1 月 7 日）

玉书贤契：

　　在盼望你回音的时候接到你的来信，非常快慰，并且得悉你的近况。函中所叙你的志愿和对为师一片孺侬之情，殊令人感动也。

　　世海、慕良、元庆等信，当一一代为转致。皆人欢喜，嘱在复信时问候你们。

　　我在沈东北京剧院自一日公演，今已六日，排日满堂，营业至佳。决演到十一、十二日，全体返回北京。你师母和萍秋师妹，现已于五日返北京料理家务。沈阳天气近日稍寒，我的起居饮食一切都好，承你们惦念，特相告知。关于前赠你们相片，款书贤弟，按照古俗，为师称徒贤弟或徒弟之礼。喜增师兄附来赐函已经读悉，并请转陈，尚容缓相设法。书此手复，俟返京后再有详函。

顺祝

学习进步！

季子平同志同此问候

世海、慕良、崇仁、元庆附笔问候

代问周师兄好

温如　手书

一九五三、一、七

信札三

（1953 年 2 月 22 日）

玉书贤契：

春节声中接到来信，欣悉牡市京剧团日益加强，组织合理，将来大有开展，甚代欢喜。承你远道为我祝寿，足见关怀。我的生日是正月初十日，不是初四日，我预先接受你的贺意了。

现剧团正月在京出演，每日预售客满。正月廿日将往天津，出演中国大戏院半月。

特复，并问春节快乐！

子平同志均此

牡市诸友一一代候

马连良　手书

二月廿二日

信札四

（1953年3月14日）

玉书贤契：

　　接你来信，非常快慰，我和你师母等在津身体甚佳。在中国大戏院演出是每日满堂。大约在津一月之后，须仍返北京，与中国戏曲研究院京剧三团诸同志做全国示范演出的准备工作，一时暂不能出外。老妹妹的相片容拍照后再寄。你们在牡身体很好吧？对演出情形随时函告。

　　此复，并问近好！

　　子平同志均此

　　世海、慕良等均附问好

温如　手书

三月十四日在津

马连良与弟子李玉书～～～～～～～～～～～～～～

马连良致张梦庚信札

【编者按】张梦庚，河北人。1938年开始从事戏剧活动，1940年入延安鲁迅艺术学院，1942年任延安平剧研究院演员、文书科长、院部秘书。新中国成立后，历任北京市文教局文艺处副处长、北京市文化事业管理处副处长、北京市文化局副局长等职务。"文革"后任北京京剧院院长兼党委书记，对推动和弘扬马派艺术贡献良多。此信札为马连良剧团在外地演出期间向北京市文化局所做的工作汇报。

梦庚同志：

我在来南京以前，曾叫元庆给您通电话，希能走辞面谈。因为您公忙，没能见着，后来我在长安遇见刘卓群同志，托他给您带信，想已带到。我们匆匆离京，现已到南京。这次我局扩大组织，加强机构，我们特向您表示庆贺。更对您继任副局长，为戏剧界领导得人贺。同时，我们对张季纯先生荣任局长，也很盼望和他见上一面，畅谈一回。也因忙着出京，未得机会。等回京的时候，再行晤面吧。请先代我们表达这一片心意。

我们的剧团，在十一号南京中华剧场起演半月，以次再转上海天蟾舞台演一个月，即行返京，不再去其他各处。现在南京业务很好，原想先演场招待慰劳伤病休养员戏，因为得到宁市组织指示，在组织好以后再演。这次出来，团里全体团员对于遵守团章，较前有了进步。一切很好，并为大家组织了集体伙食。适值浙江国风昆苏剧团来宁，大家作了观摩并为交流剧改经验开了座谈会，大家的生活情绪都很好。在南京的戏票最高价也改为一元五角，这样可以逐渐地适合群众的要求。

我们到上海演出时间已确定为四月卅号起，先演场慰劳军属及招待文艺界机关首长戏，五月一日起正式营业。请您转知我们的剧管科负责同志，写封给上海市文化事业管理处的介绍信，说我剧团在四月卅号起在天蟾舞台演一个月，仍寄交南京中华剧场转我团，以便持往，我们非常感谢。另外，您在上海有什么帮助我们的朋友，也请联系一下。

听说北京寒流又来了，早晚仍穿棉衣。南京已然大热，午间显出燥旱，有时穿单衫还出汗呢，余容陆续汇报。

此致
敬礼！

萧科长、洪科长、高科长、

袁韵宜、齐冀民诸同志同时致候

吴幻荪附笔致候

马连良

一九五五年四月十五日

哭畹华兄

——调寄 [榴花泣]

今日个愁风凄雨尽飘萧，

纵草木无知也号咷；

昨夜里彷徨中庭思旧好，

气结声咽苦长宵。

羡君闻道早[1]，

穆桂英高举帅旗未摇[2]，

红梅老去枝雕，

信有那绚烂新葩待争娇[3]。

–（原载：1961 年 8 月 10 日《人民日报》）

---

[1] 畹华入党后，不唯律己极严，即对朋辈亦多所启迪，余每与晤及，言必相勉，获益深矣。

[2] 一九五九年冬，畹华新排《穆桂英挂帅》为建国十年大庆之献，以六十五岁高龄串演五十三岁之穆桂英，盖亦寓有老骥伏枥之意也。

[3] 畹华往矣，京剧艺术之损失綦巨，然在百花齐放、百家争鸣之正确政策指导下，后继者众，必能光大发扬其艺事，死而有知，当无所憾。

梨园春秋笔

畹华兄哀词

——［仙吕·锦橙梅］

思故人泪盈衫袖，
遍坰野荷泣新秋。
数十载甋觝时相偶，
我怎不长怀千岁忧！

正群芳争妍新出旧，
待寒梅再荣前启后，
不料想万花山麓添隽秀，
典型寿，
共天荒地老悠。

－（原载：1961 年 8 月 13 日《中国新闻》）

悼念郝寿臣老人

——［南吕·玉交枝］小令

怨穹苍雨又零蒙，

哭畹华泪还纵横，①

更那堪顿失京华此老翁！②

数十载素衷同，③

鸿门设宴争关陇，④

---

① 畹华兄之逝，转瞬已百十日。余哀未尽，不期素所钦敬之郝老又忽长潜，益增我悒怏矣。

② 郝老在首都之老一辈京剧艺术家中，年齿仅次于吾师萧和庄（长华）先生，以垂暮之年长北京市戏曲学校，壮怀得展，敬业至勤！盖其数十年前未偿之凤愿，始在人民世纪得以实现也。

③ 郝老与余同台，始于 1924 年，其一生艺术活动与余合作最久，亦最相契。迄乎 1938 年郝老蓄须退隐之前，犹徇余请助演十场，思之可感。嗣后余演剧净角多与郝派弟子合作，昔之袁世海、今之周和桐均是，不惟戏路融洽，亦以弗忘旧雨。

④ 1928 年 1 月 29 日首演新排《鸿门宴》，郝老饰项羽，余扮范增。项羽勾"寿字眉"，与通行谱法不同，有颊生三毫之致。其帐中饮宴一场，刻画西楚霸王性格淋漓尽致，观者甚有誉为如读子长《项羽本纪》者。

青梅煮酒论英雄。①

倚病榻追思清风，

真个是桃李门墙一片红。②

-（原载：1961 年 11 月 30 日《北京晚报》）

---

① 《青梅煮酒论英雄》旧名《闻雷失箸》，道光后即无演者。郝老得此
本于正乐育化会阎某之手，重加删润，余又为增补二场，于 1927 年
1 月 5 日在开明剧场（今民主剧场）首演，效果良佳，遂为保留
节目。

② 余于本月 24 日不慎伤腰，郝老闻之至为惓念，尚遣人致候。后二日
而郝老逝，余竟不能抚棺一哭，悲夫！然而，思及其一生作育人才，
而尤重视道德品质之教育，功绩斐然，可垂不朽矣。

信芳兄演剧六十周年致贺

广师前贤开新路，

遂启人间麒派传。 ①

信阳署外民愤举， ②

柴市街头正气坚。 ③

细按宫商三千阕， ④

大擅才子六十年。

老更昂扬歌后世，

繁花似锦缀梨园。

－（原载：1961 年 12 月 24 日上海《文汇报》）

---

① 信芳兄服膺谭（鑫培）汪（桂芬）孙（菊仙）诸老，艺事融会贯通而
又自辟蹊径，可谓得继承发展之真谛也。
② 指信芳兄之《四进士》宋士杰头公堂、二公堂及三公堂而言。余亦喜
演此剧，虽风格各异，然表彰正义老人之胸臆则一也。
③ 指信芳兄之《文天祥》。
④ 宋元间对于演员要求至为严格，当时有歌唱须熟谙"三千小令，四十
大曲"之说。信芳兄能剧极夥，戏路亦宽，故引喻以张之。

述志

—— ［双调·新时令］

溯先秦，优孟舞从容。唐宋间，猛诨时政讽。关卿搦管，勾栏战鼓咚。笔写当代，传承千古同。奈何迷蒙，只知帝王将相可怜虫！

理应唱教敌寇悚，做显工农雄！八八耄老，岂甘伏枥庸。引吭歌风，杜鹃遍山红！

我国自有戏剧，其内容就以反映现实为主。大家熟知的表演孙叔敖故事的"优孟衣冠"便是先秦的"现代题材"剧。唐代的"参军戏"和宋、金两代的"官本杂剧"及"院本"亦绝大部分都是即景生情、有的放矢。打"猛诨"的艺人虽有"无过虫"之称，然而时时遭受封建统治者的迫害。元代以关汉卿为首的许多杂剧作家的优秀剧作也以"现代题材"为多，这是我国戏剧创作和表演的主流，也是我国戏剧的优良传统。但是，今天的社会和过去大不相同了，我们有党和政府的正确领导、大力支持和无微不至的关怀，编演"现代题材"的戏剧将不只是继承历史传统的问题，而且有着出社会主义之新、反映时代精神的更为重要的政治意义。

我虽年已六十有四，可是感到十分振奋，认为这才是戏剧工作者的真正努力的方向，因此参加了《杜鹃山》的演出，并矢志依此方向前进不辍。赋〔双调·新时令〕表达喜悦的心情。

－（原载：1979 年 7 月 30 日香港《大公报》）

附：

跋《述志》

吴晓铃

　　亡友马温如（连良）先生在 1964 年 6 月间参加在北京举行的京剧现代戏观摩演出大会的演出，先后在《杜鹃山》《南方来信》和《年年有余》等剧里扮演主要人物。他曾给当时的北京市市长彭真写信，希望能够在计划排演的《山城旭日》里扮演华子良，请求允许他去重庆的渣滓洞和白公馆体验生活。不料这竟触怒了江青，骂他"越衙上告"和"搅我的戏"，并且进而横加污蔑、迫害，致之于死。

　　那年 6 月 10 日，他要我替他写一点儿东西表个决心，我写了这首 〔双调·新时令〕 的散曲小令，发表在观摩演出大会的内部会刊第四期上。他告诉我说，有一次他和董必武老人坐在一起看戏，董必武老人提到这首小令，说决心表得好。谁能想到构成他的罪状之一的这首小令又是我所捉刀的，雨窗重读，不禁为之腹痛！

一九七九年六月二十四日清晨

－（原载：1979 年 7 月 30 日香港《大公报》）

马连良与吴晓铃教授（前右）及弟子王金璐夫妇合影

访谈自述

自报家门

~

名伶访问记

——马连良

采访人：林醉醐（一得轩主）

日前午后六时，轩主赴崇外翟家口豆腐巷七号访问马连良，承荷接见，畅叙甚欢。马君叙述其个人历史，颇为详尽，并即席挥毫，赠书法一小幅，又惠以最近玉照，以作纪念。谈一小时，始辞出，兹录马君谈片如次。

予（马君自称）北京人，字温如，号遗风馆主，现年三十岁。九岁时入喜连成（后改富连成）科班坐科，为第二科学生，从茹莱卿（茹富兰之爷爷）先生学戏，初习武生，是年即登台，第一日演《探庄》，颇得一般人推许。及后因教师以予嗓音颇佳，习武生颇为可惜，令改习老生戏，遂从蔡荣贵学《定军山》《南阳关》《珠帘寨》等戏，出演以后，大受九城人士欢迎，自是以后，改演胡子戏，不再演武生剧矣。予在富连成科班坐科，前后共十年，至出科时，时年已十八岁矣。

予出科后，经友人某君介绍，从贾洪林先生学戏，先生为伶界闻人，对于剧学，深有研究，在戏剧中自成一家。予亲受先生陶铸，耳提面命，凡对于各戏之身段、做派、唱工、说白，先生教诲殷勤，循循善诱，获益良多，予所演各戏，类多经先生改口指正者。近来各方咸以予为贾派，予艺窳疏，实未得贾先生之真传于万一，贾派之称，愧未敢当。然予对贾先生，虽未正式行拜师礼，但亲承贾先生教导，亦忝居弟子之列也。

老乡亲孙老供奉菊仙为现在须生界硕果，老供奉之艺术，在戏剧界中早有佳评，孙汪谭三派并称，可以概见其艺术之过人，固为足下所详悉，毋待多赘。客岁，予在津沽演戏，造门趋谒，承老供奉青眼款待，对予倍极奖许，继由刘竹君先生、侯德山先生之介绍，拜老供奉门下。老供奉为予说戏甚多，如最近新排之《安五路》，由蔡荣贵先生排就后，予复向老供奉请益，对于"持杖观鱼"一场唱白做派，指示颇夥也。

予出科未久，即承福建省福州某舞台之聘，赴闽演戏。合同本订三个月，及抵福州，登台之日，园为之满，不得入园怅怅而去者，不知凡几，而该地舆论界中人，亦咸表示好感。演唱以来，日日满座，声誉鹊起。予以艺术窳疏，谬膺盛誉，殊感惭恧，惟力自奋励，冀以副知许者诸公之雅望而已。合同满后，予即拟北归，终因各界之挽留，未得成行，虽继续演唱，至一年有六个月之久，方始离闽北返。此为予在京外得名之始。

予二十岁时，应上海亦舞台之聘，南下演唱，与名武花李永利同台。永利有子曰李万春，时年十一岁，性极颖慧，能唱之戏不下十余出。予极爱之，以为此子终非池中物，为之说《南阳关》戏，不一二日，即能纯熟，登台演唱，腔调说白以及做派，均极其自然，其资质之聪，实天授非人力也。万春此日之能誉满平津者，在髫龄时早已大露其峥嵘之头角矣。予在沪亦舞台演唱两个月，颇受春申人士欢迎，合同满后，予即北归，此予第一次赴沪演唱也。翌年，又应亦舞台之聘，南下演唱，予之赴沪，此为第二次。至第三次赴沪，则在共舞台演唱。第四次赴沪，则复搭亦舞台。第五次赴沪，则在申江亦舞台演唱。合同满后，由沪转南京，在花园饭店演唱三个月，始北归，是行也，颇受宁人士欢迎，其热烈之状，较之沪尤甚焉。翌年，又应上海天蟾舞台之聘，南下演戏，此为第六次赴沪也。第七次赴沪，系在丹桂第一台演唱。第八次系搭共舞台。第九次为大舞台。最末一次，则为去年赴沪，亦在大舞台演唱也。予此十年中，每年赴沪一次，共计十次，又由沪转南京一次。在宁在沪，均受一般人谬许，成绩甚佳。予只自愧艺术窳拙，不足以副受予诸公之盛意，今而后自努力研究，致力于艺术之途。惟以资质鲁钝，尚望诸公教而益之，则尤感矣。

予家唱戏，除予而外，予诸叔，及诸侄辈，亦有习戏。予之三叔昆山，艺老生；予之四叔振东，艺小生；予之六叔沛霖，亦艺老生。诸叔当时出演平津沪各处，亦颇负盛名。予之三叔之子最良亦艺老生，前者在平广德楼，及天津、青岛等处演习，颇蒙各顾曲家赞许。

年来梨园竞排新戏，以资号召，旦角中之排演新戏者，自畹华、慧生、小云后，继起极多，风起云涌，而老生之排演新戏者，则未之闻。予以戏剧之所趋，社会之所重，知老生戏所以不见重于人之故，而排演新戏实不容缓，且老本老生整本之戏甚多，类多失传，若不极力提倡，将成广陵散矣。于是不惜重资，购觅秘本，聘请名师，排演《武乡侯》《秦琼发配》《刺庆忌》《安五路》《清风亭》等戏，先后演唱，极得一般人士赞许。老生之排演新戏，不以旦角为主体者，自予而后，继续而起，大有人在，未始非老生界之好现状也。予现决着手排演《屈原投江》《苏武牧羊》及《假金牌》等戏，按《假金牌》系明万历间孙伯阳故事，极有历史之价值，实有排演之必要，而《屈原投江》及《苏武牧羊》，亦均是历史有名之故事，在戏剧上实有演唱之价值，故予急于排演也。予近来排演新戏，多承敝师蔡荣贵先生极力指导，获益良多。蔡先生为戏剧中之先进，家藏秘本甚多，对予不吝指导，使予之得能以艺术贡献于社会者，皆先生之力也。

予所习之戏颇多，在科班时，初习武生，凡《探庄》一类之戏剧，均已习过，迨后改演老生，对于唱工、靠把等戏，亦均演唱。最近又趋重于做工老生一

《苏武牧羊》马连良饰苏武 ～～～～～～～～～～～～～～～～～

派，所常演者，除上述之《武乡侯》《秦琼发配》《刺庆忌》《安五路》《清风亭》等戏外，其余如《夜审潘洪》《一捧雪》《定军山》《南阳关》《珠帘寨》《连营寨》《失街亭》《三顾茅庐》《十道本》《盗宗卷》《借东风》《四进士》《乌龙院》《梅龙镇》《应天球》等戏，亦颇受一般人欢迎，然未敢自谓拿手戏剧也。

予幼年时即坐科学戏，对于习字绘画，既为时间所限，又为天赋所缺，偶尔涂鸦，殊足以贻笑方家，而爱予者向予索取书画，虽欲藏拙，而终不可能也。承足下谬爱，故敢率尔献丑，惭愧殊甚。至于绘画，予本初学，更不足以博方家一粲，承荷嘱绘，敢不如命。但予日前因友人之约，赴西山游览，遂将画具携去，在西山勾留数日，临地写生数幅，及返城时，画具未曾带回，留遗在西山友人家中。现已去函，请乘便送来，故此时未能绘奉，俟画具取回时，自当绘写一幅奉正于方家也。

予对于戏剧，并无所谓感想也。盖予自幼年坐科，至于今日，无时无刻不在戏剧中讨生活，予既系伶界中人，以戏剧为职业，则对于戏剧，自应极力研究，期有所得，以贡献于普通社会。梨园自近十年来，旦角戏剧日新月异，实呈进步之象，而须生之戏已有不能与旦角戏相抗衡之势，且老戏亦因之失传者，日见其多。故予在数年前，即力倡须生排演新戏，且以身作则，搜觅秘本，聘请名师，继续排演，顷间已为足下略言之矣。

予近四五年来，排演整本戏剧，不下二三十出。须生之排演新戏者自予始，自予而后，须生界之排演新戏者接踵而起矣。或谓整本新戏为外江派，而一般人或加以指摘，然老例，戏剧类多整本，而演者或以避难就易，择其容易讨好者，截头去尾，终成为零折之戏剧。而戏名与事实，遂风马牛不相及。国剧精神，丧失甚多，因之失传者亦夥。此等现状，实为戏剧界之危机，若再辗转相传，因陋就简，预知十数年后，国剧之菁华将斫丧无遗，实非国剧之好现象也。予辈习伶业，此保存国剧及提倡艺术之责任，固为予辈应有工作，不能自暴自弃，以贻国剧前途之忧。且予所新排之出，大多数为旧来之剧而外间失传者，如《安五路》《十道本》《应天球》《借东风》等，均为从前老伶工所常演者，不过近来舞台上，仅演其一折或二三折，遂使整本好戏因之失传，而聆者亦常以不能窥其全豹为憾，此种责任实为现在演者所应担负者也。

予上所言，非予自高其位置，故非逾分之语，盖戏剧为社会教育之一，与中等以下之社会接触之时候，而转移一般普通人之心理与精神，亦关系至巨。是戏剧本身遂成为艺术之一种，而间接直接影响于社会实大，以是而言，在舞台上之演员，其责任何等重大。且国剧为我国旧时特有艺术，以今人表演古人之事实，以古人为今人之借镜，所谓善善恶恶等因果，虽近于迷信，然揆之于古人以神道设教之苦心，实未可厚非，只以年久失传，兼之辗转相沿，丧失益多。予辈既投身伶界，则对于保存及整理之责任，责无旁贷。但一人之智识有限，而国剧之真谛无穷，尤赖乎同人等之合力提倡，潜心研究，并盼评剧界、舆论界加以指导，加以确定，则吾国国剧之兴，始有望焉。若恃一二人之力，而欲挽回国剧之颓势，戛戛乎难也。予之言此，非徒作高阔之论以自鸣得意，亦不过欲同人知责任之所在而不自行放弃也。

马君言至此，轩主因为时已久，且有事他去，未便滞留，以误工作，遂向马君告辞，互为珍重而别。

－（原载：1930 年 11 月 9 日至 21 日北平《实报》）

欢迎马连良

采访人：张醉丐

马连良，字温如，籍隶北平，喜研戏剧。幼入富连成科班学艺，习须生，文武兼擅，唱做神情，皆有独到处。出科后，出演于平市各大戏院，后又游历南北各大名埠，大走红坛。近年以来，声誉地位，且在一般须生之上，连良处此顺境，其愉快自不待言。加以学艺虔心，精研旧剧，所排本戏甚多，演唱各剧，尤能不惜其力。论其艺术，在梨园中自成一派，舞台之上，到处受人欢迎。其成名并非侥幸，系从艰苦中得来，昨闻友人谈述连良学艺经过，兹特述之如下。

连良当年在富连成满师后，在家刻苦用功，受其父母约束甚严，除吊嗓及练习身段外，绝对不许其任意荒嬉。当时连良以限于天赋，嗓音不够运用，乃父及师，遂严防其贪色，辛苦自持者，数历寒暑。于是连良之嗓，竟渐由窄而宽，由宽而亮矣。闻连良尝对人述其学艺经过，大意略谓：

> 做人真难做，在二十左右，做好人在此，做歹人亦在此，成功在此，失败亦在此。盖二十岁之青年，血气心志未定，最容易受外界之诱惑，自己并无能力抵抗，

稍不留心，竟堕入无底深坑，卒至身败名裂，无可自拔。我辈以唱戏为业，全靠嗓音，以度生活，举凡声色货利，俱是害人之魔，染其一即可使嗓音损坏。在此紧要关键，如能打破难关，杀出重围，即可安然无恙，而登彼岸。我在二十岁以前，亦曾亲历此境，为好为恶，危在一发之间，幸有父母之管束、师傅之监督，而自己向上之心，究竟亦较强于作恶，些须微名，乃得赖以保全。若在此时，任意妄为，随波逐流，今日梨园中群雄竞技之秋，恐无我马温如吃饭之处。

以上所述，系连良亲自陈述，意虽浅近，却有至理，今日之成名，乃其从辛苦中所得之成绩也。

-（原载:《全民报》 1936 年 8 月 7 日）

名伶访问记

——马连良

采访人：景孤血

　　本月七日下午七时余，记者因负本报使命，特至崇外翟家口豆腐巷名须生马温如（连良）宅访问。当承于燕室中接见，其室中阴森，凉度颇适于夏日，案上除马君之各种大小照片外，即南鸿北鲤函信鳞栉，布置异常精优。马君衣白色短衣，其潇洒流宕，体任自然，无殊在台上表演，因叹古人"百闻不如一见"，信非虚语。尝闻外间颇有传言，以为马君凤昔倨傲，迄今一见，始知人言之誉。因坐对马之言谈姿态，真觉不愧"温如"也。兹将访问所得，汇志于后。

　　记者问：素验马君世奉天方古教，但其家世，请略见告。

　　马君答：先父西园公，弟兄六人，公其长也，世居西城。先父业商，开设清真茶肆于阜成门外，箭楼对面，为西城最著名之"门马茶馆"。

　　记者问："门马"之名，即为贵肆字号乎？

　　马君答：否，此茶肆名"长顺馆"，"门马"乃俗称也。先父曾与谭鑫培老板交有旧谊，故对内行先进，异常接近。彼时凡有票友崛起，必先至"门马"清唱，然后逐渐入阜成园，自是始来南城。故内行中如孙菊仙、刘鸿升、金秀山、龚云甫诸老先生，皆常来此，鄙人耳目熏染，后来之入科班，稍觉驾轻就熟者，亦以此焉。最后在门马消遣之票友，乃书子元先生。彼时书先生衣枣红绸袍，乘坐骡车，傔从围随，声势赫奕。后曾搭鄙人之班，在前演戏，盛衰代谢，思之可畏。鄙人之为此言，乃正自警惕，非敢骄盈。时鄙人方五岁，此光绪三十一年事也。

记者问：当日贵号中为百戏杂陈乎？抑仅止皮黄清唱乎？

马君答：仅止皮黄清唱，但有一次，则言之可笑。乃彼时海禁初开，科学未臻发达，初创留声机，人竟以为怪事。鄙肆曾以留声机（当时谓之"话匣子"）号召，售一满座，人各壶茗一瓯，中置留声机，咿呀嘲折，高唱入云，众皆相视而嬉，此所谓"话匣子卖满堂"，亦可见彼时之风气矣。后鄙人学业既成，先父则孳孳为善，老而弥笃。凡鄙教清真寺之修葺、清真小学校之组织，先父对其经济方面，莫不竭力补助，故所得之董事长、董事等名誉头衔，无虑十数。而鄙人十数年来所献甘旨之仪，亦因之用罄。殆前年归主，鄙人方始知之，今日思及，不禁愈兴风木之悲。幸家慈今尚康强，虽已六旬，而精神矍铄之至，是鄙人之得稍尽寸草借报春晖者也。

记者请询马太夫人之氏族，马君答：姓满，亦鄙教中之望族也。（记者案：是日未得与马君相晤之先，曾获见马太夫人，其豪迈之气，可谓巾帼丈夫，信非是母不能生是子焉。）

记者问：久闻马君哲嗣甚多，其数为何，请以见告。

马君答：先室王女士，今已逝世五年，继聘陈慧琏女士，乃广陵人，今年二十八岁。先室淑慎，陈女士则富机智。鄙人终岁牵于献技，家事往往不顾，故胥赖以经纪扶持。内子亦嗜国剧，或有所贡献，鄙人见有可采用者，间亦采纳之。有女二人，子五，长、七皆女，二、三、四、五、六则男孩也。长女名静珊，现在学校肄业，七女尚幼，未取学名。至于男孩，则为崇仁、崇义、崇礼、崇智、崇延。

言时，适马之七小姐来，面目韶秀，而谈吐毫不避人。手持一黑光眼镜，因圆径太大，坚腻马君赴市场为易之。言讫，即自架于目，灼灼向人，而镜大目小，几占全颊三分之一，姿态滑稽，如影片上之小明星。马君向之问曰："梅兰芳好吗？某某某（不在四大名旦之列者）好吗？"

七小姐曰："梅兰芳好！某某某不好！"

马君曰："某某某何以不好？"

七小姐曰："某某某嗓子哑！"

又问："某某某好？张君秋？"

曰："张君秋好！"

曰："张君秋何以好？"

曰："张君秋嗓子好！"

记者戏谓："七小姐此言，实足代表今之一般顾曲家也。"

因又戏问："七小姐亦能唱吗？"

马君曰："能唱'苏三离了洪洞县'。"

七小姐甫闻此言，即连曰："我不唱！我不唱！"

马君挥之令去曰："不唱快去！在这就要你唱！"七小姐乃仓皇而去。

记者询其年，甫五龄耳，因叹"一人善射，百夫决拾"，马君为名艺术家，即其最幼小之女公子，乃亦能对于戏艺下评断语，岂非熏陶有素乎？

记者问：闻令郎中有从事于贵业者，皆渐有声于时，不知辈行在几？

马君答：此皆黄口髫龄之孺竖，何敢言有声于时乎？长子崇仁，素习武生，因鄙人于坐科时，开蒙即从茹莱卿先生学武生工，以《探庄》之石秀为第一戏，今愿崇仁习此，实本初旨。无如武行必须富于实地经验，仅凭教师看工，似难臻于上乘。方今李鸣举（万春）乃少壮派之中坚分子，其剧团中人，莫不勇健，且镇日露演，有席不暇暖、突不容黔之势。故令崇仁加入永春社中演唱，且曾面嘱鸣举，万勿顾徇余之虚面，无论神将官兵，皆可令其扮演，所谓习伏于神，业精于勤也。闻已能演《佟家坞》之胜官保等。异日有无成就，要视其自发奋否矣。

记者问：闻尚有一习大面者，是否在富连成，请以见告。

马君答：此乃鄙人之四小儿，名崇智，今已送入富连成科班六科习业，遂易崇为元。此子幸尚不甚驽钝，刻正从诸老先生学习花面，如《战成都》之严颜等，皆在习学中。

记者问：关于元智之私生活，何妨见示一二。

马君答：小儿牙牙学语，有何私生活之可言。但此子既承先生错爱，则其幼稚行动，亦不无可得而言者。此子曾在育英小学肄业，刻下鄙人之六子崇延，仍在该校攻书。但以崇延之资质，似不如崇智，故学校当局颇有评论者，曰："小六子不如小四子。"此语竟为崇智所闻，乃私下对崇延曰："你还不好好儿地念书呐！将来念不出来，人家必在背后说你：看看他还是马老板的儿子呐！你就不怕笑话吗？"崇延经此激励，果然学业渐有进步，考试亦屡列前茅。当崇智之送入富连成，也颇有以其骄惰不能作苦为虑者，乃崇智竟能习而安之。其入富社，本与某君之子同时，而某君之子，一经考试，遂以不够资格而被摈斥，但某君若肯代为嘱托，一再力保，则其子依然可以入选，占学一工。无如其子既存长难之心，其父亦恐不能作苦，竟致无结果而终。崇智本与此子结为小友，遂以言语讥诮之曰："你看看！你爸爸不疼你，不让你学戏，将来干什么去？你再看看，我爸爸疼我，叫我学戏，我将来也可以成为红角儿。"又曰："我爸爸那里有汽车，可是将来我有能为，自己挣汽车坐，绝不坐我爸爸的。"其言如此，是竖子之狂傲语，无非以博一笑耳。前此伊母于循例接见家长之日，前往看视，并带有许多食物。此在小儿常情，未有不恋母致荒学业者。乃此子则不然，只与其母落落数语，便促其母还去，曰："您快走吧，我现在正忙着学戏呢！"其母问"学何戏？"对曰："正学全部《应天球》中之周处。"言讫，忽忽竟去，其母反为爽然。又端午节夜，山西梆子张玉玺先生演《赠绨袍》于新新戏院，崇智适在富社，未随众赴津，鄙人亦曾令其前来观看，以资揣摩。及至玉玺先生下妆后，彼亦遄返富社矣。但此子之年龄尚在幼稚，是否成就，殊不敢必。好在富社所教出之花面，至低限度，亦必能为武花配角，此则鄙人所敢保证者也。又其对于各种杂说，亦稍知涉猎。在富社中，常为其师兄沈世君说《东汉演义》，故人缘亦佳。

记者问：不知马君昆仲几人，世言马君辈行在三，信乎？

马君答：鄙人手足，原为五位，伯仲二兄暨季弟已弃世，刻下只有鄙人与五弟连贵。连贵夙习场面，擅打大锣。此外同族弟兄尚多（案：是日马君所谈甚详，唯记者固定计划，系对京市所有名伶逐一加以访问，故此时只好从略，容于访问本人时，再作详细之记载），鄙人之辈行，诚在第三也。

记者问：马君之学艺经过，请以见告。

马君答：鄙人幼在清真小学肄业，但天生酷嗜戏曲，有时竟私自逃学到阜成园中看戏。彼时阜成园正演梆子，曾见王小旺先生之《云罗山》等。鄙人之年龄，则甫七岁也。故于入科后逢赵美玉之弟赵鸿林亦演此戏于三庆园，遂告同学，谓鄙人曾于某处见之。鄙人于八岁时，奉先君命从樊顺福老先生学戏。樊虽花脸，而能说须生，即樊金台之父也。同学者有马德成之弟，名马武成，后为黄派文武须生。学习三月，樊先生之子有名"疤痢"者，常窃其父之钱，樊先生疑系弟子所为，故于饮酒之后，辄对弟子加以海骂。鄙人虽幼，已略谙人事，雅不愿受此青皂不分之骂，遂请于先君辍学。翌年之正月十五日，乃入喜连成科班坐科。尝演梆子小生，饰《取洛阳》之刘秀。于马武得胜归营，唱"有小王嗳"，因调门矮而胡胡弦高，有人告之曰："长点调门！"鄙人一时心慌，竟又唱一句"有小王嗳"，至今同科弟兄无不引为笑谈。继改学老旦，以《金水桥》及《朱砂痣》"卖子"为最拿手，同科弟兄中之习须生者，无不畏之。后又改为扫边须生，与高百岁演《斩黄袍》，鄙人习苗顺，常独获满堂彩声。

记者问：《斩黄袍》之苗顺，本为不重要之角色，马君演之，能获满堂彩声，敢问其故安在？

马君答：普通饰苗顺者，于罢斥后，多唱四句〔摇板〕，曰："龙书案下三叩首，好似鳌鱼脱钓钩。官诰压在龙书案，这是我为官下场头。"鄙人则否，"龙书案下三叩首"乃唱一句〔散板〕，其下全唱〔快流水板〕，曰："好似鳌鱼脱钓钩，罢罢罢休休休，得自由来且自由，早知为官不长久，且去深山把道修。"于"且去深山"添入拂袖、抖髯之做工，然后"把道修"三字，唱一最高之长腔下场，观众遂以其新颖而欢迎之。

记者问：马君于此后何时出科？

马君答：鄙人于科中演唱既久，亦渐有顾曲家加以揄扬，后乃私淑贾鸿林先生，余叔岩先生亦耳其名，时来赏观。有先辈张君，则数携鄙人赴文明园观看谭老板之戏，俾有所遵循。民国六年，鄙人出科，首先赴闽献技，出演之地点，在福州省城东街，名三山座，同行旦角为陈碧云，老旦乃邓丽峰。鄙人打泡之第一日，所演为《失街亭》《斩马谡》，竟致大受欢迎。计在闽者半年，后赴杭州，作短期之露演，方始归来。即重入于富连成，而与茹富兰先生演《取南郡》《八大锤》等剧，皆在是时。其尤受顾曲诸公之赏鉴者，则鄙人之《南屏山》诸葛亮借东风也。逮及民国九年（按：应是民国十一年，即1922年），继王又宸先生之后，赴沪演戏，地点在三马路亦舞台，同行旦角则为今之荀慧生先生，时以艺名白牡丹与沪上人士相见，尚屈挂二牌也。演《坐楼杀惜》《打鱼杀家》《游龙戏凤》等，亦滥竽虚声。鄙人演至民国十年回京（按：应是1922年12月），遂搭入尚小云先生班内（按：玉华社），时旦角除去绮霞先生以外，尚有王瑶卿先生；须生除本人外，尚有谭小培先生。鄙人搭大班后，能演《五彩舆》本戏，亦在此际。除鄙人饰海瑞外，王先生饰冯莲芳，及鄙人后来自行挑班，亦曾演此，而易戏名为《大红袍》，则以郝寿臣先生饰徐海，王幼卿饰冯莲芳矣。然此剧头绪纷繁，在大班中，断非一二日所能尽事，故无法常演，深可惜也。

记者问：是时所演各剧，其名贵更当在《五彩舆》之上者，请略示一二。

马君答：量人制戏，名贵二字，殊不敢言也。如鄙人与尚谭二先生合演《战蒲关》，尚饰徐艳贞，谭饰王霸，本人则饰刘忠。此外较难得者，乃在《打鱼杀家》。

记者问：《打鱼杀家》为一习见之戏，有何名贵？

马君答：此《打鱼杀家》，与普通之《打鱼杀家》人位较有不同。因彼时所演之《打鱼杀家》，乃《双打鱼杀家》。所谓《双打鱼杀家》者，即王先生、尚先生分饰前后部之桂英，谭先生与本人分饰前后部之萧恩。当商量分配戏码时，尚先生之前部桂英、王先生之后部桂英，本已确定。惟谭先生与鄙人之萧恩，尚在斟酌之中。鄙人初亦承诺陪尚先生准演前部，继思王先生之桂英，除却与谭老板配演以外，轻不肯露，今若得与同台合演，实乃鄙人生平所最荣幸之一事，故当即改言愿演后部萧恩。谭先生亦识破鄙人心理，曾谓之曰："爷儿们拿定了准主意呀！"因鄙人与富英师弟为平辈，谭先生乃如此呼之也。及至上台以后，鄙人时时注意王先生之行动，果然受益良多。鄙人承此提携，荣幸有加矣。

记者问：马君后遂独立成班乎？

《打鱼杀家》马连良饰萧恩

马君答：昔时名伶林立，欲挑一班，非有特殊之艺术不可，若五日京兆，一现昙花，画虎不成，必致贻笑于人。故当年之人，绝不敢于轻易言独立成班。鄙人自中和演戏，仍时常为人"挎刀"。民国十一年（按：应是1924年）曾与朱琴心先生合演《陈圆圆》等剧于华乐，又尝与于连泉先生演《坐楼杀惜》，于郭仲衡先生《辕门斩子》之前。但以社会上之人士，欢迎者日众，鄙人经诸老名宿之赞成与各友好之怂恿，遂毅然自挑头牌，于民国十六年七月十一日（按：应是1927年6月10日）演全部《定军山》带"斩渊"于庆乐戏院，以钱金福先生饰夏侯渊，王长林先生饰夏侯德，张春彦先生饰严颜。是日溽暑蒸腾，而座无隙地，自此鄙人乃正式升为头牌角色，迄于今岁，整整十年零十月矣。此后即入于编排新戏时代，而南北之爱好者益多，群起模仿本人之腔调，谓之"马派"，自顾殊惭愧也。

　　记者问：马君新戏之多，时下须生无两，请以其目见示。

　　马君答：此等即本人亦恐有记不胜记之概，今姑略记之。则有《火焚绵山》、《楚宫恨史》、《要离刺庆忌》、《火牛阵》、《鸿门宴》、《取荥阳　焚纪信》、《羊角哀》、《苏武牧羊》、《白蟒台》、《青梅煮酒论英雄》、《马跳檀溪》、《三顾茅庐》、《汉阳院　长坂坡》、《舌战群儒》、《借东风》、《甘露寺》、《安居平五路》、《化外奇缘》、《哭庙斩文》、《应天球》、《打登州》、《十道本》带"封官"、《三字经》、《夜审潘洪》、全部《范仲禹》、《清风亭》、《马义救主》、《反徐州》、《广泰庄》、《胭脂宝褶》、全部《一捧雪》、《大红袍》、《四进士》、《假金牌》、《天启传》，此皆本人独有之新剧。及后来时贤模仿者众，遂一一流行于世矣。

记者问：马君所演各戏，如《九更天》《一捧雪》《四进士》等，似不得谓为新剧，今既概括于内，敢问亦有说乎？

马君答：此在今日，当然宜有是问，但鄙人亦必有内情可以奉闻者也。原老戏虽多，沿至后来有失传者，如《九更天》在民国五六年间，科班以外，渐多不带"滚钉"，《审潘洪》亦然，多"日审"无"夜审"。有只剩零星片断者，如《一捧雪》，从前《蓟州堂》是一出，《审头刺汤》是一出，《柳林会》是一出，至鄙人始贯成一串，并添入"祭姬""杯圆"诸事。有情节太冗长者，如《四进士》在昔皆四日演全、二日演全，鄙人始裁剪之，缩为一日演全，皆经鄙人整理，始成今日之状，其他亦然。如《甘露寺》"劝千岁"之一段流水板，在今日似已家喻户晓，但从前梅兰芳先生等演此，其乔玄一角，只有念而无唱，至鄙人乃攒而大之。

记者问：马君最先编排者何剧？

马君答：乃《哭庙斩文》，即《战北原》《斩郑文》带《骂王朗》。在《楚宫恨史》以后，所编排者不过《羊角哀》《胭脂宝褶》《反徐州》等，为数渐少。今后即将再努力于排演新剧，尚望舆论界不弃，赐以指导批评。

记者问：马君近日所排新戏，是何名目？

马君答：即全部《龙灯赚》《春秋笔》也。此剧本为梆子旧本，最古者昆曲中亦有之。在昔老元元红郭宝臣先生演此为最有名。鄙人获此本久矣，然恐其不真，又以太重技巧，京师为百戏所汇之区，鄙人曩在科时，虽同班弟兄有习此全部之折头《杀驿》一出者，鄙人既非本学，事搁多年，此时诚不敢臆造。故刻下特商请秦腔名宿张玉玺（老狮子黑）、李子建（李世芳之父）二先生帮忙代说身段，至必要时，尚拟延聘秦腔须生名宿高文翰（老说书红）先生来京一行。至其穿插结构，取精去粗，化俚为文，则由吴君幻荪任之。好在星期一（20日）晚，本人特烦玉盛社全班演此于新新戏院，其前尚有《富贵寿考》《梦鸳鸯》《胡迪骂阎》等，均可一观。惟其间之小关节，将来难免与敝社所演者不同耳。

记者问：马君之《一捧雪》，驰名久矣，其情节为莫成替主赴难，今此剧又为义仆替死，二者得勿雷同乎？

马君答：从来我国有一谚语，谓"卖瓜者不说瓜苦"。诚然，但鄙人对于戏剧则敢云：人之艺术容有高下，而戏本之价值，乃公是公非，断断乎不可迁就言之。此《春秋笔》，以鄙人所见，其不与《一捧雪》同者，有十点之多：（一）《一捧雪》为玉杯而贾祸，此则以史笔直书被诬，宗旨尤为正大。（二）《一捧雪》之影射《清明上河图》，全为影射，此中之"唱筹量沙"一节，纯与史合。（三）《一捧雪》中写莫怀古人太糊涂，鄙人演时曾删去不少，如"杯圆"一场，陆炳提议结亲，莫怀古则曰："我乃一主，他是一仆，如何使得？"于是被陆炳痛加斥责，斥以不当忘莫成于地下。此皆足以寒义士之心，故鄙人演时，特为删去。此则写王彦丞宽大为怀，故食此报。（四）《一捧雪》中写主人好酒贪杯，此则写仆人以醉失事，二者正为相反。（五）《一捧雪》之旦角，只重《审头刺汤》，此则前部义释承恩，后部乔装小生，俱有大段话白。（六）《一捧雪》花脸太轻松，此于"别家""困营"时异常繁重，且首尾俱上。（七）"杀驿"时主角须生戴圆翅纱，穿青素，为皮黄班例来未有之扮相。（八）《一捧雪》换监时，莫成、莫怀古同场。此则两不见面，愈显替死者纯出本心，亦可避免人替己死者之太无心肝，一味冷酷成凉血动物。（九）《一捧雪》中之张龙、郭义二人寸步不离，此则"杀驿"时之两差官如尹邢互避，全不见面，于情事更为周匝严密。（十）《一捧雪》中全无武场，此则有战摩尔连捷，文武俱全。虽然，此所谓佳者，乃其本身之佳，非敢以诮鄙人艺术，好在梨园向有"人保戏，戏保人"之说，若此者，则"戏保人"也。

记者问：马君本戏如此之多，敢问其来源所自。

马君答：鄙人性嗜艺术，尤好新戏，凡有珍本，无论何工，亦肯以重资购归。因曾拜孙菊仙老先生门下，故得其赠本不少。又得到刘景然先生戏本甚多，如《拷打吉平》。最

《一捧雪》马连良饰莫成～～～～～

近之《反徐州》《春秋笔》，人知是梆子班原本，不知鄙人曩翻之《假金牌》，亦梆子本中之《三上殿》带《三上轿》也。鄙人曩在开明演戏，曾闻王长林与李顺亭二先生谈一老剧，曰《梁灏夸才》。王先生欲以授之余叔岩先生，李先生乃阻之曰："你还嫌他的戏不够唱呐！咱们带了走吧！"于是此《梁灏夸才》一剧，竟成绝响。鄙人时方欲学《三字经》，亦不少暗阻，鄙人乃下大决心，誓欲学得《三字经》而后已，果然学成。鄙人又藏有梆子班之《全家福》剧本，主角为韩擒虎之父，讲其在北国招亲种种趣事，今因忙于《春秋笔》，此事殆将缓商。又当王长林先生在世时，鄙人曾谈及《胡迪骂阎》。王先生则曰："我有这出戏，你如果喜爱时，本人可以陪演。"因王先生为武丑本工，有此戏中之小鬼。惜鄙人牵于他事，未及着手，而王先生已逝世矣。今虽有此心，不敢再造魔也。全部《九莲灯》，鄙人亦有此昆本，乃朱素云先生在世时所转让。其尤可喜者，鄙人更藏有一本，乃唐人尉迟恭日收黑白二氏，此本穿插谨严，场制生动，惜乎尉迟恭一角，乃大净扮演，鄙人不敢越俎代庖。然借此亦可见鄙人收藏剧本之多矣。其间为秦腔者，几占全数十分之六，此其来源也。

记者问：马君之《假金牌》，今已自动不演，请问其故。

马君答：鄙人自幼坐科，无暇多亲文墨，后始涉猎经史文字。《假金牌》一剧，本以孙安为主角，而以张居正父子，皆勾花脸，植为穷凶极恶。鄙人考之于史云："居正性深沉机警，多智数，及揽大权，登首辅，慨然有任天下之志，劝上力行祖宗法度，上亦悉心听纳，十年来海内肃清，治绩炳然。"是绝非严嵩之比矣，何忍诬之于身后，故决意自动放弃不演。鄙人生平类此者甚多，如《天启传》一剧，即全部《走雪山》，后有人告以天启乃熹宗之年号，若曰《天启传》，仿佛以天启为主角，遂易名《官庄堡》，既而终以曹振邦史无其人，与海瑞、邹应龙有异，年来亦不再演之。又如《楚宫恨史》，本名《楚宫秽史》，后鄙人谛思：平王纳媳以致覆楚，此乃千古恨事，今人演之，宜著其恨，以为后人示戒，岂可以宜古人之秽为快，乃改名《楚宫恨史》。《苏武牧羊》中之苏武，初误于"中郎将"，戴荷叶盔，后乃易位纱帽。《刺庆忌》之庆忌，初为绿脸勾金，并不挂髯，似《飞叉阵》中之牛邈。在上海时，杨小楼先生曾扮演之，亦为鄙人最荣幸之一事，后因与王僚之年龄不符，乃易为勾黄脸挂黑扎。从前有以此等而攻击鄙人者，或只见一次故，或不许人改过，要之，均极可笑。须知鄙人绝对不吝改错，亦唯其是而已。

记者问：适闻马君高论，足见盛德虚心，整个剧本尚且如此，是平日之词句中，更当多所改革矣。

马君答："改革"二字，殊不敢言。但苟有所知其为错误者，则定能立改正之。虽然，人苦不自知，若自以为误而仍蹈之者，殆无是理。不过剧词中往往有错已数十年无人领会者，是虽"一层窗户纸"，苟无人捅破，则恐终身不能知之。如鄙人借以浪得虚名之《群英会》，前部饰鲁肃时，即有一大错，君觉之否？孔明借箭，讨三日限而去，鲁肃怀疑，对周瑜问："那孔明借箭，莫非有逃走之意吗？"姑无论周之答词如何，此"借"字可云异常荒谬。因孔明借箭，不但鲁肃此时不知，即孔明请鲁肃预备快船，放乎中流，鲁肃亦不知也，是以有"浑身战抖"之种种身段。若鲁肃已先知孔明有心借箭，则不必忧惧可知。是此"借"字，势非改"造"曰"那孔明造箭，莫非有逃走之意吗"不可。然鄙人演此已十余年，演者自演，听者自听，即学者自学，亦依样葫芦。日前，鄙人演此，幸有萧长华先生在无线电中聆及此语，深感不安。后于晤面时，即告鄙人以此语之失当，鄙人憬然大悟，以后演时，定当改正。继又思之，鄙人以此剧浪得虚名，后进诸君子，多有嗜痂之癖，群相模仿，此处仅改一字，恐仍易囫囵听过，故鄙人以后演时，当多加念词，俾易引起注意，不致再以讹传讹。

记者问：梨园界过去诸老先生，多深恶人之学己，马君乃能屏除成见，且为后之学者作种种便利，可谓盛德也。

马君答："盛德"二字，实非鄙人之所敢居。不过，鄙人有一谬见存乎其间。大抵生人各有所长，亦各有所短；各有所能，亦各有所不能。如鄙人演《借东风》，旁人亦演之，不能谓鄙人全好旁人全不好，亦不能谓鄙人全不好旁人全好。譬如彼之"借箭"，小过节好，我即可以采之以补我之不足；彼之"打盖"小身段好，我又可以采之以补我之不足。若果一无所取，则我不必恶其学我，恐即早有第三者代劝其偃旗息鼓矣。是故我之四成好，更可因学我者得六成好，得八成好，吾亦何为恶其学我者之多乎？若夜郎自大，唯我独尊，则将永无长进，好亦止于此，不好亦止于此，则其艺术不必怕人学，即求人学，亦必至于无人肯学焉。

记者问：适闻马君之论，可称转益多师，江海不择细流，泰山不择细壤矣。然马君之长处，不只在唱而已，若表情尤为隽绝，请问其术安在？

马君答：人之天赋，各有不同，人知演戏须手口相应，不知尤须"心面相应"也。此其大旨有三字诀，则为"真动心"。

记者问：何谓"真动心"？

马君答：即以台上之古人为真我是也。仍以《群英会》为例，如饰鲁肃，则真动为友着急之心，饰孔明，则真动虔诚祈祷之心，苟所动之心无误，则面上之表情，亦必能立竿见影，形与俱化焉。且此种必需谓之"真动心"者，诚以世间亦不少假动心之表情，其结果仍归失败。

记者问：何谓"假动心"？

马君答：此种动心，必须为戏中人而动心，非为一己之表演好坏而动心。如心中先盘算于我之此种动心，面上是否带形？则其所动之心，先已不诚，纵能勉强装作许多张致，亦必"假门假事"矣。如抖髯一事，能抖至快而匀整，瞬去瞬来，如若飙风，诚应谓之艺术。然试问剧中此人亦何为而抖髯乎？以此事为不然，可以抖髯；勉强用力可以抖髯；病体支离，言不成声，可以抖髯；大悲呜咽，抽噎提气，可以抖髯；真气上涌，可以抖髯；惊惧战栗，可以抖髯，绝不可以若卖艺然平白无事即大抖其髯也。但人于异常变相之神态下，若一味抖髯不已，且根据顺序，以去以来，此又过于机械化矣。鄙人演《马义救主》之"滚钉"一场，被四校尉围架，手扶钉板，向闻锣鼓声催，脑中辄嘤然一声，头已麻木，颔下之髯口，亦不知是否仍旧抖动，然鄙人无暇顾及也。《一捧雪》之法场亦然，如醉如痴，面无人色，仿佛气短神虚。此情在观众或不尽知，内子慧琏则深知之，每劝鄙人以不必如此傻卖力气，因身体亦须自保。鄙人亦非不知自爱精力，无如每演皆然，盖亦见景生情，初不自知耳。

记者问：马君此种"真动心"之功夫，即所谓善于"内心表演"者，人若如此，何愁不为艺术界之名宿？然世罕其人，何也？

马君答：乐剧与话剧不同，纵使精于内心表演者，功夫仍不可无。因人之精神肉体，往往不能合一，如适间鄙人所谈，只需见景生情之一要，固鄙人演至"滚钉"头已麻木，假使长此麻木，尚能终场乎？更如演《一捧雪》，后且须饰陆炳，世间岂有昏头耷脑之陆炳哉？故必须精神与肉体合一，此乃曾用幼工所致，所谓"习伏于神"也。否则，因此而使精神受重力之刺激，则难以继续演完矣。鄙行之人，所以多享高年，尽多古稀之人，亦以此也。闻外国之女演员，有时演剧过悲，致不能完了而即闭幕，此在乐剧则不可能，姑不必论易人演唱，观众之不认可，即临时赶扮，亦来不及矣。

记者问：马君近方努力提倡旧剧，外间相传马君有反对布景之说，确乎？

马君答：吾人演戏，择其善者而从之，其不善者而改之。无从说起反对二字也。然鄙人对于布景，则从不主张用之。何则？以其妨碍艺术之进展，转移观众之目标也。因中国剧历来即以歌舞合之，见重于世。其循进之程序，有歌诗，有文武舞，故仍须以单人之技巧为重，古来相传旧有切末，亦是辅佐角色之所需。布景绚烂，诚足取悦一时，然势必演成布景之斗争。甲有真山，乙则有真水，丙能制火，丁则造雷，如累塔然，非尖不止；若积薪然，后来居上。然以真迹言之，又何如去看影片之为愈乎？

记者问：然则旧日宫中之戏，多有以布景选胜者，非欤？

马君答：宫中之戏，与外界不同。因宫中演戏，以"开心""破闷"为主。凡太激太悲壮诸剧，皆不能演。又难于一味风花雪月以免轻佻亵渎，如此避忌多端，真正之艺术早已不能充量发挥矣，故以布景为摆饰之具耳。大抵布景愈多，愈妨碍演员之动作，如在山上，则举手投足皆须慎重，以防人与山之俱坠。鄙人曾有一亲身经验，敢以奉闻。鄙人尝演《安居平五路》，经友好之劝怂，略置布景。待孔明出场，满台布景，于是台下观众予以十分热烈之彩。此一场中，彩声始终未断。鄙人当时高兴之至，遂格外卖力。后饰邓芝，亦鼓舞如前。乃自此场之后，台下竟寂无彩声。鄙人扪心自问，非但后部未敢松懈，且倾全力以赴，而所得结果如此，殊令人灰心短气。旋于卸装以后，静言思之，皆此一场布景之贻害也。使非如此，则前场之彩声不致如此山鸣谷应，后场亦不至噤若寒蝉。然假定后有金殿布景，更制加大能真冒火之油鼎，则恐后之彩声又将远胜于前。换言之，有此两种布景，即不必以我马连良前饰孔明后饰邓芝亦能博得如此多数之彩声，斯可为布景妨碍艺术之确切证明也。故鄙人决定以后必不再用布景，以免喧宾夺主，自弃所长。

记者问：适因谈及宫中演戏，闻宫中演戏者多以反串博笑，马君亦常演反串戏乎？

马君答：既名反串，当然不能常演。鄙人在沪，曾演过《连环套》中之黄天霸。在京封箱，则演过《打面缸》中之周腊梅。但鄙人前已谈过，曾学武生，今演《连环套》，亦在反串非反串之间。惟鄙人在坐科时，曾以演丑为绝活儿。此丑又为苏丑性质，一系《快活林》中饮酒之蛮子，一系《五人义》中之问字相公，当时最博美评。

记者问：久闻马君对于改革国剧，曾抱有莫大之计划，可否再赐以一二伟论。

马君答："改革"二字，虽系鄙人之本旨，但能言之耳不能行之，则亦抱愧滋多矣，兹先略谈肃清场面。场面之不当在台上明显之处，固矣，是以梅先生、程先生与戏曲学校演剧时，皆置纱屏，以为之障。鄙人对此，亦主张甚早，无如实地推行，甚多困难。及至新新戏院落成，乃另制纱壁，使全体场面，皆坐其后，此两壁者，因建筑采官殿式，人遂戏呼之为"九龙壁"。然此"九龙壁"不惟可以隐蔽场面，且可为立于台上观剧者之便利焉。虽然，鄙人对此，尚有进一步之见解，愿以就正高明。夫今之场面，即古之乐工，未闻古来奏乐时，愿闻其乐，而深恶其工也。此何以故？因假定全体乐工，均服一律之制服，共坐一围，整齐严整，则古人且有以太常乐工入画者，又何不可坐于明显之处乎？亦甚美观也。无如例来鲜有注意及此地者，沿至晚近，愈加放肆。将帽向后歪扣于脑门者有之，冬天衣大棉袄而以围脖拦系如"玉带横腰"者有之，长短不齐，谐笑并作，一个乌龙倒悬，十包茶叶抵挂，于是自台下观之，乌烟瘴气，乱七八糟，虽以至佳之演员，亦为之减色矣。故必须以纱为之隔蔽，然后虽裸体打鼓可也。是以鄙人演剧，有时场面亦可在外，非必拘于一隅。鄙人又常对场面诸君劝导，切勿自轻。即令为一打小锣之角色，安保台下无一二人为此小锣而来购票，是即当前收获。若必自馁，视打小锣为无关紧要，此之谓自暴自弃矣。故鄙社中之场面，比较尚稍整齐。

记者问：扶风社中之龙套，不单衣帽整齐，即精神亦多焕发，料系曾经整顿之故。

马君答：当然！此亦台上断断不可不加以注意者也。因无论何角色，行至台口一亮相时，两旁侍立者乃四秽恶乞丐，观众必不因此一角而恕四人。然龙套之在从前，本为角色代办，今除学校、科班以外，绝难仍此办法，只好另雇专人。是以各戏班中常有龟背驼肩、满脸皱纹之龙套，其势辄使人不欢。鄙社对此等龙套，虽仍旧与以应得之份，而决不令其上台。因此等人之生计，亦多堪虞，若竟摒斥不用，亦非恤老之道。其年轻者，则有三种必需之条件，即一、剃头；二、洗澡；三、穿靴。不徒令其如此，亦额外予以三项之补助钱。

（记者笑谓：京师习惯，即人家之有婚丧讲"执事"者，亦必以此三事为先决条件，曰"剃头、洗澡、穿靴子"，二事可云一类。）

（马君拊掌笑曰："诚然！人间婚丧，且须如此，况演剧乎？"）

记者问：龙套之整顿既闻其旨，敢问马君对于选择配角之严格何若？

马君答：鄙人慎求配角之理由，极其简单，质言之，即须各尽其责而已。再进一步言之，此实俗谚所云之"使人钱财，与人消灾"，此钱财非指组班者之钱财，因演戏须以上座方能养众，即使顾客之钱财也。若对本身应尽责之人，漫不注意，或随便开搅①之角色，则与本人平素之宗旨不合，难再相处矣。大抵戏班之事甚难，有油滑取巧者，有自以为是者，有马马虎虎者，有傻卖力气者。除去傻卖力气之角色，如肯听话，尚可录用外，其余三者，皆与鄙人难以久常。如《甘露寺》中孙权之对乔玄，虽已心厌恶之，但绝不能加以申斥，何则？孙权之为人，非一味糊涂者流，对于朋友如周瑜、鲁肃者流，尚知敬重，况乔玄为乃兄之岳，尊为国老者乎？及后曰："想是那诸葛亮的火大，烧得你在这里胡说八道。"亦非忿郁已久，不能便出此言。乃鄙人昔与某君演此，甫一露面，某君即对鄙人所饰之乔玄，大加申斥，甚至即一赐座之微，亦怒气冲天，此自以为是者也。又有某君随鄙人在青岛演剧，是日为《八大锤》，某君无事，乃在后台与群众玩笑，语秽至不可闻。鄙人云："你既闲着没事，何不扮一旗牌上去，亦助声势！"此君不惟不听，反勃然大怒，以为鄙人令其扮一旗牌，似有意侮辱之。不知旗牌与旗牌不同，如此《八大锤》中之二旗牌，一生一净，与王佐同上，仅此寥寥三人，若再以二名烟容菜色者充数，未免有负观众盛意，且旗牌、报子、皂隶，在过去皆有专剧，如《起布问探》《番儿》《醉皂》等，鄙人为戏择人，彼不明了此旨，反加无理之怒，此油滑取巧者也。不但此也，即配角之服制、饮茶，鄙人皆有时加以纠正。如某君与鄙人演

---

① 京剧行话，指捣乱。——编者

梨园春秋笔

《群英会》之孔明，至三人猜火字时，忽发现金制煌煌之戒指一枚，套在孔明之指上。鄙人不觉诧异，因此君既非坤伶，何乃以此示其阔绰。况孔明不单是一男子，且为千古贤臣，此时羽扇纶巾，而手戴戒指，若孔明浮华如此，鲁肃尚不该戴金项圈乎？后又与此君演《甘露寺》，及至刘备匍匐膝行时始发现此君未穿彩裤，着一杂色之便裤，语其材料，则京市所以讥诮"穷人美"之"唾沫葛"也。鄙人以为刘备如此之膝行狼狈，已是唐突古人不浅，乃更穿唾沫葛裤子，则刘备更成何如人矣。遂以言规劝，此君始尚犯僵，然终以鄙人之言为有理，后乃不再犯此情形。

记者问：马君对于配角之服装，有种种纠正，业如上述矣，请问对于配角之饮场意见若何？

马君答：饮茶案之老例，本不许可。无如人皆肉嗓，引吭高歌，既已费力，复不准喝水，亦非人情。则只好就僻静处饮之，既为调剂人之嗓音，则其间无甚累工者，更大可以减少饮场。无如积久相沿，饮场之真意消失，变为摆谱充阔之用。遂亦不顾在此剧中之时间矣。如某君与鄙人演一家庭伦理剧，鄙人饰夫，某君饰妇。二人因事争吵，鄙人正有大段念白，某君忽掉头去饮场，鄙人竟致自捣鬼话，心中实为快然。其实在此剧中，鄙人之唱念较之某君多至数倍，某君之嗓，素亦圆润，绝不至竭蹶。此种举动，除京谚所谓之"要菜"外，迨绝无第二名词也。

记者问：除去非时饮场之弊病，尚有随时上下之弊，不识马君亦注意及之否?

马君答:此层鄙人早已见到,且亦有所改正焉。如《三顾茅庐》一剧中,至后部博望坡烧屯,关赵交令,孔明初无"后帐歇息去吧"之明令,乃关赵竟直往后台而去。及张飞负荆,只剩鄙人与刘备矣。鄙人事后曾对饰关赵者说明此意,饰关公者时为鄙人之族兄春樵,闻鄙人之语则曰:"因为后边就没有事了,所以去后台卸靠。"鄙人则曰:"您前边若干力气都卖过了,何必忙在此数十分钟?须知孔明此时正式升帐,责罚张飞,必须正襟危坐,关张皆听其指挥,今若一任关赵溜下,已不啻自贬权威,尚成何孔明?"族兄听鄙人之言,后亦首肯。再演"负荆"一场,则扎靠旁立矣。不但此也,又有一次,亦演张飞负荆,刘连荣君饰张飞,负荆跪地,因箭衣之底襟,略有不适,检场人一时弄小聪明,竟趋前代为整顺。当时观众之目光为之一变,群集中于此检场人,鄙人正念大段话白,因之空气亦由张而弛。此又鄙人不怿之一事,皆以其破坏演剧之整个精神也。

记者问:马君如此熬心整顿,如水银泻地,无孔不入,令人钦佩之至,想社会人士,同情者必多。

马君答:鄙人此种,乃为整个之剧着想,绝非对私人有何挑剔。无如人之反省甚难,多有从之而喜,违之则怒者。鄙人此种严格的配角主义,社会人士,虽多嘉励,而本行则未免落一部之嫌言,均谓"马连良的班难搭",仿佛鄙人若何严恶,其实鄙人乃本"实事求是"之意,不料竟致此言。

梨园春秋笔

虽然，古人云："礼义不愆，何恤于人言？"鄙人所以严格者，对戏绝非对人。凡有演剧肯卖力气，又能体验剧情之同业，鄙人绝对重之爱之，方且延揽之不暇，又何难搭之有乎？或曰：配角到底是配角，何必如此认真？鄙人则以为不然。因既称为一剧社，则不当分此畛域，众人好亦即是马某好，马某不好亦即是众人不好，况"人人可以为尧舜"，中国古代圣人动以尧舜期望旁人，夫尧舜岂是可以容易做到者，圣贤乃以此相期。若必曰我是配角，即可以不卖力，何其自视甚轻也？且鄙人亦曾与人"捎刀"，若彼时即存此种心理，又安能得有今日？故云配角即可以不卖力气，未免沮人向上之心。然扶风社之难搭，亦非假事。

记者问：何谓也？

马君答：难搭原因，并非鄙人挑剔，乃社中配角向来齐整，若本身修养不足者，骤然加入，则相形见绌，未免知难而退矣。如由票友下海之某君，单演各铜锤戏，若《草桥关》《上天台》等，颇有时望，曾为鄙人配演《马义救主》之文天祥。乃其上高台时，竟与平日判若天渊，嗓亦缩回，大有捉襟见肘之概。鄙人初未明了何故，后细推测，乃因鄙社之《马义救主》，校尉、刽子手等，皆较他班为多，而且服装鲜明，生气虎虎。某君究属票友出身，气魄有欠，遂不觉自馁耳。

记者问：以马君之训练配角如此其勤，必无失事矣！

马君答：亦未必然，古人有云"善骑者坠"，如此小心，尚有时出错，况再漫不经心乎？如鄙社之龙套，十年来未有舛误矣。最近演某武剧，竟上三龙套，其一龙套，在大箱上酣睡未醒，此三龙套，已高举标子出台矣。台下自然大哗，此一方被喊醒之龙套，顿时骇至面色绯红。鄙人见状深觉不忍，乃亲自上前以好言安慰之，并代为扣纽，连谓："不用着急，不用着急！"在鄙人非敢自诩慈善，诚以所恶者在其自以为是，不听劝导，非事事皆不谅人也。且欲言改良整顿者，尤不可不明责任。此龙套之误，误在头旗，以言责难，应对头旗，不可专责末旗。

记者问：素闻马君对于剧中人之服装，多所改革，为国剧界放一异彩，敢问其详。

马君答：此层，乃鄙人对于国剧之一小小贡献，其间且亦难保无误，是仍在热心国剧之诸公，时加匡正指导，则鄙人不胜欣幸之至矣。鄙人对于演剧之服装，过去向极注意，盖灿烂光明，令人一望即可以增长精神，发扬志气，诚以爱美之心理，乃人人所同然。其间色彩之协调、光线之匀整，即在欧西人士，对之亦视为演剧要源。在过去，鄙行中之老先生，对此多不讲求，以为有水纱、网子即可唱戏。此种心理，鄙人实不敢赞同。好在时移事易，今若再有此等见解之同行，鄙人他不敢言，只好云"我没他心里有根"，则亦"八仙过海，各显其能"而已。鄙人之对服装加以改革者，其大端诚不外乎求美观起见，然亦附有两种条件，一为"近真"，一为"复古"，而其间之"复古"者，有时亦即"近

~~~~~~~~~~~~~~~~~ 1936 年马连良与卓别林摄于上海新光大戏院

真"。夫国剧一道,从前人皆不加注意,其或视为下级娱乐,故皇帝、丞相等之服装,亦无人加以考订,总以"戏者戏也"为自欺欺人之小道而已。然近数年来,中国戏剧一门,风行世界,外国各名影星,如飞来伯①、贾波林②等皆尝化装如国剧演员,飞来伯曾摄一《蜈蚣岭》武松戏像,贾波林则在上海与鄙人合摄一《法门寺》成像,贾波林氏饰贾桂,鄙人仍饰赵廉。其名流学者更不知凡几,皆以国剧为吾国若干年来代传艺术,咸与观摩,而往往问及鄙人,是否此种装束即为古代衣冠?此在平民,尚无大关系,惟以帝后、丞相、大将等之制服,彼邦人士,更格外认真。且中国剧之扮相原始,亦绝非全不似真者。试观明代大臣画像,其所戴之纱帽,是否与今之纱帽无大轩轾?其王侯所戴之帽,更酷似今之"黑大镫""耳不闻",故欲一口回绝之曰"中国剧演员所扮演之人物装束全与古违",亦无正当理由。其间又有故意移宫换羽者,试观南薰殿内之历代帝王画像,所有南宋高宗、孝宗等,所戴之冠,既非堂帽,又非平天冠,全为"一色相貌"。此若以皇帝头戴相貌出台,本国观众必将视为无上怪剧。然谓古无相貌,又绝不可。是即移宫换羽者焉。大抵过去为专制时代,梨园行之地位,未能完全提高,表演古代帝王,不但不敢求其必像,而且不敢求其不像,为

① 即范朋克(Douglas Fairbanks)。——编者
② 即卓别林(Charlie Chaplin)。——编者

免有人以轻慢亵渎大不敬罪加以非难。时至民国，则此种羁绊已完全脱去，何必不再以真实面目相见？此又鄙人对剧中帝王、丞相、元帅、大臣等之服装所以为改易较多耳。

记者问：马君所改革戏中之帝王大臣等服装，请问有何根据？

马君答：所根据者多为画图及《舆服志》等，惟《舆服志》上所载，或者尺寸不符，或者容易妨碍艺术，故多以画图为折中之。

记者问：画图能悉如古制乎？

马君答：若古之《十八学士登瀛图》《麟阁功臣图》《睢阳五老图》以及《锁谏图》与后之各代名臣家藏喜容画像等，虽千姿百态，服制则无不如真。其历代帝王画像，尤无人敢以私意篡越。爰就戏中表演所适，略加损益，皆中古法也。

记者问：演剧化装，师法图画，此亦有前例乎？

马君答：霓裳羽衣分段制谱，何尝不以图画为之？且升平署所藏之身段扮相谱，亦皆为图画。扮相既可以图画存，是更无妨先师图画也。

记者问：人言法图画者，容易呆板，马君今以模仿画图为主旨，其流弊无乃将致呆板？如某老板，善演关剧，世人多谓其为“画儿派”，实即此意。

马君答：鄙人所参酌于图画者，与此老先生不同。因此老先生之模仿图画，系模仿原画上之神气，鄙人所云之模仿者，仅其装束。神情举止，仍为我之自身，又何僵板之有乎？且鄙人模仿古代衣冠，亦以不能妨害艺术动作为限，如峨冠博带，举止辄为所牵者，亦终不采用之。

记者问：马君对国剧旧有之服装，加以改革者，已有若干？

马君答：有整出改革者，有一种改革者，未知所问为何种也。

记者问：请先言整个改革者。

马君答：其整出改革者，曾有一出曰《新白蟒台》。

记者问：《白蟒台》已为新剧，何又加以新字？

马君答：此新字自有新字之意义，非随便云云也。因《白蟒台》一剧，普通所演多由《取洛阳》起，中加一场"王莽升殿"，令邳肜造台，而继之仍为《取洛阳》，下始串入《白蟒台》，于是马武之重要，几乎驾王莽而上之。鄙人从前，未敢妄谈改革，只好人云亦云，如常所演，心终耿耿，后又涉猎史鉴，愈觉诸多不符。其于王莽之个性，亦毫无所得。案王莽篡汉，动辄以天为言，故火及渐台，犹曰："天生德于予，汉兵其如予何？"剧中对此，全无表现。乃不揣冒昧，加入"王莽祭天"一段。所以卤簿仪仗、执事各官之服装，皆从古制，鄙人所饰之王莽，亦冠冕端庄，蟒案火龙山藻、两巳相背诸制。祭天时安有大段唱工，后则上巨无霸，与汉将开打，且有虎豹等套子，于夜场演于华乐，颇不为大雅所讥。此虽名曰《白蟒台》，而内容所演，绝非固有，是以必曰《新白蟒台》也。

记者问：马君于《新白蟒台》以外，尚有何剧？

马君答：尚有一全部《胭脂宝褶》，即传奇上之《胭脂雪》《绣衣郎》也。鄙人在此剧中，前部饰永乐帝，后部饰白槐。所制之冠，即仿自古代画图，如所谓"小朝天翅"，尤其腰系之带，不敢以普通之鸾带混之，乃宽幅，绣以团花，此仿古之"方团球路带"也。此种服制，创始于宋，而明之画像，尚多保存勿替，故鄙人于饰永乐之时，决仿着之。

记者问：此永乐帝之革新服装，既闻命矣，敢问对于白槐之装，是否亦有改革？

马君答：此亦略有所改，因普通只戴硬青罗帽，故改以四方形戴鹅毛。然则不敢诩为全系鄙人改造，汉剧大王余洪元有此种头巾，遂采仿之。至于其上之长寿字，亦本之余氏所为。

记者问：皂隶头戴之巾，上缀鹅毛，当有所据，惟长寿字之镂花，似乎无本。

马君答：鄙人适已言之，所有帝王将相服装谬误之处，万不可不亟加以改正，其余引车卖浆之徒，古既无征，则亦只好沿袭旧日扮法，而折中于各种戏班，择其比较善者而从之。且鄙人之主张，而以唯美为艺术，即所改革，亦必求与鄙人之审美宗旨不谬。如《清风亭》一剧，有人主张真将张元秀夫妇扮成臭要饭的形状，以为必如此方能合于剧情。是

《胭脂宝褶》马连良饰永乐帝

则大可不用演员，即从大街上找来两个"臭要饭的"，推之上台，不愁其不像真也，其如乃演剧何？鄙人此言，绝非自相矛盾，换言之，即谓鄙人所改古代帝王将相之剧装，不因其古其真而因其美，亦无不可也。

记者问：向见今之名伶与马君同工者，多服一种仿佛官衣，而下亦绣有海水江涯，此种曰官衣蟒，已风行海内，语所自来，皆曰是为马君所创，请问高意所在。

马君答：此亦仿自古之画图也，因"衮衣绣裳"，其来甚古。下衣无绣者，唯非贵官始然。唐人诗云"海图坼波涛，旧绣移曲折"，所云以海图入绣者，即为今之海水江涯，此在唐人，乃普通之绣样。故以褚遂良之品级，而下裳无绣，只着普通官衣，所未免贵移于贱，尊杂于卑，故鄙人毅然创此，不图遂风行一时焉。

记者问：考之清代服制，其补似皆缀于外套之上，疑即今之官衣，不识马君添制官衣蟒与此是否相等。

马君答：此等穿外套缀补子者，其内又必衬以蟒袍，蟒袍之下摆，必有海水江涯，则仍如官衣蟒之情形也。故鄙人所制之官衣蟒，不但合于古代大臣之画像，即以揆之清代，衣颇相似焉。又鄙人所以用制官衣蟒者，一般人皆以为乃黑色，或且加之议论，不知鄙人之所采者乃为石青颜色，绝非普通之黑色，清代确乎以之为官服之色。况即以黑色言之，古人亦讲上玄下黄，是玄色又绝非贱者之服也。

记者问：剧中人之扮相有与清代相同者乎？

马君答：有之如《雁门关》之萧天佐，即服此服也，而最不讲理者，则为《苏武牧羊》。在此剧中，有一场"小金殿"，非汉武帝方面升殿，乃单于王方面升帐也。有一花面，亦穿蟒袍相貂。夫以北国单于之臣，则衣匈奴而已，何得忽改汉人装束？且此剧既有汉庭金殿在前，多此一场，更为重复。鄙人方且有志改之，尚未暇也。此外鄙人最近即将上演之《马跳檀溪》，亦将有特殊扮相，刘备所戴，其形似四方斗而用红色，此乃仿古赤帻之意。因刘备败依刘表，其时之服，最费踯躅。鄙人采用此种"仿古赤帻"之扮相，比较尚为顺情。

记者问：马君所创之冠服，初不止此，尚有一种乃儒生所戴，如《要离刺庆忌》之要离，即戴此种新式头巾，敢问此名何种？

马君答：此名"两仪巾"，古人所谓之"两仪巾，后垂飞叶二扇"，即此巾也。此亦采自古之画图。

记者问：然则所衣天青之衣，下摆沿以花边，此绝非褶子，是何名义？

马君答：此亦鄙人所创，其名为襕衫。古云"利市襕衫"，即指此也。古人常于深衣之下，著襕及裙，以为上士之服。又秀才之赴考者，亦多服此衣，故有"利市"之称。鄙人演全部《范仲禹》等剧，亦时着之。于此又忆及一笑话，可以奉告，即此物曾见之剧词是也。

记者问：是为何剧？

～～～～～～～《马跳檀溪》马连良饰刘备

马君答：《击鼓骂曹》祢衡所唱之快板，中即有一句曰"脱去褴衫换紫袍"。不知者多误以"褴衫"为"蓝衫"，于是议论轰起，且有笔之于书者曰：祢衡所穿，明明是一件青褶子，何乃自称为"蓝衫"？为之辩者又曰：蓝衫即青褶子。夫青褶自是青褶，褴衫还是褴衫，二者岂可混为一谈？是殆不知有"褴衫"二字耳。

记者问：聆马君所论，对于改良服装，厥功甚伟，惟不知当日是否亦有赞助之者？又贵界中过去对改良装饰深表同情者，曾有何人？

马君答：鄙人在过去时，本亦不敢妄谈此"改良服装"之一事。惟于发动此议之后，颇得老先生一二人者之赞助，始敢放胆为之。

记者问：所谓老先生者，伊何人斯？

马君答：如已故之名小生朱素云氏，即其人也。鄙人于排《要离刺庆忌》时，朱先生对于要离之服饰，即多所建议。因朱先生深通文学，又能翰墨之事，对古代之画图，所见亦多，故能与鄙人互参订之。又朱先生本身，对于服装亦多讲求。如本身所著之靠，曾有一名曰锁子甲，其形仿佛排穗铠，最宜于小生演《白门楼》等剧穿着，其制为外间所罕见，鄙人今尚记其形式，曾与叶君盛兰提及，劝其可制一身，于演吕布时着之。

记者问：马君对于古代武将铠甲之制，有何新发见者？

马君答：此层鄙人亦正在考虑中，原鄙人第一次演头牌戏，即为全部《定军山·斩渊》，对于靠戏，亦岂能恝然？忆于数年以前，在济南演剧，因获入衍圣公府，于车服礼仪之外，复得瞻仰府内戏班从前所得之行头，无论盔头、蟒帔，器皆与今时所存不同。种类繁多，尚有因在锁扃中，不得机会参观者，殊深怅惘。鄙人当时曾妄作主张，以为此等大可觅一相当地方，公开展览，酌收票价，以示限制。因对于无论今之喜研戏剧者及演员，皆有莫大之裨益焉。中有一种长方靠旗，虽未明了其为何剧专用，但与《缀白裘》等所图无异，鄙见以为当系普遍之物，其式新颖而合于理，今人大可仿而行之。鄙人于未决定排演《春秋笔》之先，曾拟排一剧曰《全家福》，主角老生，乃韩擒虎之父，出征边塞，被获招亲，亦为扎靠角色。鄙意如能实现，则扎长方式之护背。惟此事即假定实现，亦当在《春秋笔》后也。

记者问：原来戏剧中之服装，亦有合于古者否？

马君答：皆合于古，不过其间有互相窜移者耳。其最肖者，为高方巾。其上折角，乃汉人郭泰尝行遇雨，巾一角垫，时人遂故折巾之一角，以求其似。又如风帽一种，从前老人尚有戴者，不必古人，清末民初且然，何得遽谓舞台上之装束，无一像真者乎？

记者问：闻马君灌音至多，为数共有多少？

君答：鄙人生平最喜灌片，对之且有特别兴趣，因念人生于世，必须有一可为纪念，永传之于后世者。我辈既为艺人，则唯一足资后来之纪念者，厥为歌唱，故于灌音一事，极乐为之，且不自今日始也。其间有与同业合灌者，多不胜记。而尤以本人自灌者为多，其间有许多出乃后来之已不演者，灌音之后，就可存为纪念也。所灌各种，亦有鄙人根本在各戏院即未露演者，如《大周兴隆》一剧，鄙人之唱片中虽有之，而在外并未演过。又如《风云会》一剧，鄙人在外亦未演过，而灌音中曾灌之。统计鄙人在各公司所灌之片，于民国十八年已有一百一十余种，似为同业中灌片之最多者，但以后又与王玉蓉女士合灌全部《武家坡》等，是其为数，殆又不止百十余种矣。

记者问：闻马君曾创办一灌音公司，事在若干年前？

马君答：此民国二十一年春季事也，鄙人因鉴于灌片事业之在外国至为发达，盖其为用，绝不止于存演员之歌唱，如老人遗嘱、长官训词、名流演说、中人证语，皆可利用灌音，以资保留，其裨益于社会者，足以息争辩，杜纠纷，垂纪念，存善言。乃就合教中同志，如马步云、洪继英、沈睦公诸先生，延聘美英技师各一名，其公司之地址，则在东城金鱼胡同内冰渣胡同。无如一种事业之成功，至为困难。当时往灌音者，虽不乏其人，如文学家俞平伯氏曾灌《游园惊梦》等，乃因当时之时局不甚平静，加以此种事业之在京师，终鲜大多数人之了解，故其势仍难普及。又以彼时之社会局，对此不但不予提倡维持，反力加摧残破坏。鄙人于时已耗去若干金钱，复遭此打击，遂灰心铩羽，宣告停业矣。

记者问：当日马君亦曾自灌唱片否？

马君答：灌有《天雷报》《假金牌》等数面。其片并非树胶所制，乃以赛银铜板为之，针亦竹针也。

记者是晚与马君长谈许久，马君谈锋甚健，几使记者记不胜记，辞归寓后，因约略记之，即此二十一日所刊载者，且以时间急迫，亦难保所记无误，是在读者与马君见谅云尔。

– (原载：1938年6月11日至7月2日《新民报》)

访马连良先生

采访人：韦妮

　　那是一个周末的下午，我有机会见到了北京京剧团赴港演出团的马连良先生。这位一派宗师容光焕发，精神抖擞，谈到兴起时，霍地站起身来摆上那么几个式子，哪像已是年逾花甲的人。这大概就是他自己所说的："过去演戏是到处受气，如今是扬眉吐气。"心底的愉悦之情，溢于言表啦！

　　一个多钟头的畅谈，他不但毫无倦意，还关照沏茶飨客呢！台上凝重、老练，台下却风趣盎然。当我们提出怕耽误他休息而告辞时，你猜他怎么说的：

　　"别忙着走哇，今儿个晚上没我的戏，多谈谈。就算有戏，等散了戏一两点来聊也没问题，那时候咱们'精神下班'，谈兴正浓。"

　　我只看过他的《赵氏孤儿》，虽说对京戏不在行，但也能欣赏到内行人称之为"髯口"的表演艺术，因此忍不住要问，那串胡子是挂在耳朵上的，怎么去控制它的摆动恰到好处呢？

　　"这得靠'幼功'，打小坐科时训练的。过去练的时候，得靠着墙来摆动脖子，否则会晕的。耍髯口也有好多种，表示愤怒的是'摔'，表示心情沉重的是'飘'，不同程度下的也可以用'颤'。'幼功'扎好了，并不因年纪增长而影响的。"

说起"幼功"，倒提醒了我，马先生是北京市戏剧学校的校长，那出加插在《杨门女将》一片前面的《含苞待放》，不正是戏剧学校学生们学习生活的纪录吗？

"这几年来您收了不少学生吧？"

"是呀，我给说戏的多数是成年演员，打外省到北京来学戏的，最远的是青海京剧团的刘成高、徐明策，还有尹月樵（沈阳京剧团团长）、杨淑芬（石家庄京剧团团长）、李玉书（天津前进剧团团长），都尽是在业的演员啦。除了徐明策，她们都是女老生哩！"马先生一口气数出那么多女徒弟的名字来，要不是有人提醒他，几乎把最近在国内以唱《李天保吊孝》驰名的河南越调名角申凤梅也拜在他名下学艺的事给漏掉了。

"申凤梅可真不错，是个全才，能唱小生、旦角跟老生，袁世海介绍我收这么一个徒弟。她唱《收姜维》的那天，我还特地去为她化妆，送给她扇子，一出台呀，观众以为是孟小冬出来啦！"说起他那些遍布全国的满门桃李，马连良先生可乐开了。既然有那么多女性唱老生的，也不知场面可有女性学？

"咱们学校是因材施教，倒了嗓不能唱的，就他们各自的天赋、兴趣学东西，现在学校里弹月琴、掌板、司鼓，甚至拉胡琴都有女学生。过去是不养老，不养小，现在是既养老，又养小，老艺人吃香极啦，全国的戏剧学校都来争聘他们去执教，简直没有失业这档子事儿！"马先生啜了一口他最喜欢的酽茶，接下去说："过去我们学戏的时候，没电灯，没电话，没电视，没录音机，没暖气，六十几个人挤大铺，蚊子、臭虫倒是一应俱全，可是今天戏剧学校的学生们，什么全有了。每个星期还得放一天半的假，让他们歇息去，有多幸福。这些孩子呀，一到了星期五，那心里可就'长草'了，周末回家，到星期一回学校，节目别提有多丰富了。"想到自己艰辛的过去，看到下一代幸福的今天，马连良先生约谈越高兴。恨不得一下子全告诉我们才舒服。

从学生的学习生活，又谈到他自己的作息，马先生处理自己的生活是"机械化"的。每天早上起来之后，只要不是下大雨，总要从他所住的西长安街往天安门的中山公园遛那么一个圈儿，然后回家处理自己的琐事。中饭后从一点到三点这段时间，是留给全国各地来学戏的学生们上课的，每周到北京市戏剧学校两三次，给学生们说戏。碰上要演出，晚上的时间就安排"夜战"——念本子、排戏。不演出就去看人家的演出。最感兴趣的是看画展。

"不管看其他剧种的演出也好，画展也好，我都希望从观摩里吸收点东西，作为自己业务的借鉴。闲来学，忙来用。"马先生强调地说。

"打个比方：《赵氏孤儿》里头'说破'那一场，我一

梨园春秋笔

听见孤儿叫门，合册、起身、想开门这个身段，就是当年从谭鑫培唱《朱砂痣》时贾洪林的一个身段转化出来的，那时候我才13岁啦！这岂不是闲来学，忙来用吗？"

当我问起他《赵氏孤儿》中程婴这个人物的创造过程时，他却笑开了：

"这个说来话就太长了，我写了篇程婴创造过程的文章（按：指《我演程婴》一文），两万多字，可惜没带来，要不然可以给你看。"一听说两万多字，哪是三言两语可以说得完的呢？

–（原载：1963年6月16日香港《大公报》）

马连良自述轶事

采访人：许姬传

马连良，1901年正月十日，出生于北京一个戏曲气氛很浓的回族家庭——平则门马家茶馆。幼年入喜连成——富连成科班学艺，当时科班的艺徒，童年时就要到台上扮演龙套、配角，随着年龄的增长和艺术的提高，从次要配演上升到硬里子，而后成为主要演员。对此，马连良谈道："这种教育方法有好处，一是在配角时，已经熟悉戏的场子及舞台位置；二是有机会给名演员当配角，能够熏染学习到许多好东西，到自己演正角时就反映出来了。"

与谭鑫培演《朱砂痣》

"宣统二年，我曾在文明茶园义务戏里陪谭老板在《朱砂痣》里演小孩——天赐，谭老板演韩员外，陈老夫子（德霖）扮江氏，谢宝云先生扮金氏，贾洪林先生扮病鬼——吴惠泉，一台都是好角，使我深刻难忘。"

谈师承

"我最初是学谭派，同时也琢磨贾洪林、余叔岩的表演，因为他们都是学谭的，但贾、余两位的嗓子早年受过损伤，而他们的表演都有独到之处。我学余是看他的戏，贾老师则磕过头，那是民国五年（1916年）春天的事，第二年贾老师就逝世了，我正式拜师学艺，只有一年半的光阴。贾老师往往在戏里扮演一个并不重要的配角，如《打侄上坟》里的家院陈芝，只有几句念白，《朱砂痣》的吴大哥，只有几句散板，每次都有满堂彩，有时还代谭老板唱《碰碑》《空城计》……座儿也照样欢迎，他的人缘之好，可以想见。"

"《朱砂痣》我先演小孩，后来演韩员外。演韩员外学的是谭老板，谭派与汪派唱法不同，'认子'一场，谭的脸上身上有戏，异常精彩，但必须贾老师来演病鬼，才能把戏托出来，所以谭起'同庆班'，离不开贾，像《搜孤救孤》里，贾先生的公孙杵臼，捧得严极啦！我早就学会贾老师的吴惠泉的一组身段，但许多新戏里都用不上，直到1959年排演《赵氏孤儿》程婴画《雪冤图》时，才用上这组身段，这时，我已59岁，距离扮天赐一晃50年了。"

马连良珍藏的贾洪林（右一）《桑园寄子》剧照 〜〜〜〜〜〜〜〜〜〜
（"文革"期间本文作者许姬传代为保管）

谈断错臂"投河自杀"一事

"事情发生在天津中国大戏院,头天《要离刺庆忌》,第二天《八大锤》,问题出在第二天。要离刺的是右臂,王佐断的是左臂,可是扮戏的绑了王佐的右臂,当时,我也没有注意,出台后,台下喊喊喳喳,有些骚动。那天叶盛兰演的陆文龙,马富禄演的乳娘,我就问,出了什么事?他们告诉我绑错了膀子,我当然很不得劲,但台下很快就静下来,我也聚精会神唱完这出戏。第三天《甘露寺》,观众反应很热烈,上座全满。至于小报造谣(指'投河自杀'一说)是他们的惯技,不足为怪。看来,咱们这一行,虽然每天只有两三小时的活儿,可是够紧张的。"马连良对那次的经验教训,作了分析:"管箱扮戏的是傍我多年的余师傅(余玉琴的孙子),那天他非常懊伤,只抱怨自己,我倒安慰他说:'这个错儿出在两出戏都是断臂,一左一右,以后,咱们格外注意就是啦。'俗话说,唱戏的不出错,难道听戏的倒错啦?"马连良对梅兰芳先生说:"我记得您曾告诉我:'演员出台后,要保持清醒的头脑。'可以当作座右铭。"

谈嗓子的飞跃——从扒字调到六半调

"我饮食方面,尽量少吃油腻的东西,不喝酒,不抽香烟，多年来，坚持遛弯，喊嗓，呼吸早晨的新鲜空气。这样，一年年有规律地生活，我的嗓子就一天天地见长。"

"梅大爷的文章里引用陈十二爷的话：'……夫气，音之帅也，气粗则音浮，气弱则音薄，气浊则音滞，气散则音竭。鑫培神明于养气之诀，故其承接收放，顿挫抑扬，圆转自如，出神入化，晚年歌声清朗，如出金石，足证颐养功深，盖艺也近乎道矣。'这段话非常重要，我早年虽听过谭老板的戏，有很深的印象，也学到一些东西，可惜我正在用心钻研时，他老人家就逝世了。以后，我常听刘宝全的大鼓，从中得到许多用气、养气、换气、偷气的方法，我不断在台上试验，逐渐开了窍，我常对学生说，你们要研究我用气的方法，比学唱腔更重要。"

陈彦衡先生曾言："科班锻炼过的人，在台上唱了多年，就找到窍门，豁然贯通，马连良的嗓音已达到'音堂相会'的境界，现在的老生，论嗓子都不如他，例如余叔岩的嗓子干，菊朋窄，富英的嗓子宽亮，但用气方法不如连良。"

－(原载：中华书局 1980 年 1 月出版《许姬传艺坛漫录》)

管中窺豹

～

马连良之本戏谈

采访人：铁珊

　　近数年来，戏剧艺术，竞进不已，新排之本剧，为数尤多，然多偏重旦角方面，梅尚程荀，俱经许多名宿，为之编辑，十色五光，各臻绝妙。其他生净戏中，鲜所新构。有之，则唯有马连良一人而已。其所编本戏，约有十余出之多，如《平五路》《三顾茅庐》《舌战群儒》《刺庆忌》《青梅煮酒》《祭泸江》《苏武牧羊》《假金牌》等剧，其中间或取材旧本，重添润色，大致则皆焕然一新，平心而论，诚有继往开来、推陈出新之功。日前鄙人曾与连良两宜轩同席，同席者多称道连良之本戏。连良谦抑未遑，自述其编辑本戏用意，立论不俗，其立志亦有足多者，爰为濡笔记之。以下连良语：

　　余以为戏剧，固为美的技术之一，然关于社会教育，颇具感化之能，对于世道人心，亦有所左右，往往一剧演来，居然能移情动意，感而落泪者有之，闻而兴起者有之。惟园中所演段戏，或存头无尾，或有果无因。如演《坐楼》不带"杀惜"，未免蹈诲淫弊。演

《黄金台》止于"盘关",不带"复齐""破燕",似乎炫耀奸权得意。演《三上轿》至《假金牌》,只到孙伯阳回衙止,至于如何处置张秉仁,李通夫妻被害昭雪与否,全然不晓,观剧者能无遗憾?《一捧雪》不带"刺汤",人心为之不快。此等段戏,不演全本,于戏旨上,既属不合,于艺术上,亦嫌缺略。故余主张编演本戏,是为社会人心的关系,并可请观众对于剧事剧情,了如指掌。在艺术上,也可尽致极研,判微中鹄。最近将出演之《假金牌》,最后添有"金殿辨奸"一幕,所为一泄以前所演《三上轿》《假金牌》之忿,使观者大快人心,虽于历史不无出入,然于奖善惩恶,良具苦心。

席间座客,浮白称快云。

-(原载:1931年10月29、30日《全民报》)

马连良谈灌音制片

采访人：柱宇

【特讯】名伶马连良，近于东城金鱼胡同冰渣胡同创设"马连良灌音制片社"，已于本月 24 日开幕。日前前往灌音者，颇不乏人。记者特于昨日前往访问，由马连良本人接见。兹录志谈话如次。

记者问：何为灌音制片？

马答：本社系仿造各唱片公司灌音方法，代一般人灌音制片。在北平地方，系属创始性质。不过，各唱片公司所灌之留声片，系供其售片之用。本社之任务，系代人灌音制片。制片之后，并不售卖。欲灌音者，来本社付价后，即赴灌音室灌音，仅制成赛银钢片一块，交灌音者本人携去。钢片形式，与普通之留声片相等。惟普通之留声片，系树胶质，钢片则系金属体，此不同之点。

记者问：现北平胜利唱片公司，亦代人灌音制片。有无同异之点？

马答：普通留声片，系树胶质。本社所灌，系钢片。胜利公司代人制片灌音，则系纸板。普通留声片用钻针或钢针，钢片用竹针，纸板则用胜利公司特制之钢针。普通留声片可唱二三百次。纸板可唱四五十次。钢板因体质最坚，又用竹针，可永远使用，绝无损坏之事。

记者问：此项竹针，一枚几次？

马答：只能用两次，与钢针相等。此项竹针，亦系从外国买来每袋 12 枚，每六袋售大洋一元。不过，使用之后，尚可用砂纸磨锐，再用一两次。且此项竹针，如能自制，亦可代替也。

记者问：此项钢片系本社新发明乎？

马答：非也。各唱片公司灌制留声片时，其灌入之一张、皆系钢片。不过，此钢片，等于一块之钢版，又等于印刷局之钢模。有此一块钢版，若制树胶质留声片，翻制数千张、数万数十万张，皆可自由翻制。若不翻制，则永远只此一块。

记者问：本社灌音制片，价格如何？

马答：本社备用甲乙两种钢片。甲种如普通留声片，乙种相当于甲种二分之一。甲种灌制一片，两面共需费 15元。倘仅灌一面，则取十元。乙种价格，又比较公道。

记者问：若仅能灌制一块钢片，似不能满足一般人之欲望。

马答：翻制树胶质片，事甚繁难，非送往外国翻制不可。将来，本社尚拟代办翻制手续，有此钢片，欲翻制者，可交由本社，与外国人接洽。不过，寄往外国翻版，其数最少须在五千片以上。但此项数目，不以一片为限。如甲片制一千张，乙片制五百张，丙片制一二百张，只需凑齐五千之数，即可赴运。

记者问：翻制树胶质片，每片约需费若干？

马答：每片约需一元二角。若以营业为目的者，销路大时，能售出数万张，即每片售洋一元五，利息亦不少也。

记者问：大致本社代人灌音制片，可灌何种之音？

马答：凡属声音，俱可灌入。以作用言，当然以留存一种之声音，使其永不消灭为主。如个人演说、双方谈话、音乐戏曲，因留存的需要，皆可灌入。细析之，种类繁多，不胜枚举。此则一任欲灌音者之自家研究耳。现本社为灌唱戏曲便利计，备有场面乐器，供唱者应用，不另取资。不过大鼓、单弦、岔曲，以及奉天评戏之类，因系特种歌曲，本社未能一一置备乐器。欲灌唱者，须自带乐器场面。至于演说谈话，则无设备之必要。

记者问：梨园行同业，亦可至此灌唱乎？

马答：本社为公开性质，任何人俱所欢迎。无论为票友，为内行，其为本社之主顾则一也。曩本社筹备之始，即有梨园行同业，向本人探询此项问题。其实，本社之名，虽为"马连良灌音制片社"，不过系一商标之名，并非专备马连良一人灌音制片者。原各唱片公司，派人在外，约请名伶灌制唱片，经手人多所操纵。有可以卖钱之角儿，因经手人不肯出价，结果又不能灌制。有无法卖钱者，经手人贪其有中饱之机会，又居然灌入。一般人不明真相，以为入唱片者即系名伶，未经灌入者必艺术不佳。乃至是非颠倒，黑白混淆。不过，无价值之唱片，在公司方面，亦不能卖钱，且有亏本之虞。究竟，灌片而无人买，在剧界中人，亦灌与不灌等。灌而可以发财，何必由唱片公司灌制？何不自行灌制？将来梨园行同业，若自信可以卖钱，尽可来本社灌制，自行托人翻版。可以免除唱片公司经手人之积弊。

记者问：每灌制一片，约需费几许时间？

马答：来本社灌音者，如灌戏曲，当然系本人确有把握之拿手戏。到本社时，先付灌音制片价值，为挂号之手续。次则在别室试唱一次，对准时间。灌制甲种片者，每面以三分钟为度，两面共为六分钟。若过去三分钟，即不能灌制片上。若过去三分钟，而所差无几，则减去锣鼓家伙，或减去一部分胡琴过门，或减去两句四句之词句，每面总期一适合三分钟为度。如灌演说，最好先起一底稿，至时照念。稍多稍少，临时亦无妨增减。总计灌制一片，前后约需一刻钟。

记者问：若灌音人，或唱戏曲，或说话，临时因他种原因，竟致遗忘词句。有无别法救济？

马答：灌音室内，仅有奏乐人、唱者或说话者。同去友人虽可入内参观，但不能开口，亦不能咳嗽。若灌音中，突然有阻，则此一片，即属无用，并无救济之法。

记者问：灌坏以后，由何人负责？

马答：若灌音时，并无毛病，而片子制坏，则归本社负责，再行灌制。若系灌音人出错，则归灌音人负责。再行灌制，须再付灌费。

记者问：灌音室之设备如何？

马答：灌音室，设备至为简单。四周系呢幛，下方铺地毯。正中有一收音机，以一电线，通主灌片室内。灌音者，以口对收音机。其距离，并无限制。发音时，不对准收音机亦可。若灌戏曲，场面人等亦在收音室内。乐器响时，即可灌入。

记者问：闻场面人等所在地点，须距收音机稍远。然欤？

马答：有此项问题，不过吾人灌音，以灌唱为主。至于锣鼓丝弦，仅为一种之辅助。场面较远，则发音较微。与唱者相形，自有轻重之不同。但场面距离较近，亦无不可。惟发家伙点，须稍稍放轻，使其不致压倒唱腔而已。

记者问：制片室内容如何？

马答：制片室中，仅一外国人，在内工作，不欲外人入内参观。故其中情形，不能备悉。

记者问：灌片之前，例有一种报告。譬如，唱片中开始在未响乐器以前，必有人报告，"某某公司约请某某老板唱个某某戏"；第二面接唱时，必又报告系"二段"。本社灌片时，系灌音者自行报告乎？抑系他人代为报告乎？

马答：此项报告，无论灌音者本人报告，抑系由本社代为报告，或由灌音者之友人报告，均无不可。不过，他人报

马连良在自己开设的灌音制片社内

告，其事甚为简易。譬如他人报告："马连良老板，唱个《苏武牧羊》。"只此一句，即已了事。若本人报告，则必云："我是马连良，唱一段《苏武牧羊》。唱得不好，诸君包涵。"此种报告，既废话，又难听，不如他人代为报告之合体也。

记者问：灌音时之程序如何？

马答：准备齐全以后，灌唱者及场面乐器，以及报告人，即预备动作。收音机上，有红灯绿灯各一。视绿灯一亮，即开始报告。报告毕，红灯一亮，即响动乐器。至于开口，当然与上台相同，须俟过门完毕。满三分钟后，红绿灯齐灭。乐器与唱，即应一律停止，不停止，亦已不能灌入矣。至于制片，甚为迅速。稍待数分钟，即可放在留声机上试唱，以证有无毛病。

记者问：本社开幕，已历三日，在此三日中，来此灌音者，因系何种？共灌有若干片？

马答：此三日，来此灌音者，甚为踊跃。其次，已达三十片左右。析其种类，有说话者，有唱大鼓者，有唱戏者。灌音制片，终以唱戏为主，故灌戏者最多。

记者问：灌戏者为内行乎？抑票友乎？

马答：此三日中，尚无内行灌制。盖从前，各公司之来平灌片，花钱无论多少，总之为唱者得钱。今本社之代人灌制，又须唱者自行花钱。两相比较，恰成一反比例。故内行之是否来此灌音，尚待研究，而已来灌音者，全为票友。如

最近来平之刘次长崇杰、冯总统之四公子，皆曾至此灌音者
云云。

-（原载：1933 年 2 月 27 日至 3 月 1 日《世界日报》）

马连良访问记

采访人：老张

前天晚上在我的朋友俞先生家里见到了马连良，虽然在舞台上看见过几次，直到那晚始由李先生和我们介绍了之后，才算是认识一位不着戏袍的马连良。

看模样，三十左右的年纪，笔挺的鼻子、长长的眼睛，像是比舞台上要丰腴些，觉得有一次看到他在《琼林宴》里面饰范仲禹的扮相要瘦得多。这大概是化了妆的缘故吧？

在目前的戏班里，唱谭派须生路数的角儿，像马连良这样的人才也不多见了。因此，当我和他握手寒暄的时候，至少有一些怜才之念；虽则我认为中国的旧剧是不合现代化的，但这是另一个问题了。

彼此寒暄了之后自然免不了要谈到戏剧的话题上去，他和他的私人秘书李亦青君告诉了我以下的一堆话。但是在谈话之间他们的语气太谦虚了，简直使我这样不懂戏的外行说不出答话来。

他说："这次到南边来唱戏的动机是为了要观摩各地方的文化，所以邀集了几十位角儿，组织了一个扶风剧社，到长江流域一带来表演平剧；同时因为感到中国的旧剧，是用纵的方法去整理，来表演以往历史性质的古代秘本，而忽略了从横的方面去发展，凡是一种民间的歌曲，堪以编为剧本材料的东西，很少有人去发掘。因此，故组织了一个旅行剧团来，负起一部分改进平剧的责任……"

他说到这里，我便插嘴说："这是再好也没有的事情，我很希望你们这个剧团，多做一些发扬民气，如《别母乱箭》《费宫人刺虎》《岳飞刺背》那类的戏剧。"

"是的，我们也在这样想，"他的那位秘书李亦青君接着说，"我已经把宣和遗事里面徽钦二帝被掳的情节编好了一个剧本，如果能够排演成熟，说不定就要上演。剧的情节是很紧张的，可惜还不曾想出一个戏名来。"

"宣和遗事里的材料固多，但明史里也不少，就是史可法的涕哭上疏，马士英的窃据政柄、宴乐偏安的史实，也未始不可以编成戏剧。我想，明末和现今的时代较宣和年间为接近些，或许做起来愈加能够刺激人心。"我便向他们提出了这样的贡献。

"我们也正搜罗这材料，觉得应该根据正史里面的事实来编剧本为正确；不过因为一人的见解不广，希望有人来帮助我们。"李君很诚意而谦虚地接受了我的提议。

"那么此番上新光做什么戏？"我的话顺便又转入到新光上面去了。

"旧历除夕的晚上是《御碑亭》，我演王有道；元旦日戏是全本《回荆州》，从《甘露寺》起直到《芦花荡》，前半部我饰乔玄，后半部饰鲁肃；晚上是《诸葛亮安居平五路》，又要饰两个角色，一是军师爷，二是邓芝；往后几天便是《打鱼杀家》《朱砂井》《八大锤》……"这是马连良对我说的话。

因为晚间的天气冷，从我朋友家回到我的寓所有着很远的路，便在酽茶喝淡了的时候和他们分手了。当临走时，马连良到抽屉里去拿了一张扮拍羊角哀的戏照出来，笑吟吟地对我说："张先生，这是赠送你的礼物，请你留在府上作个纪念，还希望你到新光来看我的表演，不好的地方请你给我们一个批判。"

－（原载：1936 年 1 月 22 日上海《时代日报》）

和马连良谈改良平剧的几点

采访人：吴页

马先生不但是一个全国闻名的须生，而且他还具有改良我国旧剧的宏志。的确，我国的平剧，确有许多地方应当加以改良，而且是刻不容缓的。

前晚在黄金大戏院招待新闻界席上，我找到一个机会，和马先生作一次短短的谈话，忽忽间也得了一些实料。

马先生学戏是从八岁时就开始的，他的成名，大部分还得了他父亲的指导。当学成后，他就到福建去卖艺，当时还只饰一些不重要的角色。福建是他第一个所到的码头，后来再回到北方去，这中间他对于演戏的艺术，有了很好的修养，《借东风》《甘露寺》《四进士》《苏武牧羊》《范仲禹》《法门寺》《清风亭》《打鱼杀家》《失印救火》《草船借箭》《安居平五路》等十几出都是拿手杰作。

他第一次到上海，是在民国八年（按：应为民国十一年），演戏的地方是亦舞台；这次到上海，已是第二十八次了（按：应为第十四次）。十六年来，他以为上海在各方面，都有着显著的进步，便是说平剧，也渐渐地在改良起来，较前已有进展了。

依马先生的意思，以往的进步，还是不够的，平剧是一种国粹，代表中国一部分的艺术，在国与国的关系日益密切的今日，平剧也慢慢地为外人注意起来，即因为外人所注意，我们更得顾到给人家的印象是什么样的。

马先生认为第一件应即加改良的，是舞台面的秩序问题。舞台面秩序的凌乱，差不多成了一般戏院共犯的通例题，来来往往的闲人，会把观众的目光转移过去，打乱艺员的专心，这一点要加改良，比较起来，还算容易。

其次是关于音乐方面的话，鼓声喧天，把人闹得头昏脑涨，也许因此会失去平剧未来的观众，现在的年轻人，大都不愿意侧身在这嚣闹的场合中，所以合理化的音乐是绝不可少的。至于演戏的时间，也应该尽量缩短，否则引起观众不耐烦，也不很好。

还有主角与配角的服装，应当使彼此相称些，主角的华丽的服装，从配角褴褛的衣衫上反映出来，固然显出了主角服饰的考究，不过，愈是把阶级划分得很清楚，每每竟使观众发生不良的观念。

平剧和电影的分野，平剧是"写意"的，譬如把鞭一扬，把身一转，意思说，已是骑马走上一万八千里，所以一般人因为不懂"写意"，对平剧没有好感。电影却重于"写实"了，战场竟真像战场，使人一看便懂，这一点，平剧最好也能如此，但是事实上是很难办到的。

马先生自己在北平新开了一所新新大戏院，这次到黄金演戏听说只有一个月的订约，因为他不能久离他自己的戏院，但是照马先生的声望，"情商挽留"，怕总在意料中吧！

–（原载：1937年《半月戏剧》第一卷第三期）

一代名伶马连良

——首倡改良舞台适合时代化

采访人：秀华

在舞台口，有一位歌喉妙曼悠扬、表演敏活自然、风度潇洒流利的须生角色，只要他一出台，便会使台下的听众格外兴奋、愉快，他所主演的剧，是要使各个人都能了解而适合听众的要求。

这个人是谁呢？便是本刊创刊号上的《伶工特记》中最末一段所说："循着美化的趋势，利用旧有的程式，发展自擅的天才而成为现在剧场最需要的一个骄子。"——一代伶人马连良先生，也就是本篇访问记所要记载的主人翁。

也许有人说："哦，原来是他，不过一个天才的艺人、舞台的成功者而已！"不错，马连良先生是一个富于演剧天才的人，他在舞台上算是成功了。但这并不算什么了不得。我们所要说的是在这个世纪中——中国固有的舞台艺术，几乎被一般所谓高尚的人物唾骂、轻视、讥笑到被淘汰的地步时，又一个大胆的艺人，不顾一切艰难与同行守旧思想者的讥诮，振臂而起，立誓以身作则，从事改良中国旧剧的污点——无论是剧本，是前台，还是后台。几年来的努力，使他得到同行及社会上大多数人的同情。使中国的旧剧，渐渐地走上了被人重视之途，虽然不是马先生一个人的力量，但说他是一位戏剧的革命者，总算可以吧？

趁着马先生未露演的时候，得一个机会去访问他，他很客气地接待访者，精神蛮好，健谈，善于辞令，都和舞台上没有两样。

记者先恭贺他上次赴沪的成功，并且问他上次有没有灌片，据说原打算灌全部《清风亭》，但是因为离返京只有一星期的工夫，恐怕来不及而没有灌成。"那么来北京灌片不可以吗？"记者问。"因为灌片公司各家都有其地方的权益，所以上海的公司是不便到这里来的。"

谈到舞台的改革，不由说到北京的新新戏院。新新在北京这些守旧的戏院中，是唯一的新式剧场，舞台大，座位多，时代化的建筑对于听众们爱美的观念，是很有关系的。我们曾经听到许多在北京向来不听旧戏的人论调现在是这样的："除非到新新去倒还可以坐得住。"这样说起来，这功劳不能不归于马先生，因为新新是他一人所计划成功的。

马先生说："外界不知道敌界人的思想是守旧到极点了。我时常对人说，虽然是旧剧，也应当有时代性，应合时代的潮流。比如谭老先生（鑫培）当初演戏的时候，有许多地方，他老先生如果认为不好，就自动地改良起来，于是在那时比谭老先生更老一辈的戏剧界人，便大骂谭老先生。到我们这也是一样要求进步，所以思想稍微新一点的人，如果对戏剧上有什么改良，便一定会受人非难，老先生们都话为：'毛孩子，懂得什么！'但是自信所做的事，是不出乎规矩的改良，是向善的，所以也顾不得人家的批评了。"

"马先生所排的新剧本，都是自己所编的吗？"

"所谓新剧本，有时候是失传的，有时候原来的剧是全部的，渐渐被人摘其中精彩之一节来演唱，现在我们又重新整理，把人家已不演唱的头尾再联起来，完成一个全部剧。但这种工作，并不容易，因为头尾往往失传不可寻，自己当然不能凭空捏造，遇到这时，我便和诸位文学家、戏剧家共同研究，参考许多旧书，然后才编纂起来。"

"先生每编就一个新剧本，就排演露唱吗？"

"我每次都是编好两个新剧本才开始排戏，同时露演。比如最近所编的新剧本如《春秋笔》和《串龙珠》是同时的；《全家福》与全部《盗宗卷》是同时的。"

"先生既然把许多失传的剧本重新整理，这种精神是人人佩服的，但不知先生对于自己所独会的剧，抱如何的态度？"

"我国人有一种习气，便是自己所会的不愿传授给大家，在戏剧界这种习气尤其厉害。剧本的失传，自然也是这种原因。拿我个人的意思来说，是绝对反对的，虽然我并没有许多了不得的独有脚本，但是我愿意把我会的，使大家全会。说到这里，我来讲一个笑话：当年余先生（叔岩）有一次打算学某戏，这出戏很短，只有两位老先生会，余先生已经得到其中一个人的同意，便请他去和那位商量，谁料那位说：'得了吧！咱们带啦走吧！'所谓'带啦走'，就是带到棺材里去，结果这出小小的戏，算是失传了。"马先生说到此处，不住摇头叹息。

我们把话题又转到舞台上去，谈到外国人对中国戏园子的憎恶，马先生说道："在从前，我晓得外国人来中国戏园子看戏，最多不过两刻钟便返身而出，他们不是因为不懂戏，实在是因为不习惯戏以外的种种，如建设的不合卫生、听众的不知礼貌、通天的锣鼓响等等。所以十九外国人回国去以后都向人表示说：中国实在好，处处都好，唯有戏园子给人的印象太糟。试想这对于戏剧界的人是怎样难为情呀！说起我改良舞台的动机，还是在前七八年英国萧伯纳先生来京。有一天我在华乐演《借东风》，他也曾去看，第二天，我去拜访他，请他批评中国的戏，他说：'我很不客气地问您，我昨天所看的戏，那吵人震耳的锣鼓声是表示什么？还有台上站着许多和剧中人所穿的不同的衣服的人表示什么？'第一个问题，我回答他说：锣鼓不是每出戏、每场都有的，也如同西洋影片中的音乐，代表喜怒悲乐，比如打仗或事情很紧急时，便大敲锣鼓，以示紧张。第二个问题，我惭愧得很，实在没有法子答复人家，那些站闲的人是表示什么了。受了这个刺激，我决心改良舞台，尽自己的能力。中国戏剧的本身是很好的，他不是单为娱乐、消遣，同时也是辅助社会教育不足的一种工具，所以我们无论在哪一方面都要随时求进步与改良的。以我拿扶风社来作比喻，扶风社演剧时，台上绝对不许站一个闲人，'饮场'与夏天的'打扇'，一定不许要；戏中人甚至跑龙套的，不许穿便鞋上场，冬天不能穿大棉袍外套戏衣。但是请他们脱棉袍穿戏鞋也不是容易的事，总之，处处都要以善言开导的态度对他们，俗话说'搭班如投胎'，现在应当反过来说，因为身为一班之主，才像投胎一样难呢！"

我们的谈话，已经占去很长的时间，健谈的人也会感到疲劳的，便要求为马先生家庭摄影留念。于是马太太、马老太太和他的五男二女——其中第五子崇智因为在富连成学戏未能赶回，共摄了一个全家福，马先生的公子除了特别嗜好戏的外，其余都入学校，有好几位在育英中学念书，功课都很好，加之夫人贤惠，家庭之乐融融，是他人所不能比的。

－（原载：1939 年 3 月 15 日《华文大阪每日》）

马连良对话崔承喜

【编者按】在20世纪三四十年代，马连良先生以其精湛的技艺享誉中国文化艺术界，引发多方海外文化名人的关注，并与之进行艺术交流，即曾先后与英国文豪萧伯纳，美国影星范朋克（飞来伯）、卓别林（贾波林），日本歌舞伎艺术家尾上菊五郎、市川猿之助及朝鲜舞蹈家崔承喜等展开对话与相关活动，借以增进中国戏曲艺术与海外文化的交流，于今仍有启示意义。1944年12月22日在北京同益番菜馆，来京表演的朝鲜舞蹈家崔承喜与京剧表演艺术家马连良、荀慧生、尚小云等召开了"剧人座谈会"。现摘要马连良与崔承喜有关艺术交流方面的如下对话，以期达到管中窥豹、见微知著之目的。

崔承喜，1911年生于朝鲜汉城士大夫家庭，15岁毕业于汉城"淑明女子高等普通学校"。1929年，成为朝鲜第一位现代舞蹈家、主角舞者，并被拔擢为"首席代教"开办舞蹈研究所。

1937年，她开启了东方及欧美各国的巡访演出，举行了几百场的表演，其声誉超越东方，成为世界级舞蹈艺术家。后辗转赴北京学习中国舞技，先后结识马连良、梅兰芳等戏界宗师，展开艺术交流与实践。她精研戏曲身段功法，巧学化用。作品有以京剧花旦步法为素材的《莲步》、以老生做功为基础的《老生》、以京剧剑舞为素材的《霸王别姬》等，起到了复兴东方舞蹈的作用。

她先后在北京、上海、天津等城市举行了演出活动，以她精湛的表演征服了中国观众。1950年11月，以教授身份受聘于中国中央戏剧学院舞蹈系。在此期间，她开办"舞运班""舞研班"，为中国民族舞蹈艺术形式的确立奠定了基础，并为中国培养了许多优秀的舞蹈人才。

艺术愿景

崔承喜："我第一次来到中国，因为自己的舞蹈为中国所无，所以非常担心；第二次来到中国，大家已比较明了；第三次来到中国，观众便取研究之性质，并不是以消遣为主了，这是使本人非常感动者。

今天与同座尚、马诸位先生，愿以同一立场谈几句话。目前艺术可分两种，一方面是观众以观剧为娱乐，一方面是以观赏的态度去观剧。在中国剧场，观众的空气有时很静，然遇到不太好的表演，秩序便杂乱起来，这是需要改良的事情。现在的舞蹈一方面是传统，一方面是创造，传统固然可以保留，也要使之发扬，所以艺人当于传统之中加以创造。"

马连良："本人过去曾几度观摩崔女士之艺术，未能晤谈，崔女士在艺术上确保有特殊之价值，中国剧以动作方面为多，个人所表演者即如此，此外像手、眼、身、法、步，均应注意。"

崔承喜："关于我的舞蹈，都是用自己的感情创造出来的，如《汉宫秋月》，便是描写一个宫女看月亮的景，并配以中国的音乐，而加入中国古代的服装，糅合出来的作品。中国舞蹈方面不能独立，所以今后希望互相帮助，以复兴东亚之艺术，要之，现在东亚艺术，被埋没者甚多，吾人亟须努力携手，共同发扬其真谛。"

马连良："中国戏剧能补助社会之缺欠，举例来说，有的坏人，以国法不能改造自新，而以戏剧能使之感动落泪，并且能以忘掉自己的环境，使人有身临其境之感，这便是中国戏剧独到之处。"

"关于《贞娥刺虎》发髻应加改正"

司会："崔女士与马连良先生所说极为深切，对于崔女士《贞娥刺虎》之装束问题，马先生有何意见？"

马连良："本人愿以最大热诚，贡献给崔女士一点意见。《贞娥刺虎》崔女士表演时身段极好，而头所戴之发髻，应在头后为宜，此点与中国风俗有关，希望崔女士谅鉴。"

崔承喜："马先生所说甚洽，为不明了中国风俗，所以今后尚希不吝赐教。"

马连良："崔女士化妆时间甚短，较中国剧化妆实觉进步，至于对中国戏剧风俗，本人日内可以找一点资料贡献，此外崔女士看本人之戏，不知有何教言。"

《春秋笔》

崔承喜："昨日聆听马先生的《春秋笔》，舞蹈在美观之外，应具有优良品格，马先生所表演品格极高尚，在台上之作风，深令本人钦佩。"

马连良："本人所表演的多属忠臣孝子、富有历史性的戏剧，日前看到崔女士的戏剧，像《汉宫秋月》《贞娥刺虎》等，此两种舞蹈都是中国的艺术，而崔女士能把它表现在舞蹈上，实在是中国所不及，这点吾人感到十分惭愧。"

崔承喜："昨日看到《春秋笔》，马先生的服装，用黑、白、蓝三色，极为调和。"

马连良："此点亦系采取旁人之长而改造者。"

崔承喜："台上灯光较暗，不知有何改善方法。"

马连良："此点为园方设备关系，刚才听到崔女士所说中国剧场秩序，本人略有感想。中国旧剧主角以外，似乎均属配角，配角因过于敷衍，所以主角应全副精神摆出，然如此主角与配角距离便相差太远，台下以配角敷衍，秩序便近紊乱，而演员以台下紊乱，便越加松弛。此点实为中国旧剧之缺陷，今后须要改革。"

崔承喜："同感同感，不知《春秋笔》一剧来源如何。"

马连良："《春秋笔》原为秦腔（民国梆子称谓）本，后经改而成皮黄，但原本缺甚多，且不合现代潮流，但改皮黄（京剧）后，已加改善。"

中国旧剧（戏曲）特征

司会："对于中国旧剧音乐方面，请各位发表意见。"

马连良："中国旧剧，锣鼓代表场上紧张情绪，鼓为作战时用，胡琴唱时调节音韵用。"

崔承喜："为维持台下秩序，本人此次出演，场内不卖茶，而赏给剧场茶役每日一千元。"

马连良："所谓戏院中之'三大行'，即指手巾、瓜子、茶壶而言，崔女士此次出演，不卖茶，与秩序有关。"

崔承喜："中国旧剧演员，在台上饮茶未免不近情理，不知有何感想。"

马连良："民国十六年，萧伯纳来京，曾请其观剧，彼即指摘此问题，然中国剧过长，一幕有长达一二小时之久，年龄较高便不易支持。此外椅子的问题，亦系因此发生。然目前已开始改良，本人即以可能范围内，减少饮场次数。"

马连良："崔女士此次来京，带回何种礼物？"

崔承喜："把中国的艺术带回。"

23 日下午莅双玳轩，由紫房子照相部代摄与叶盛兰、张君秋、奚啸伯、李金鸿等人合影与剧装照，计崔承喜与马连良合摄《苏武牧羊》戏照三种，与荀慧生（八郎）合摄《雁门关》戏照二种，与李金鸿（东方氏）合摄《虹霓关》戏照二种，与叶盛兰（赵宠）合摄《奇双会》戏照二种，并与张君秋合影留念。夜戏于马连良大本营新新大戏院演出冬赈义务戏，计李万春《武松打虎》，尚小云、叶盛兰《奇双会》，马连良、张君秋全部《三娘教子》。特邀崔承喜往观。

－（原载：1944 年 12 月 25 日《华北新报》之

"剧人座谈会"［节选］）

《苏武牧羊》马连良饰苏武，崔承喜饰胡阿云

访马连良

采访人：之江

马连良是一个具有四十多年舞台经验的老艺人，他的艺术能够经久不衰地获得广大观众欢迎，不是一件偶然的事。日前记者去访问他，听听他长期从事舞台生活的感想和他的艺术见解。

正像一切有成就的艺人一样，马连良本身即是非常热爱艺术和富有想象力的演员，他对于学习艺术的见解是"千说不如一看，千看不如一练，千练不如一演"。他说："说戏可以向老师学，看戏可以向别人学，练戏可以向自己学，演戏可以向观众学。"

这许多年来，他差不多看遍了前辈艺人和他同一辈艺人的戏，其中给他影响最大的是贾洪林。从贾洪林那里他学会了"做"，他喜欢贾洪林载歌载舞、淋漓尽致的演戏。他认为"做"应该要从内心到外形，但也不能像话剧那样做，还要有舞蹈美。他反对过火和过多的外形动作。接着他说，为了要这样演戏，于是一连串的问题发生了。他的唱腔不能不脱离一定成规，随着剧情而有所变化，舞台面要干净美观，配角要整齐，而且不断要有新戏。

由于他很早就忠实于这种表演方法，使得他的舞台艺术能够获得很大的发展。例如他能利用他甜润清亮的嗓子，创造一种包含无数丰富感情的唱腔。在做表方面，他又能演出各种不同性格的角色。这些都能使他在所谓"谭派老生"的基础上发展而独创一格。

从他的谈话，不难使人想象到在京剧表演艺术上有所谓"马派"一路的形成的梗概了。我们记得在马连良出现于舞台的同时，有些京剧演员曾单靠一条好嗓子，造成了一个相当长期的单唱不做的偏向，而且即使唱也就只唱几出戏。这当然要使群众不满，因此就难怪有人要用"三斩一探①，唱罢滚蛋"的话来讽刺当时的部分老生演员了。可是，马连良在当时是按照他的要"做"的艺术见解而努力的。因此，他在当时已能注重澄清舞台形象，培养配角和创造新戏。

这许多年来，他编演了《失印救火》《十老安刘》《春秋笔》《苏武牧羊》等戏，一般地讲他能摆脱"三斩一探"式的演出，戏路是很广的。当然正如他说，过去这种努力是没有领导的，单靠自己一股傻劲，有的碰上改对了，有的也仍然会有很多缺点。但无论如何，马连良过去那么多年来的演戏生活是在不断改进中的，是给京剧艺术带来了新生命的。

解放以后，尤其是全国会演之后，人民的戏曲事业又给

---

① 即《辕门斩子》《斩马谡》《斩黄袍》《四郎探母》四出戏。——编者

予他新的力量和方向。他把《清风亭》中的"天雷"打死张
继保，改为乡人愤怒，张继保临行慌张，过桥堕马跌死；在
《四进士》中写顾读直接受贿，去掉师爷拐款部分；在《甘
露寺》中写乔玄，并不单纯为受了"刘皇叔的厚礼"而不得
不替他讲话，而是重视"孙刘联盟"的策略，并把给刘备送
"乌须药"的庸俗穿插也删掉了；在《将相和》中加演蔺相
如过函谷关一段，加重了蔺相如面对秦兵威武不屈的气氛。
相逢廉颇让路这段，他发挥了自己唱腔的长处，在唱词中加
强了自我斗争过程，把蔺相如"罢，罢，罢，暂忍心头上，
怕的是将相不和于国有伤"的心情，演得更为突出鲜明。他
爱这出新戏的程度已超过他其余的几出成名之作。解放后展
现在他面前的绚烂的戏曲活动，大大地鼓舞了他，他说：
"我唱了四十多年戏，还得要从头学起。"

－（原载：1953 年 6 月 13 日上海《新民晚报》）

马连良谈程婴

采访人：水军

北京京剧团演出历史悲壮剧《赵氏孤儿》，以相当高的思想性和艺术性，博得了观众的好评。在这出戏中，饰演程婴的著名演员马连良先生，在表演艺术上有独特的创造，他的精湛表演，让我们看到了这位古代义士的正直勇敢和为救孤儿15年来含垢忍辱、负重致远的精神面貌。为了进一步了解马连良创造程婴这一人物形象的过程，我们访问了他。

在天津饭店第一分店，马连良同《赵氏孤儿》剧本改编者王雁接待了我们。落座以后，我们首先请马连良就老本《搜孤救孤》同新编的《赵氏孤儿》中有关"搜孤救孤"部分作一比较。

"老本《搜孤救孤》是出唱工戏，从头场程婴跟公孙杵臼定计，二场回家见娘子，以及随后的公堂鞭打公孙杵臼和法场祭奠的几场戏，都是以唱工为主；而新本的程婴，唱、念、做并重。另一方面，老本中程婴的人物性格不够突出，他在戏中是作为赵盾的门客出现的，这样，他的舍子救孤，多少带着报恩的意味；而新本程婴是以草泽医人的身份出现，他的舍己救人，纯出见义勇为，更具有人民性了。"

马连良接着谈新本和老本在唱腔上的不同点。

"新本取消了老本中的程婴劝说娘子和法场祭奠公孙杵臼的两场戏，原有的'娘子不必太烈性'一些唱句，也就跟着取消了。'公堂'一场戏，像程婴鞭打公孙杵臼时所唱的'白虎大堂奉了命'一大段唱，仍然保留了下来，不过，我也根据自己的嗓音条件，对唱腔做了新的安排。例如，这段唱的一开始'白虎'两字，我改唱'在白虎'三字，'虎'字按余派唱法要往上拔，而我走低音，以显委婉。谈到这段唱，还有个小插曲。本来这段唱在新本中是按西皮唱的（唱词也跟现在的不一样），演出后有人认为是否在新本中保留一些传统的东西，于是，我们又改用了老本的二黄唱法。"

谈到这里，我们请马连良谈一下他对表演程婴这一人物的体会。

"我演程婴，一上场便忘了自己是马连良。我以程婴的思想活动，作为自己的思想活动。我先打心里头就认定自己是程婴，这样，就容易走进戏里去，按照程婴的所想去表演这个人物，使他活生生地站在观众面前。同时，虽然自己饰演程婴，也要了解赵盾、魏绛、公孙杵臼各人的性格，使彼此在表演上有着内心的交流，形成'一台无二戏'，而不至于各顾各，使整个戏显得松散。"

这短短的一段话，说明马连良通过多年的舞台实践，在表演人物上取得了宝贵的经验。

马连良紧接着说道："程婴这个人物在戏中是很吃重

的。在舞台上，他前后经历了15年的时间，由中年人变成老年人。随着时间的变迁和环节的改换，他的心情也就起了相应的变化。前后几场戏，程婴不但语气不同，而且连舞台的动作、举止神色也都有所不同。程婴晚年的形象基本上属于衰派老生，我在表演动作上，吸取了《南天门》《一捧雪》《胭脂宝褶》各戏中的一些身段，加以糅合融化。"

"程婴有几场戏做工繁重，需要深刻的内心体会。像'公堂'一场戏，程婴的心境便是十分复杂的。他同奸佞屠岸贾之间有着尖锐的矛盾，和公孙杵臼定计到公堂'自首'，没有想到公主的侍女卜凤也在。可是，公堂上又不能互通消息，他忍受着卜凤因误会而对他的责骂。程婴同卜凤相见时的表情就须很好地掌握分寸，做得过分了，会引起屠岸贾的疑心；表情过少了，又会让观众看不出程婴的内心活动。"

"再如'观画'一场戏，程婴的表情动作更为复杂。程婴15年忍辱负重，是因为复仇的意志支撑着他顽强地活下去，人物一上场，以反二黄散板作开始的'老程婴提笔泪难忍，千头万绪涌在心……'一大段唱，充分抒发出程婴的苍凉沉痛的心境。听到外面的叩门声，吓得程婴胆战心惊，等到开门见到是孤儿赵武，才放下了心。随后，程婴拿出刚刚画就的雪冤图交给赵武观看，讲出了屠岸贾杀害赵盾一家的往事。这里程婴有大段的说白，字字要清楚，有分量，而且在念白时，脸部还要配合出各种表情，来表现出人物的悲痛、激愤和顽强不屈的精神状态。"

马连良谈完，我们告辞临行的时候，他补充说："《赵氏孤儿》在北京演出的时候，曾经征求过观众和戏剧专家们的意见，做过很多次修改。这次来天津演出，还希望多听听观众的意见，好把《赵氏孤儿》修改得更好。"

-（原载：1959年6月23日天津《新晚报》）

附录

马连良先生在武汉

王雁

马连良、张君秋率领的北京京剧团前些日子到武汉演出。他们在武汉的精彩演出吸引了成千上万热爱京剧的观众。

中国民主同盟武汉市委员会3月19日邀集了文艺界的盟员和戏曲界著名人士高百岁、陈鹤峰、周天栋、沈云陔等一百余人举行座谈会欢迎北京盟员马连良、马富禄和北京京剧团的同志们。会上陈鹤峰代表武汉市戏曲界致欢迎词，武汉市文化局巴南岗局长着重地介绍和肯定了北京京剧团在演出上和管理上的成绩。他认为，北京京剧团的团章、制度和各项工作细则，继承了我国戏曲团体在经营管理方面的优良传统，并且加以补充、发展和条理化。该团团章是经过全体团员反复讨论、修改通过的。这就成了剧团内部的"宪法"，全团都得遵守。他还谈到北京京剧团在演出时，前后台都严谨、肃静，演员和乐队合作得很好。最后，他号召武汉市戏曲界认真地向北京京剧团学习。

马连良先生在会上说："我几十年来的理想，只有在新中国才得到实现。我一向主张演员阵容要整齐，演员无论扮演大小角色都要认真,这些在北京京剧团已初步做到。"同时,他向到会的戏曲演员提出,上台的服装应该"三白",就是护领白、水袖白、靴底白;并在化装前,要理发、刮脸。现在这种方法已被汉口市戏曲界普遍采用。

马连良先生在武汉期间还应邀参观了武汉市戏曲学校,并对戏曲界培养第二代的问题发表了谈话。他说,现在戏校的条件比过去好多了,学生可以一面学戏一面学文化。但是他觉得现在有的戏校学文化重于学戏,这样就不太妥当,因为戏校究竟是培养戏曲演员的学校,如果不把学戏放在较重要的地位,就会推迟第二代的成长。他还说,戏校学生假期不应同于一般学校一放几十天,因为学生时期正需要积极的练功,俗话说"拳不离手,曲不离口",若一搁几十天,过去练的功夫很容易搁回去,所以戏校不要照搬一般学校的制度和方法。他还认为应给学生较多的舞台实践机会。他说,过去科班学生一年只有两天假,几乎天天在演戏,这对学生的成长非常有好处,而今天戏校的学生很少对外演出,进步也就较慢。他主张对有特殊才能的学生应该重点培养,而目前有些学校不加分别地对待一切学生的做法也是人才出得较少和较慢的一个主要原因。马连良先生在谈到过去自己学戏时的甘苦后,希望戏校的同学们要"勤学苦练,尊师爱徒",不辜负国家的培养。

–(原载:1957 年第 9 期《戏剧报》)

马连良传艺散记

宗白

一个初秋夜晚，著名京剧演员马连良坐在庭前核桃树下藤椅上，正跟他的弟子冯志孝听着录音机里放出的《淮河营》的唱腔。这是中国京剧院青年演员冯志孝几个月以来向马连良学习这出戏的成果，请老师给予指导。

当马连良听到蒯彻奚落栾布的那段〔西皮散板〕"听罢言来笑盈盈……要求救你只好另请高明"时，突然欠起身来对冯志孝说："你这段散板唱得太拖了，尺寸再快一点才好。"接着又分析蒯彻这一人物心理："他本是告老还乡的人，对刘家乱事不愿再管，可是栾布硬把他拉到淮河营来，央求他去顺说刘长起兵讨伐吕氏。蒯彻心里老大不痛快，当他看到栾布在营里被刘长捆绑起来的时候，他心想，谁叫你爱管闲事，这才是自作自受怨不得他人。蒯彻是在这种埋怨、激动而又有点嘲笑的情绪下，才唱出那段〔西皮散板〕的。所以唱的时候，切记不可一字一板，要像说话那样自然、流畅，把情感紧密连贯起来。这样，人物情绪才能表达出来。"这一番话，冯志孝得到举一反三的体会。

马连良的念白是"千斤念白四两唱",最见功夫。通过这出戏,他传授了念白的诀窍。蒯彻顺说刘长有一大段白口,马连良一再指点冯志孝,要注意发音的轻重、快慢,要有节奏感,同时在疾徐顿挫之间,要和身段、手势、眼神结合起来,人物就会生动了。譬如,当蒯彻念到"……其罪一也"时,马连良很认真地对冯志孝说:"不能把'其罪一也'四个字一起念出来,那样就不突出。应当在中间有个停顿。念到'其罪'二字时,略一摇头,长髯飘动,接着竖起手指,然后再念'一也'。"他说,这叫作词断意不断,这种白口与动作的表演方法,最能集中观众的注意力。他讲过这番道理之后,又从椅子上站起来,特地做了一次示范表演。

他们听完录音,夜已深了,可是马连良毫无倦意。他在核桃树下慢慢地活动身子,忽然对冯志孝说:"走台步也是一门学问,要细心研究才能领悟。"他接着说,走台步时心里要有"锣经",可是又不要步步都踩锣鼓点,如果这样,在台上就成了机械人。最好是似踩不踩,一方面要有锣鼓的约束,一方面又要照顾身子的活动自由和人物的身份、性格、年岁的特点,这样走起来才能贴切剧情,给人以美感。

-(原载:1961 年 9 月 20 日《北京晚报》)

《淮河营》演出后，马连良与袁世海（左）、冯志孝合影

热心传艺育花术

——记马连良为市戏校学生亲授《审头刺汤》

洪维才　刘辛原

深秋的夜空分外明亮，一阵阵悦耳的胡琴声，和着嘹亮的唱腔，从市戏校校长室里，不时地传到校园里来。在《审头刺汤》中饰演陆炳的安云武端坐方桌后面，两眼蕴含着怒光，用手指斥着面前的汤勤（郎石林饰），念道："纵然是狼，我有打狼的汉子；纵然是虎，我有擒虎的英雄。想我陆炳……"这时候，新任市戏校校长的著名京剧演员马连良打断了安云武的念白，仔细地讲解人物的内心感情，指正了动作，然后继续观察学生排练。

《审头刺汤》是马派的《一捧雪》《审头刺汤》《雪杯圆》三大剧目之一，三出戏凝结了多年锻炼的舞台表演艺术经验，具有马派艺术的独特风格。《一捧雪》重做工，《审头刺汤》以念白见长，《雪杯圆》以唱工吃重。马连良确定以念白见长的《审头刺汤》传授给安云武等，是经过一番考虑的。

在暑假前，马连良曾经看了几个年级的考试，认为学员已经学习了一些唱工戏，在变声期（倒仓）以前，念功更需要有良好的基础。《审头刺汤》这出戏明显地体现了"千斤话白四两唱"的特点。戏中人物内心感情起伏变化异常复杂，矛盾冲突格外尖锐。把它教给学员比较合适。马连良对学员的要求是严格的，开始就要求学生了解剧情和角色之间的关系，仔细体会人物性格，然后熟习唱腔、念白。他会挤出晚上的时间，录制《审头刺汤》的全部唱腔和念白，让学员们反复学习。同时，他还特别在一次晚会上演出了《审头刺汤》，让学员们观摩。

马连良告诉学生们说："演戏不能走神，整个心思都得注意对方，才能演得真实。"他观看学员排练，就一丝不苟地这样要求学员。比如，当安云武念道"雪艳，堂口有几个人头，哪一个是你丈夫莫怀古的人头，抱来见我"，他表演时用眼睛示意还不足，马连良校长立刻指出要用手中折扇示意，扇柄指着自己说"抱来见我"，扇端要同时指着人头的地方：暗示那就是"你丈夫的人头"。一个动作，两个方向；一把折扇，两头使用；一句台词，两层含义。这个复杂微妙的内心活动、轻巧细致的动作，经马连良指点出来，折扇这件道具立刻有了生命，使之为剧情的发展生色，为人物的刻画传神。杨淑蕊饰演的雪艳，怀着悲愤的心情，唱道："陆大人坐在公堂上，吩咐雪艳女娘行，轻移莲步下公堂……那旁好似夫模样，哎呀！……"马连良截住了排练，告诉她：身段是随着情感的变化而产生的，不能看成空泛的动作。接着，马连良做了优美的示范动作：云手、转身、倒步、翻腕、举臂，一次，两次……直到杨淑蕊学会。四年级学生郎石林饰演汤勤，他的一举一动、一唱一念，马连良也不时地给予指点。马连良不止一次地告诉学员，要深入挖掘人物的内心活动。不论是念白的节奏、音调的抑扬，还是语气的强弱，都应当有一番含义在内，甚至陆炳对汤勤的拱手，看来是尊敬，实质是蔑视。

学员们聚精会神地上完了这一课，大家都迟迟不愿离开。马连良说："我讲的这些仅仅是自己的一些舞台经验，艺术是各有千秋的，你们要经过不断的舞台实践，来丰富更多的东西，还要多观摩其他前辈的创造，广泛吸收学习，使舞台上的表演更美更完善。"

在《审头刺汤》彩排的当晚，马连良亲自担任舞台监督，对每个角色在舞台上的演唱、部位都做了具体指点，检查了服装、髯口、化妆。直到演完，他才松了一口气。

《审头刺汤》中雪艳的唱腔是张君秋传授的，他与马连良一起为这出戏的排演用了不少心思，付出了辛勤的劳动。

前些天，这出戏在广和剧场与观众见面了。戏还没有开演，马连良就来了，他台后关照，台前听取观众意见；并不时地与戏校的其他教师一起研究如何把戏排得更好，如何使学生们把基础打得扎扎实实……

-（原载：1962 年 11 月 3 日《北京日报》）

马连良大事纪年表

1901年   清光绪二十七年正月初十，即公历 2 月 28 日生于北京阜成门外檀家道。

1906年   入北京三里河清真寺小学读书并学习《古兰经》。

1907年   第一次在阜成园观看宝胜和班的大戏，即被舞台上的艺术所吸引。

1908年   被父亲送到香厂樊顺福先生家学习京剧。

1909年   农历正月十五，在广德楼经叶春善社长同意，入喜连成（后改名富连成）科班。排"连"字辈，经萧长华先生起名连良，字温如。由茹莱卿先生开蒙，先习武小生戏《石秀探庄》。学戏半年后，首次于广和楼登台，演《大赐福》中张仙。

1910年   师从叶春善、萧长华、蔡荣贵等各位先生学老生。先学基础小戏，习演配角。
在谭鑫培等名家参演的《朱砂痣》中，饰演天赐。表

       梨园春秋笔

演出众，观众惊叹不已。

1911 年　学老生文、武戏二十多出，基本是配角。同时兼学其
　　　　　他行当。

1912 年　科班演出后，每人发给点心钱，省吃俭用，蓄至一
　　　　　元，回家奉敬母亲。

1913 年　多演《铁莲花》《胭脂虎》等做工戏，并继续扮演一些
　　　　　二路老生的角色。

1914 年　6 月 27 日，于吉祥园演出《朱砂痣》，饰吴惠泉，甚
　　　　　得好评。
　　　　　开始担任主演老生，第一次演出正戏《黄鹤楼》，饰
　　　　　刘备。一月之内学习大小角色戏 37 出。逐渐成为科班
　　　　　中培养的老生主力。

1915 年　1 月 30 日，于广和楼演出连台本戏《三国志》，饰诸
　　　　　葛亮，并在"借东风"一折中演唱新唱段。"借东风"
　　　　　从此唱响，为其首本代表作。
　　　　　10 月 10 日，于广和楼演出《八大锤》，饰后部王佐。
　　　　　私淑前辈贾洪林先生，且模仿得惟妙惟肖，科班内称
　　　　　其为"小贾洪林"。

1916 年　7 月 25 日，于广和楼演出《审头》，饰陆炳。
　　　　　10 月 2 日，于广和楼演出《宫门带》，饰褚遂良。

11 月 10 日，于广和楼演出《清官册》，饰寇準。

1917 年　1 月 15 日，于广和楼演出五本《五彩舆》，饰海瑞。

2 月 5 日，于广和楼演出《九更天》，饰马义。

2 月 10 日，于广和楼演出《状元谱》，饰陈伯愚。

同日，自富连成毕业满科。

经友人介绍，从贾洪林先生学戏，亲受陶铸，获益多。虽未举行正式拜师仪式，亦忝居弟子之列。

6 月 23 日，加入三叔马昆山在福州的上天仙班，以"谭派正宗"头衔任老生主演，于广资楼演出打炮戏《失街亭》。

1918 年　中秋节前返回北京，再入富连成科班，继续深造。

8 月 31 日，以"特约福建新回超等名角"为号召，于广和楼首演《乌龙院》，饰宋江，小翠花饰阎婆惜。

12 月 16 日，于广和楼首演《胭脂褶》（即《失印救火》），饰白槐，马富禄饰金祥瑞。

1919 年　5 月 20 日，于广和楼首演《节义廉明》（即《四进士》），饰宋士杰。

7 月 13 日，于广和楼首演《白蟒台》，饰王莽。

8 月 30 日，于广和楼首演《焚绵山》，饰介子推，马富禄饰介母。

与王宝珍结婚，夫人婚后更名王慧茹。

1920 年　2 月 4 日，于广和楼首演以念白为主的《三字经》，饰

梨园春秋笔

罗英。

2月28日，于奉天会馆张宅堂会，与陈德霖、程继先等合演《贩马记》，饰李奇。

1921年　1月30日，于广和楼首演《珠帘寨》，与谭富英分饰李克用。

年底，辞别富连成科班，结束三年多的深造生涯。

1922年　3月2日，以"初次新到真正独出心裁唱做须生"为头衔，于上海亦舞台演打炮戏《琼林宴》。此次演出为期四个月，其间与白牡丹（即荀慧生）、小杨月楼合作，并参演南派剧目《对金瓶》《石头人招亲》等。

5月，应上海法商百代唱片公司之邀，首次灌制《借东风》《定军山》等六张唱片。

在上海收李万春为第一个学生。

7月22日，与红生泰斗王鸿寿合作，于北京庆乐园演出《三国志》，饰诸葛亮。

10月7日，于汉口兴记大舞台演出月余，其间与欧阳予倩合作演出《打鱼杀家》《法门寺》等剧目。

12月13日，于天津张宅堂会与程砚秋合演《宝莲灯》。

12月16日，搭入玉华社，于中和园与尚小云合演《宝莲灯》。

1923年　2月16日，于上海亦舞台演出三个多月，其间与王鸿寿合演《许田射鹿》，与欧阳予倩合演《南天门》，与尚小云演出《四郎探母》，与王瑶卿合演《北国奇缘》等剧目。

8 月 12 日，被俞振庭邀请加入双庆社。

10 月 2 日，清室瑾太妃五十寿辰，升平署传差，演出《借赵云》，饰刘备，茹富兰饰赵云。

1924 年　2 月初，于上海亦舞台演出三个半月，与荀慧生、盖叫天等合作。除演出传统戏剧目外，还参与创演新戏头、二本《宝莲灯》，头、二本《韩湘子九度文公》，《孝义家庭》等南派剧目。

2 月 25 日，演出全部《甘露寺》，首次前饰乔玄，后饰鲁肃。新唱腔"劝千岁"不胫而走，后被上海谋得利洋行灌制唱片。

8 月，参加荣蝶仙组班的和胜社，与朱琴心并挂头牌。

9 月 13 日，于城南游艺园为京汉同人赈灾游艺会演出《盗宗卷》，饰张苍，刘景然饰陈平。

年内，《京报》主编邵飘萍为其题写"须生泰斗，独树一帜"。

1925 年　2 月 8 日，于华乐园首演《广泰庄》，饰徐达，郝寿臣饰常遇春。

4 月 4 日，于华乐园首演《化外奇缘》，饰诸葛亮。

9 月 18 日，于上海共舞台与徐碧云并挂头牌，合演全部《御碑亭》等剧目，为期 37 天。

12 月 17 日，返京后搭入尚小云的协庆社，于三庆园与尚合演《宝莲灯》。

1926年　2月初，随协庆社赴上海，于丹桂第一台与尚小云并挂头牌，合演《红鬃烈马》《珠帘寨》等。

11月20日，军警界为京师及四郊贫民开办粥厂义务戏，于第一舞台与杨小楼、郝寿臣、余叔岩等合演《定军山》《阳平关》《五截山》，饰黄忠。

12月23日，搭入协合社，于开明戏院与朱琴心并挂头牌，首演全部《玉镯记》（又名《朱砂井》），饰赵廉。

1927年　2月2日，于上海天蟾舞台与琴雪芳并挂头牌，因琴嗓音失润，遂与周信芳首次合作，合演全部《借东风》、全部《雪杯圆》及《摘缨会》等，为期六十余天。

3月5日，首演新编剧目《武乡侯》，饰诸葛亮，周信芳饰郑文。

3月12日，首演新编剧目《火牛阵》，饰田单，周信芳饰田法章。

6月1日，陈椿龄、李春林等组班春福社，任头牌老生。

6月9日，于庆乐园与钱金福、王长林合演春福社打炮戏《定军山》。

8月6日，于庆乐园首演《青梅煮酒论英雄》，饰刘备，郝寿臣饰曹操。

12月12日，天津潘馨航宅堂会，首次与梅兰芳合演

《游龙戏凤》。

1928年　3月18日，于华乐园首演新编剧目全本《范仲禹》，饰范仲禹。

5月18日，于上海丹桂第一舞台首演新编剧目全本《清风亭》，饰张元秀，王长林饰贺氏。

8月25日，与陈椿龄等合组扶春社，任头牌老生，于中和戏院与黄桂秋、龚云甫等合演打炮戏《探母回令》。

12月8日，于北京中和戏院首演《三顾茅庐》，饰诸葛亮。

12月15日，于中和戏院首演《大红袍》，饰海瑞。

1929年　3月24日，于中和戏院首演全部《南天门》，饰曹福。

6月26日，徐凌霄在《京报》首次提出余叔岩、马连良、高庆奎为"须生三大贤"。

9月4日，与荣蝶仙、李玉安合组扶荣社，于中和戏院演出打炮戏全部《借东风》，前饰鲁肃，后饰诸葛亮。

10月20日，于华乐园首演新排剧目全部《十道本》，前饰褚遂良，后饰李渊。

11月中，于上海荣记大舞台与胡碧兰、姜妙香、金少山合作演出，其间《大晶报》沈睡公主编《温如集》出版，由于右任题眉，"马派"之说见诸特刊。

12月17日，上海开明唱片公司约请灌制《白蟒台》

　　　　　　　　　　　　梨园春秋笔

《火烧藤甲》等七张唱片，因嗓音大好，特别强调"民国十八年"之说。

1930年　1月4日，荣记大舞台特别挽留，与梅兰芳并挂头牌，合演《探母回令》《法门寺》等剧。

3月23日，于中和园首演新剧《要离刺庆忌》，饰要离。

3月，经天津刘髯公介绍，拜孙菊仙为师。

5月10日，于天津中原公司大剧场首演《辕门斩子》，饰杨延昭。

8月12日，与朱琴心合组双永社，并挂头牌，于天津明星大戏院演出打炮戏全部《玉镯记》。演出半个月后，因朱琴心受伤而辍演。

9月26日，自组扶风社，于中和园演出打炮戏《四进士》，饰宋士杰。

10月12日，于中和园首演新剧《安居平五路》，前饰诸葛亮，后饰邓芝。

11月24日，于天津明星大戏院首演全部《楚汉争》，前饰刘邦，后饰纪信。

1931年　1月20日，上海英商东方百代公司约请，与梅兰芳合灌《打鱼杀家》《宝莲灯》《四郎探母》唱片。

1月23日，于上海荣记大舞台与杨小楼并挂头牌，合作演出《借东风》《八大锤》《要离刺庆忌》等剧。

上海演出期间，吴江枫主编《马连良专集》特刊出版。

5月13日，于吉祥戏院首演改编新剧《苏武牧羊》，饰苏武。

6月9日，于上海杜祠堂会，演出大轴《龙凤呈祥》。

6月10日，于上海杜祠堂会，演出大轴《红鬃烈马》。

6月11日，于上海杜祠堂会，演出《取荥阳》《八大锤》。

1932年　2月29日，北平各界人士、梨园公会于第一舞台为慰劳上海抗日将士大会筹款演义务戏，与杨小楼、梅兰芳等演出《龙凤呈祥》。

3月13日，华乐戏院为慰劳上海伤亡将士演义务戏，与李万春、马富禄等演出全部《八大锤》。

6月22日，于华乐园首演新剧《假金牌》，饰孙伯阳。

12月10日，于上海天蟾舞台与梅兰芳并挂头牌，合演《汾河湾》《法门寺》《甘露寺》等剧。

年内，改革剧装，整洁台容，将旧式门帘台帐革新为大边幕形式。

1933年　2月22日，于华乐戏院演出全部《借东风》，特邀叶盛兰饰周瑜。英国文豪萧伯纳前往观摩演出并进行艺术交流。

2月24日，于金鱼胡同内成立马连良灌音制片社。

3月6日，为慰劳长城抗战将士，于华乐戏院自动发起演出义务戏《马义救主》。

4月13日，于天津春和戏院与周信芳二次合作，合演《十道本》《小桃园》《武乡侯》等，被媒体赞誉为"马北周南，俱负时誉"。

12月17日，于天津明星大戏院首演新编剧目《新白蟒台》，饰王莽。

12月18日，于天津明星大戏院首演新编剧目《楚宫秽史》（即《楚宫恨史》），饰伍奢。

1934年 1月1日，夫人王慧茹逝世。

2月5日，于汉口兴记大舞台首演全部《雪艳娘》（即全本《一捧雪》），一人连饰三角，前饰莫成，中饰陆炳，后饰莫怀古。

4月20日，与陈慧琏女士结婚。

9月9日，上海荣记大舞台改建开幕，与梅兰芳并挂头牌，合演《龙凤呈祥》《宝莲灯》《新三娘教子》等剧目。

12月29日，于北平中央饭店收中华戏校学生王和霖、王金璐为弟子。

1935年 1月26日，于吉祥戏院首演新编剧目《羊角哀舍命全交》，饰羊角哀。

8月1日，父马西园逝世。

9月16日，遵父亲遗嘱，于吉祥戏院为赈济湖北水灾演出义务戏《清风亭》。

9月17日，遵父亲遗嘱，于华乐戏院为西北清真小学二部演出义务戏《甘露寺》。

1936 年　1 月 23 日，赴上海为新光大戏院揭幕演出，演出《跳加官》《天官赐福》及《御碑亭》。

2 月 24 日，于新光大戏院首演新剧《胭脂宝褶》，前饰永乐帝，后饰白槐。

3 月 7 日，于新光大戏院演出《战宛城》，饰张绣，小翠花饰邹氏。

3 月 9 日，于新光大戏院演出《法门寺》，著名美国影星卓别林前往观剧并进行艺术交流。

3 月 16 日，于新光大戏院首演新剧《马跳檀溪》，饰刘备。

7 月 28 日，北平梨园公会改组大会，当选董事。

9 月 19 日，主持天津中国大戏院开幕式并剪彩，演出《跳加官》《天官赐福》及《群英会·借东风》。

11 月，在《实报半月刊》上发表署名文章《演剧近感》，提出"剧艺要复古，含义要取新"的艺术理念，并以此作为毕生的艺术指导思想。

1937 年　1 月 22 日，于长沙收李慕良、朱耀良为弟子。

3 月 7 日，与人合股投资北平新新大戏院落成，任董事长，于开幕仪式上亲致欢迎词，并演出《跳加官》《天官赐福》及《龙凤呈祥》。

5 月 1 日，为上海黄金大戏院重张揭幕并致词，演出《跳加官》，与张君秋等合演《龙凤呈祥》。

5 月，于上海收马盛龙为弟子。

6 月 13 日，于上海收周啸天为弟子。

1938 年　4 月 23 日，于新新大戏院首演新剧《串龙珠》，饰徐达。由于该剧表现反抗异族压迫，立即被日伪当局禁演。

9 月 19 日，于上海黄金大戏院演出《串龙珠》，该剧被媒体誉为"富有民族意识，描写人民痛受异族压迫，恨而抗争"。

10 月 5 日，于上海黄金大戏院首演新剧《春秋笔》，前饰张恩，后饰王彦丞。

在沪演出期间，与张君秋、叶盛兰、刘连荣、马富禄被观众誉为"扶风五虎"。

1939 年　1 月 13 日，新新大戏院冬赈义务戏，与程砚秋合演《宝莲灯》。

7 月 28 日，于新新大戏院演出《清风亭》，日本戏剧研究者青木勇在现场为之拍摄电影。

9 月 6 日，新新大戏院改建竣工，舞台悬挂新制汉代武梁祠画像石图案守旧，配以宫灯装饰舞台，古色古香，韵味典雅，令人耳目一新。

10 月 12 日，于西来顺饭庄收言少朋为弟子。

11 月 28 日，于新新大戏院首演新剧《临潼山》，饰李渊。

12 月 15 日，著名画家蒋兆和为之绘半身便装像，景孤血题赞，吴幻荪书写，被誉为"三绝"。

1940 年　5 月 20 日，赴上海黄金大戏院演出，由孙兰亭、汪其俊约请上海文化名人著文，编辑出版《马连良专集》。

演出期间，特聘郭春山先生执排全部《大红袍》，因后部涉及戚继光抗倭，当局作梗，未能露演。

9 月中旬，新新大戏院被迫出让。

1941 年　在北京、天津、青岛、烟台等地巡回演出。

1942 年　5 月 25 日，于天津中国大戏院首演新剧《十老安刘》，前饰蒯彻，后饰张苍。

9 月 9 日，于沈阳国际剧场演出打炮戏《苏武牧羊》，具有号召民众持节完志的寓意。

9 月 10 日，与日本歌舞伎名家市川猿之助进行艺术交流。

9 月 19 日，与日本歌舞伎名家尾上菊五郎进行艺术交流。

11 月 1 日，为扩建伊光中学、推广中文教育，于沈阳中央大舞台连续义演十天，为该校筹款。

1943 年　9 月 2 日至 10 月 30 日，于上海天蟾舞台与于连泉、林树森、王吟秋以"四大头牌"名义公演，盛况空前。

1944 年　1 月 24 日，上海中国大戏院开幕，演出《跳加官》《天官赐福》及《火牛阵》。

12 月 22 日，与尚小云、荀慧生等和朝鲜舞蹈家崔承喜进行艺术交流。

1945 年 7 月 5 日，于华北广播协会清唱，与尚小云、谭富英合演《战蒲关》，饰刘忠；与谭富英、金少山、江世玉合演《百寿图》，饰管辂。

7 月 1 日，为慰劳西苑被营救脱难将士，于净慈寺将士招待所演出义务戏《苏武牧羊》。

1946 年 1 月 15 日，于国剧总会发起成立戒烟办事处，作为主要出资人提倡梨园界同仁集体戒烟，并起草戒烟登记启事。

3 月 7 日，受邀赴沪，参加包括宋庆龄主办中国福利基金委员会赈济湘北及各省饥民筹款义演，宋美龄、莫德惠主办东北救济会赈灾义演，中国劳工协进会筹募基金义演等演出。

8 月 21 日，因 1942 年冬赴东北演出事，被北平当局诬陷，返回北平。

1947 年 6 月，被诬之事澄清。

7 月 22 日，参加包括北平国民互助协进会主办的救济难民义务戏、河南旅平同乡会救济豫籍难民义务戏、热河同乡会赈灾义务戏等演出。

9 月 3 日，于上海中国大戏院参加杜寿委员会主办的救济水灾义演，与梅兰芳等人合演《龙凤呈祥》。

9 月 11 日，于上海中国大戏院参加梅兰芳等发起的救济伶界义演，与梅兰芳等人合演《四郎探母》等剧。

12 月 5 日，扶风社重张，于上海中国大戏院，与张君秋、叶盛兰并挂三大头牌，演出《龙凤呈祥》。此次演出为期四个半月，因病辍演。

1948年   11月11日，赴香港休养。

12月20日，以"马连良、张君秋、俞振飞剧团"名义，于香港娱乐戏院演出打炮戏《龙凤呈祥》。

1949年   1月，应香港胜利影业公司之邀，拍摄电影《借东风》《梅龙镇》《渔夫恨》。

11月6日，应昆明市市长曾恕怀之邀，为昆明市政府筹募医疗卫生设备费，于云南大戏院演出义务戏《四进士》等。

12月1日，于昆明收徐敏初、王慧群为弟子。

1950年   5月24日，于香港利舞台演出马派名剧《春秋笔》。

9月27日，上海中国大戏院孙兰亭病逝，为孙氏遗族筹款，于香港太平戏院与杨宝森、王泉奎等演出义务戏《范仲禹》，饰前部范仲禹；大轴全体反串《八蜡庙》，饰费德功。

年内，于香港收汪正华及粤剧名家邓永祥（新马师曾）为弟子。

1951年   10月1日，秘密抵达广州，受到中南局方面的热烈欢迎，演出21场。

冬，抵达武汉后，与张君秋合组中南联谊京剧团，开始巡回演出。

1952年 3月10日，中南联谊京剧团于北京长安大戏院演出打炮戏《四进士》。

5月，母亲满氏逝世。

7月1日，于北京饭店受到周恩来总理接见。

8月5日、11日，为艺培戏校（北京戏校前身）筹款，于音乐堂分别演出义务戏《群英会·借东风》《四进士》。

8月19日，成立马连良剧团，于天津中国大戏院演打炮戏《甘露寺》。

11月27日，荣获全国戏曲观摩演出大会演员一等奖。

冬，于牡丹江收李玉书为弟子。

1953年 10月4日，与梅兰芳、周信芳、程砚秋等人参加第三届赴朝慰问团。

12月18日，第三届赴朝慰问团抵达鞍山，为大型轧钢厂等三大工程开工典礼筹备演出。

1954年 2月28日，参加全国人民慰问解放军代表团第六总分团，担任华北地区解放军的慰问演出工作。

10月28日，任北京市文艺工作者联合会理事会理事。

1955年 8月29日，于北京丰泽园收童祥苓为弟子。

11月，马连良剧团与北京京剧二团合并，成立北京京剧团，任团长。

12月1日，于天桥剧场举行建团演出，与谭富英合演《十道本》，饰褚遂良，谭富英饰李渊。

12月2日，于天桥剧场举行建团演出，与谭富英、裘盛戎合演《潘杨讼》，饰寇準，谭富英饰杨继业，裘盛戎饰潘洪。

12月3日，于天桥剧场举行建团演出，与谭富英、裘盛戎合演《群英会·借东风》，饰诸葛亮，谭富英饰鲁肃，裘盛戎饰黄盖。

1956年　9月1日、3日，为庆祝北京市京剧工作者联合会成立，于音乐堂与尚小云、张君秋、吴素秋、谭富英、奚啸伯、陈少霖、李和曾等演出《四郎探母》。

9月20日，任首届北京市京剧工作者联合会第一副主任委员。

冬，参加北京电影制片厂彩色舞台艺术片《群英会》《借东风》的拍摄工作，饰诸葛亮。

12月21日，于长安大戏院演出整理重排剧目《三顾茅庐·火烧博望坡》，饰诸葛亮，谭富英饰刘备，裘盛戎饰张飞。

1957年　1月2日，于长安大戏院举行二次合团纪念演出。与谭富英、张君秋、裘盛戎合演《龙凤呈祥》。

春，于武汉收关正明为弟子。

8月26日，于瑞珍厚收丁英奇为弟子。

1958年　7月13日，于工人俱乐部首演改编剧目《大红袍》，饰海瑞。

7月19日，于工人俱乐部首演改编剧目《秦香莲》，饰王延龄。

冬，苏联科学院中国研究所汉学家艾德林观看《十老安刘》《胭脂宝褶》《四进士》等多部马派名剧并进行艺术交流。

1959年　1月12日，于人民剧场与中国京剧院合演新剧《赤壁之战》，饰诸葛亮。

3月9日，于工人俱乐部首演老舍新剧《青霞丹雪》，饰冯丹雪。

3月26日，于工人俱乐部首演新编剧目《赵氏孤儿》，饰程婴。

4月30日，收河北梆子演员王书琪为弟子。

6月4日，收梁益鸣为弟子。

7月9日，于音乐堂与叶盛兰、袁世海合演《借赵云》。

7月23日，收徐明策、刘成高为弟子。

9月11日，任中国人民政治协商会议北京市第二届委员会委员。

10月9日，收杨淑芬为弟子。

11月7日，收高一帆为弟子。

1960年　2月4日，于工人俱乐部与裘盛戎合演改编剧目《舍命全交》。

4月29日，于人民剧场首演孙承佩新剧《官渡之战》，饰许攸。

6月，于宁夏收方继元为弟子。

7月，于东来顺饭庄收尹月樵为弟子。

9月15日，于工人俱乐部首演吴晗新剧《海瑞》（即《海瑞罢官》），饰海瑞。

任中国戏剧家协会理事，艺术委员会、福利委员会副主任。

1961年　4月30日，于工人俱乐部与赵燕侠合演《乌龙院》。

11月22日，于人民剧场收冯志孝、张学津为弟子。

1962年　6月30日，任北京市戏曲学校校长，并传授《审头刺汤》《借东风》《赵氏孤儿》等剧目。

年内，收李博华、田中玉、朱秉谦、迟金声、张克让为弟子。

1963年　2月5日，中国戏剧出版社出版《马连良演出剧本选集》。

2月28日，任北京市文联戏剧家协会副主席。

4月，于北京收河南越调名家申凤梅为弟子。

4月底，率北京京剧团赴港澳演出近三个月，演出《赵氏孤儿》《四进士》《淮河营》等剧目。

秋，赴长春电影制片厂拍摄电影《铡美案》，饰王延龄。

1964年　5月16日，于广和剧场最后一次演出传统戏《四进士》。

7月9日，于工人俱乐部参演现代戏《杜鹃山》，饰郑老万。

任中国人民政治协商会议第四届全国委员会委员。

1965年　8月18日，于工人俱乐部参演现代戏《南方来信》，饰杨老青。

冬，与张君秋同被调入北京市京剧二团。

1966年　6月4日，于和平里第五俱乐部参加最后一次演出，与张君秋合演现代戏《年年有余》，饰雷老四。

12月16日，因在"文革"中不断遭到迫害，于北京阜外医院逝世。

后记

在十三四年前，为了撰写《我的祖父马连良》，曾经翻阅了大量有关祖父的史料，从中也接触到他的文章。那时我对他文章中提出的一些艺术理念未能深入理解，因此在我的脑海中尚且没有形成为他出版文集的概念。近些年来，随着信息科技的迅猛发展，许多我们以前未曾发现的史料也不断涌现。特别是由上海李世强先生主编的《马连良艺事年谱》在 2012 年出版以后，为马派艺术研究开辟了一条有如"直道"般的必由之路。其中收录了大量的历史资料、戏剧报道、艺术评论等文章，可以让读者清晰地看到马派艺术的发展轨迹以及祖父的艺术理念，令人叹为观止啧啧称赏。

譬如，祖父在 1936 年发表的《演剧近感》一文中指出："我现在自忖天赋和工力，去古甚远。所以我抱定了主意，是戏剧要复古。因为古人研究的奥妙，我们还没有完全领会和表现。反过来，戏曲含义要取新，不要让他失去戏曲的原义，能辅社教，使他有存在的价值。"这篇文章对我的触动很大，他的意思简而言之就是：在艺术手段上，要尽最大可能继承传统的东西；在戏剧作品的创作寓意上，要随着时代的发展而发展。在距今八十多年前的日子里，作为从事传统艺术的祖父马连良，思想上绝无墨守成规的藩篱，能够提出这样高屋建瓴的艺术理念，果然不负一代宗师的大名。可以说，这一远见卓识的理念是他毕生的艺术指导思想，始终贯穿在他的戏剧创作之中。反观今日之戏剧界，这种理念不也是正当其时吗？

于是，去年马连良艺术研究会决定由北京的青年编剧家丁嘉鹏先生及上海的京剧研究家李世强先生和我一起组成"马连良文集编委会"，希望通过我们的努力，能够把祖父更多更好的文章挖掘整理出来，以期达到"奇文共欣赏"的目的。

这项工作最困难的地方是搜集，没有一定的文字量是无法结集出版的。但是，有关祖父的文章散见于浩如烟海的各种报刊中，自20世纪20年代至60年代，时间跨越四十余年。在没有任何线索和指引的前提下，要想搜集整理出一定量的文字资料，谈何容易。

我们决定从围绕着祖父马连良的署名文章、访谈自述以及信札诗词等方面来进行查找，但内容必须要紧紧扣住一个主题——艺术。在朋友们的支持和帮助下，经过了近一年的努力，按照上述的标准，终于功夫不负有心人，搜集到了近百篇相关文章。又经过进一步的筛查遴选，将其中七十篇左右的文章入选文集，按照思人忆事、谈剧论艺、传道授业、信札诗词、自报家门、管中窥豹、启事文告等多个专题板块组成全书。

查找资料的过程，也是我又一次学习马派艺术，进一步认识祖父马连良的过程。许多以前没能理解的事情，未能深究的问题，随着研读祖父的文章，也能够逐渐地豁然开朗了。特别是他艺术人生的几个重要结点，如早年如何实践自我、中年如何提升自我以及晚年如何超越自我等等，这些内容在文章都提供了详细的注解。

祖父在不到三十岁的时候，他的艺术已经被世人称之为"马派"。论述马派形成的文章不少，但还是他自己说起来比较直接质朴、一语中的。 1953 年，上海《新民晚报》对祖父的采访中这样写道：从贾洪林那里他学会了"做"，他喜欢贾洪林载歌载舞、淋漓尽致的演戏。他认为"做"应该要从内心到外形，但也不能像话剧那样做，还要有舞蹈美。他反对过火和过多的外形动作。接着他说，为了要这样演戏，于是一连串的问题发生了。唱腔不能不脱离一定成规，随着剧情而有所变化，舞台面要干净美观，配角要整齐，而且不断要有新戏。

我想这就是马派艺术最初的本源动力。祖父向贾洪林先生直接面对面地学习艺术的时间并不长，但他能够活学活用，举一反三，将贾先生的艺术手段、表演精髓运用到自己的艺术创作之中，不但得到了广大观众的认可，而且也为沿着这条艺术道路走下去奠定了信心，为他日后的实践自我——形成马派艺术，打下了"独树一帜"的坚实基础。

著名剧评家何卓然 1931 年 3 月 31 日曾于《大报》发表《马连良在平最近之戏》一文，节选部分内容如下：

> 观众都夸奖马连良的戏，唱的腔调怎样新颖，做工表情如何细腻，搭配整齐，穿插紧严，佳音妙奏，得未曾有。唯独我看马连良，在他艺术以外，定有远大的思

想，隐寓着一种讽世励俗的意义。《四进士》，形容贪官朋比行贿，幸而有宋士杰，见义勇为，直有大无畏革命的精神，提掖民权，儆惕污吏。《白蟒台》，奸雄末路，拥兵自卫，终不可恃。今兹兴风作浪之野心军阀，虽失败而匿外国租界，终不免于成禽，作野心家之当头棒喝，用意至深。其《借东风》一剧，取材于有价值之稗史，使观众恍睹分鼎当代英雄，萃于一幕，启迪智慧不小。《要离刺庆忌》，哀壮动人，颇能鼓舞志士爱国、杀身成仁的志趣，且寓有柔可制刚、谋能败勇。综观此数出本戏，其高尚之点，何只具艺术上之价值，谓为含有"讽世励俗"的意义，谁曰不宜？

在 20 世纪 30 年代，祖父的扶风社成立以后，他几乎每年创作一部新戏，如《苏武牧羊》《串龙珠》《春秋笔》《十老安刘》等这些讴歌华夏英雄、弘扬民族正气的作品，受到观众的热烈欢迎，京剧界中的少壮派李万春、马最良、言少朋等争相效仿。究其成功的原因，与他个人的主观洞察力、舆论界的大声疾呼以及当年大背景下时代的需要息息相关。

翻看这一时期的民国报刊，时代大背景清晰可见。连篇累牍的头版内容都是日本华北驻屯军步步逼近，民众抗议之声不绝于耳，民国政府穿梭调停，列强纷纷绥靖自保。平津危亡，华北危亡，中国危亡！在这样的大环境下，国人之中精神萎靡者有之，妄自菲薄者有之，苟且偷安者有之。灾难即将来临，身处灾难中心而不自知者大有人在。

有识之士不忍家破人亡、亡国灭种，纷纷在报刊中振臂疾呼，提倡振奋民族精神，讴歌中国的伟大历史，向世界宣告我们是不屈的民族。著名剧评家哈杀黄1934年初在《有含意之戏本刊行》一文中一针见血地指出："所刊行各本胥取含有意义者，旧剧如《托兆碰碑》，小调如《淞沪战》等，希于低级社会时尚娱乐中，灌输古代名臣壮烈事迹，勿忘侵我之敌人。勿将'抗'的心性，消灭于'参禅''跳舞''捧伶'诸麻木意境中。"

马派传人马最良在1935年《实报半月刊》上发表了一篇名为《国剧的检讨》的文章，他曾这样写道："国剧欲图发扬，则需编写历史剧，虽不能按编年体裁，事无巨细，皆演成戏剧，而凡足以表现中国光荣历史者，均应搜集编演。以期对外国人士，使其由戏剧认识中国历史，对内则可提携国民，向善振刷精神，固不必专为一人艺术，因利就便，转置国家历史于末端，斯则最良亟亟欲图改善者耳。"作为马派艺术追随者的最良先生，他的这段文字与祖父在这一时期的创作理念互为印证。

祖父在1932年有一出做工极佳的《假金牌》上演，有人甚至高度评价该剧为马派艺术中期做工戏的代表作，每贴必满。但是祖父认为，张居正是明朝的中兴之臣，不该在剧中加以贬损。即便是该剧很能施展自己的艺术手段，表现个人的艺术魅力，但与时代需要讴歌民族英雄的大环境不合，于是毅然决然地将该剧"挂"了起来。这正是"不必专为一人艺术，因利就便，转置国家历史于末端"的具体体现。

他的戏剧之所以在这一时期受到热烈的追捧，正是由于他这一份爱国的情怀，以及"技艺要复古，含义要取新"的艺术指导思想作为支撑，才创作出被媒体誉为"富有民族意识，描写人民痛受异族压迫，恨而抗争"的《串龙珠》和"舍生取义，共御外侮"的《春秋笔》。他明显不愿做只知唱戏谋生的戏匠，以他那"寓言托迹、警心惕俗"的戏剧，让一名具有正义、良知和社会责任感的艺术家活生生地伫立在我们面前。他凭着艺术家前瞻性的思维和他那极具震撼力度的戏剧作品，在时代的大潮中提升自我。

1961年，他在《论师徒》一文中写道：老师并不一定要求徒弟"圣行颜随"地亦步亦趋。以我的弟子而论，言少朋就是属于"入迷"之列，但是他还是有自己发展的，他的唱、念、表演之中有"言家门儿"的成分，这是好现象。王金璐是我早期门徒，后来他因嗓子关系改习武生，继承"杨派"艺术很有造诣，可是，他在武戏中的人物创造上也有我的教学成绩，我并不以他不直接继承我而不愉快，相反地，我很高兴。李慕良在今天来说是杰出的琴师，他对于我的帮助很大，我也深以能够在音乐方面培养出这样一个弟子为满意。

到了20世纪60年代，年过花甲的祖父倍感艺术传承的重要，觉得自己身上肩负着义不容辞的责任。于是集中收徒十余人，传帮带亲力亲为。他那种"为祖师爷传道"的敬业精神，已经不局限于京剧马派的艺术畛域。他怀着一副大戏曲的胸襟，旨在为梨园事业薪火相传，后继有人。一句"我的徒弟未必一定要学马派"，感动了多少青年学子。戏剧大师不断超越自我的高尚情操，不禁令人肃然起敬。

凡此种种，在他的文章中不胜枚举。七十余篇文章，不仅记述了祖父几十年的心路历程，同时也是马派艺术从朝霞满天步入正午辉煌再到夕阳无限好的全程佐证，更是马派艺术体系中重要的组成部分。我每次对祖父文章进行通读时，好像对他的艺术人生又多了一重新的感悟和认知，希望本书也能给读者带来同样的效果，也不枉我们编委会成员近一年来的努力。

另外，祖父一生当中结交过不少文人朋友，他们分别是邵飘萍、徐凌霄、王剑锋、何卓然、汪侠公、关仲莹、李亦青、吴幻荪、翁偶虹、郑子褒、丁悚、沈睦公、步林屋、余遥坤、陈蝶衣、吴玉如、沈苇窗、老舍、许姬传、吴晓铃、朱家溍、刘辛原等。祖父的一些署名文章是他们当中一部分人捉刀代笔，但其中主旨内容是经过祖父的口述及首肯的。在此提及这些文化大家的名字，既是对他们所写文章表达感谢之意，又是对他们与祖父马连良之间深厚友谊的一种纪念。

欧阳中石先生研究马派艺术多年，并与马家三代人交情甚笃，我每次向他求助的时候，他都欣然应允，令我由衷敬佩。在我拜读了他的大作《马连良先生留给后人的启示》后，决定用此文作为本文集的序言，于是便与欧阳启名大姐商议，得到了一如既往的支持。我想，先生虽已离去，他在天堂之上亦当欣慰。

在编纂过程中，我的许多青年朋友们，出于他们对国粹艺术的热爱，为本书贡献良多，让我少走了许多弯路。他们分别是黄加佳、郭玮、申子尧、罗兰等，在此特别鸣谢。另外，还要感谢李玉书先生的弟子李金铭先生，细心保留了祖父与弟子李玉书的书信；感谢梅兰芳纪念馆，完好保存了马梅之间的通信记录；感谢文史鉴藏家方继孝先生，收集了大量的祖父艺术资料；感谢祖父的弟子迟金声先生，多年以前就将祖父文章的剪报合订成集并转赠予我，今天终于发挥了它真正的作用；感谢著名书法家、戏曲编导马铁汉先生为本书题签；感谢我的家人多年来对祖父资料的不断收集，以及他们对我工作一如既往的支持与鼓励。我相信，有关祖父马连良的文章应该尚有一些未曾找到，定有不少的疏漏之处，在这里也只好用"岂能尽如人意，但求无愧于心"来安慰自己了。

最后，特别要感谢中国京剧艺术基金会和生活·读书·新知三联书店对本书的大力支持，让我们能够在马连良先生诞辰 120 周年之际，以出版其文集的形式，为他献上我们的一瓣心香。

"西风吹渭水，落叶下长安。落叶化为土，春来花满山。" 1963 年时，郭沫若先生曾手书上述诗句赠送祖父马连良。当时正是祖父一心整理总结马派艺术资料的时候，可惜由于历史的原因未能完成。半个多世纪过去了，抚今思昔，更觉郭老所书诗句意味深长。

马　龙

2020 年 11 月 12 日

于京华古历轩